KB161301

일 러 스 트 로   보 는

셜록 홈즈
인물 사전

에노코로 공방 글 · 그림 | **이지호** 옮김

한스미디어

머리말

18 87년 탄생한 이래 오늘날까지 전 세계에서 식지 않는 인기를 자랑하는 셜록 홈즈 시리즈. 아서 코난 도일이 쓴 60편의 원작 소설은 팬들 사이에서 '정전(canon)'으로 불리며 많은 사랑을 받고 있다. 기이한 사건들, 명쾌한 추리, 홈즈와 왓슨의 우정 등 이 시리즈의 매력을 나열하자면 끝이 없지만, 각 작품을 다채롭게 만들어 주는 개성적인 등장인물들도 매력 중 하나임에 틀림없다.

이 책에서는 원작에 등장하는 주요 인물에 초점을 맞춰, 정전의 묘사를 최대한 충실히 따르는 가운데 간혹 영상화 작품 등을 참고하면서 독자적인 해석을 가미해 시각화를 시도했다. 열렬한 홈즈 팬 중에는 '이 캐릭터는 이런 이미지가 아니야!' 하고 위화감을 느끼는 분도 있겠지만, '이 책의 저자는 이런 이미지를 떠올리면서 읽었구나'라고 관대하게 이해해 준다면 고맙겠다.

또한 셜록 홈즈의 '기본'을 알리는 책으로 만들고 싶다는 생각에 이야기의 줄거리나 주목할 포인트 등도 소개했다. 또한 사건의 핵심 부분은 '스포일러 금지'를 전제로 날짜나 요일 등 정전 내에서 모순이 있는 부분도 수정하지 않고 그대로 실음으로써 '정전의 내용을 복습할 수 있는 책'을 지향했다.

이 책이 셜록 홈즈의 세계를 더 친근하고 즐겁게 느끼도록 만드는 데 조금이나마 도움이 된다면 행복할 것이다.

[미리 전하는 말]

● 내용에 관해…이 책의 내용은 셜록 홈즈 시리즈의 원문(최초 게재)을 바탕으로 삼았다.

● 용어에 관해…이 책에서 사용하는 셜록 홈즈 시리즈의 제목과 인명 등 고유명사는 분코샤 문고의 《신역 셜록 홈즈 전집》(히구라시 마사미치 옮김)을 따랐다.

● 제목 표기에 관해…『 』는 장편과 단편집(단행본) 등, 「 」는 단편 등, 〈 〉는 잡지 등.

● 약칭에 관해…'제1장', '제2장'의 페이지 오른쪽 끝에 있는 알파벳 네 글자는 작품 제목의 약칭이다(예: 『주홍색 연구(A Study in Scarlet)』→STUD).

● 금액 표시에 관해…이 책에는 영국 통화가 등장했을 때 원화 표시를 함께 기재했다. 국가도 시대도 물가도 다른 상황에서 금액을 정확히 환산하기 어렵다는 점을 잘 알고 있지만, 이야기 속의 금전 감각을 조금이라도 느꼈으면 하는 취지에서다. 원화 환산은 분코샤문고 《신역 셜록 홈즈 전집》의 '후기' 등을 참고해 1파운드=약 21만 6,000원으로 결정했다.

⇒142쪽 [아이템/ 영국의 화폐]도 참조하기 바란다.

● **아이콘에 관해**
· 등장인물의 얼굴 아이콘 🔍 은 그 인물이 작중에서 추리하거나 관찰했을 때의 증언이다.
· 🔍는 토막 지식을 의미한다.
· 책의 이해를 돕는 '옮긴이 주'는 ' 1~23 ' 숫자 순서로 223쪽에 따로 정리해 놓았다.

contents
목차

제2장

단편집『셜록 홈즈의 모험』의 등장인물   075

● 정전(원작)의 단편집은 다음의 약칭을 사용했다.
『셜록 홈즈의 모험』→『모험』
『셜록 홈즈의 회상록』→『회상록』
『셜록 홈즈의 귀환』→『귀환』
『셜록 홈즈의 마지막 인사』→『인사』
『셜록 홈즈의 사건집』→『사건집』

서장

주요 등장인물과
그 주변 인물

세 계 최고의 명탐정 셜록 홈즈와 그의 파트너 존 H. 왓슨. 이들은 과연 어떤 인물일까? 정전(원작)에 묘사된 두 사람의 모습을 대해부한다!

또한 두 사람이 사는 하숙집 주인 허드슨 부인과 스코틀랜드 야드 소속 경찰관 레스트레이드 경위 같은 친숙한 캐릭터에게도 초점을 맞췄다!

그리고 베이커가 221B번지의 방 배치, 홈즈와 왓슨이 종횡무진 활약했던 빅토리아 시대 런던의 지도 등 '셜록 홈즈'의 세계를 즐기기 위한 기본적인 정보를 소개한다.

[미리 전하는 말]

※ 이 책에 다룬 이야기에 묘사된 각 인물의 특징은 파란색, 그렇지 않은 이야기에 묘사된 특징은 검정색으로 표시했다. 이 책에서 다루지 않은 이야기에 관해서는 212, 214쪽 [작품 일람]을 참조하기 바란다.

셜록 홈즈
Sherlock Holmes

자문 탐정(Consulting Detective):
베이커가 221B번지에 하숙 중이며, 거실을 사무실로 사용하고 있다. 경찰이나 다른 탐정이 가져오는 사건 외에도 소문을 듣고 찾아오는 일반 시민의 상담 요청도 받아 준다. 뛰어난 직관력과 관찰력, 범죄에 관한 풍부한 지식을 활용해 사건을 해결로 이끈다.

깡마른 얼굴
(「녹주석 보관(寶冠)」 외)

검은 머리카락
(「춤추는 인형」)

페뚫듯 날카로운 눈
(「주홍색 연구」 외)

회색 눈동자
(「바스커빌 가문의 사냥개」 외)

살집이 없는 매부리코
(「주홍색 연구」, 「빨간 머리 연맹」)

튀어나온 각진 턱
(「주홍색 연구」)

근육질의 팔뚝
(「네 사람의 서명」)

구부러진 부지깽이를 금방 원래대로 펴 놓을 정도의 완력(「얼룩 끈」)

길고 가느다란 손가락
(「빨간 머리 연맹」, 「다섯 개의 오렌지 씨앗」 외)

손놀림이 놀라울 만큼 섬세하다(「주홍색 연구」)

말랐다(「주홍색 연구」, 「보헤미아 왕국의 스캔들」, 「신랑의 정체」, 「보스콤 계곡의 수수께끼」 외)

검은 눈썹
(「보스콤 계곡의 수수께끼」 외)

그을린 뺨
(「등이 굽은 남자」)

여윈 팔
(「네 사람의 서명」 외)

얇은 입술(「빈집의 모험」)

6피트(약 182cm)가 넘는 장신(「주홍색 연구」 외)

키가 크다(「보헤미아 왕국의 스캔들」, 「보스콤 계곡의 수수께끼」 외)

여윈 무릎
(「빨간 머리 연맹」)

가늘고 긴 다리
(「독신 귀족」, 「너도밤나무 집」)

Profile

- 생년월일: 불명
- 어떤 대학에 2년 동안 다녔다
  (「글로리아 스콧 호」)
- 가족 관계는 7세 연상의 형 마이크로프트 홈즈, 프랑스 예술가 베르네의 여동생※인 할머니(두 명 모두 「그리스어 통역관」), 먼 친척인 버너라는 의사(「노우드의 건축업자」)가 있는 것을 제외하면 수수께끼에 싸여 있다

※ 원문에는 'sister'라고만 표기되어 있어서 누나인지 여동생인지 명확하지 않지만, 국내 번역서에서는 대부분 '여동생'으로 번역했다.

음악 애호가

콘서트나 오페라 등을 종종 감상하는 음악 애호가. 바이올린 연주 실력도 상당한 수준이지만, 시간대를 고려하지 않고 연주에 열중하다 주변에 폐를 끼치는 일면도 있다. ⇒ 97쪽 참조

지독한 골초

사건에 관해 조용히 생각할 때나 파트너 왓슨과 즐겁게 이야기를 나눌 때, 홈즈는 언제나 담배 파이프를 입에 물고 있다. 담배 연기가 너무나도 자욱한 나머지 왓슨이 불이 난 것으로 착각한 적도 있을 정도다.

습관

양손 손가락 끝을 맞대고 눈을 감은 채 의뢰인의 이야기를 듣는 습관이 있다.

이런 모습이지만, 집중해서 듣고 있는 중이다!

화학 실험 마니아

범죄 수사에도 활용되곤 하는 홈즈의 대표적인 취미. 실험 과정에서 악취가 날 때도 있기 때문에 함께 사는 사람으로서는 난감한 측면이 있다.

여성관

논리적 사고에 방해된다는 이유에서 여성이나 연애 같은 것에 관심이 없다. 다만 여성을 혐오하는 것은 아니며, 태도는 지극히 신사적이다.

성격

증거가 영양이 됐잖나!

상대 신분이 어떻든 신경 쓰지 않고 솔직하게 말하는 성격. 사물을 정확히 판단하며, 과장도 겸손도 좋아하지 않는다. 한편으로는 칭찬에 약한 일면도 있다.

정력과 무기력

집중 집중 걱정되네…

사건을 수사할 때나 연구할 때는 잠도 식사도 잊을 만큼 정력적으로 활동한다.

그 반작용인지, 사건이 끝나면 며칠 정도 무기력 상태에 빠진다.

변장

홈즈가 자랑하는 수사 기술 중 하나. 왓슨을 놀리려는 목적에서 변장하는 경우도 어느 정도 있지 않나 싶을 때가 종종 있다.
⇒ 63쪽 [Check Point: 홈즈의 변장] 참조

짜잔

자네였나?

코카인 주사

사건이 없어 따분함을 견딜 수 없을 때면 뇌에 자극을 주기 위해 코카인에 손을 대는 고약한 습관이 있다(당시에는 합법이었다).

⚠ 절대 따라하지 마시오!

운동

권투와 검술, 봉술(싱글스틱*)은 달인 수준이다. 뛰어난 신체 능력의 소유자이지만, 운동을 위한 운동은 좋아하지 않는다.

존 H. 왓슨

John H. Watson

의사, 전기 작가: 셜록 홈즈의 절친한 벗이자 파트너. 홈즈의 인간성에 매료되어, 그의 공적을 세상에 널리 알리고자 사건을 기록해 발표하고 있다.

왓슨의 용모
왓슨은 셜록 홈즈 시리즈에서 자신의 용모에 관해 거의 언급하지 않았다. 그래서 키나 머리카락 색깔 같은 기본 정보조차 알려져 있지 않다.

움직임이 어색하고 부자연스러운 것을 보니 왼팔에 부상을 입었군.

제2차 아프가니스탄 전쟁의 「마이완드 전투」에서 어깨에 총을 맞는 부상을 입었다(「주홍색 연구」)(아래 [Check Point] 참조).

콧수염(「해군 조약문」, 「찰스 오거스터스 밀버턴」 외)

사각턱 (「찰스 오거스터스 밀버턴」)

굵은 목 (「찰스 오거스터스 밀버턴」)

중간 정도의 키에 튼실한 체격 (「찰스 오거스터스 밀버턴」)

날씨가 나빠지면 예전에 맞은 제자일 탄환이 들어 있는 팔다리 중 어딘가가 욱신욱신 쑤신다(「독신 귀족」).

날씨가 나빠지면 제자일 탄환에 맞은 다리(오른쪽인지 왼쪽인지는 불명)의 상처가 쑤신다(「네 사람의 서명」).

Check Point
마이완드 전투
Battle of Maiwand

제2차 아프가니스탄 전쟁 중인 1880년 7월 27일, 아프가니스탄 칸다하르 교외에 위치한 마이완드라는 마을에서 벌어진 전투. 아프가니스탄 총리의 동생인 아유브 칸이 일으킨 반란을 진압하기 위해 파견되었던 영국군·인도군은 이곳에서 대패를 맛봤다. 양측에서 수많은 전사자와 부상자가 나왔다.

Profile

- 생년월일: 불명
- 1878년 런던 대학에서 의학 박사 학위를 받았다
- 네틀리 육군 병원에서 군의관 연수를 받았다
- 제2차 아프가니스탄 전쟁(1878~1880)에 군의관 보조로 참가(제5 노섬벌랜드 퓨질리어 연대→버크셔 연대). 전쟁터에서 부상을 입은 뒤 회복되었으나 장티푸스에 걸려 수개월 동안 사경을 헤맸다
- 전쟁터에서 귀국한 뒤 셜록 홈즈를 알게 되어 베이커가 221B번지에서 함께 생활하기 시작한다
- 영국에는 친척도 친구도 없으며(「주홍색 연구」), 아버지와 형은 세상을 떠났다(「네 사람의 서명」)
- 시기나 목적은 알 수 없지만 오스트레일리아에 간 적이 있다(「네 사람의 서명」)

전쟁 경험

군의관으로 종군한 제2차 아프가니스탄 전쟁에서 큰 부상을 입고 제자일 총의 탄환이 사지의 어딘가에 박혀 있는 채로 귀국했다. 작중에서 당시의 경험을 언급하는 일이 많은 것을 보면 그에게 커다란 영향을 끼쳤음을 짐작할 수 있다.

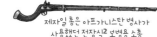

제자일 총은 아프가니스탄 병사가 사용했던 전장식2 보병용 소총

독서 취미

좋아하는 추리소설의 탐정은 뒤팽과 르코크(아래의 [Check Point] 참조). 또한 「다섯 개의 오렌지 씨앗」에서는 해양 모험소설을 탐독하는 등, 홈즈가 주로 전문 서적을 읽는 데 비해 왓슨의 독서는 오락소설이 두드러진다.

성격

정직하고 배려심이 있으며, 기본적으로 인내심이 강하고 온후하다. 홈즈는 왓슨이 쓴 글을 낮게 평가하거나 그의 부족한 통찰력을 지적하는 경우가 종종 있는데, 그럴 때 화를 내면서도 솔직하게 인정할 만큼 도량도 넓다. 또한 홈즈가 다루는 사건이 위험할수록 자신도 함께하기를 강하게 원하는 뜨거운 심장의 소유자이기도 하다.

부들 부들

여성관

순정남 왓슨

그의 수기를 보면 여성(특히 미인)에 대한 찬사가 많으며, 여성을 상대할 때 더 친절하고 신사적이 되는 인상이 있다. 첫눈에 반한 상대에게는 동요한 나머지 두서없이 행동하고 마는 순정파이기도 하다.

Check Point

뒤팽과 르코크
Dupin & Lecoq

'C. 오귀스트 뒤팽'은 에드거 앨런 포가 쓴 세계 최초의 추리소설인 「모르그 가의 살인 사건」(1841)에서 활약하는 탐정이고, '르코크'는 에밀 가보리오가 쓴 세계 최초의 장편 추리소설이자 경찰소설의 시조이기도 한 「르루주 사건」(1866)에 등장하는 형사다. 이 두 작가가 확립한 추리소설의 기본 작법은 홈즈 등 후세의 명탐정들이 탄생하는 데 중요한 토대가 되었다.

에드거 앨런 포
(Edgar Allan Poe,
1809~1849)
미합중국 출생

에밀 가보리오
(Étienne Émile Gaboriau,
1832~1873)
프랑스 출생

의사 왓슨

결혼을 계기로 베이커가를 떠나 병원을 개업한다. 「보스콤 계곡의 수수께끼」와 「기술자의 엄지손가락」 등에 따르면 환자도 꽤 많은 듯해서, 의사로도 유능했음을 짐작할 수 있다.

흡연

홈즈 정도는 아니지만 왓슨도 애연가다. 홈즈와 만났을 무렵에는 '십스(Ship's)'라는 독한 담배를, 그 후에는 '아카디아(Arcadia)'라는 담배를 즐겨 피웠다.

사격

군대 시절에 지급받았던 총을 소지하고 있다. 「너도밤나무 집」에서는 움직이는 표적을 달리면서 쏘아 명중시키는 사격 실력을 보여줬다.

허드슨 부인

Mrs. Hudson

221B번지 하숙집 여주인: 하숙집 주인이면서 식사나 차(茶) 준비, 방 청소, 손님맞이 등을 맡아 홈즈와 왓슨의 생활을 뒷바라지하고 있다.

원작에는 대사 속에만 등장하거나 이름이 아닌 '하숙집 여주인(landlady)'으로 불리지만 허드슨 부인을 지칭하는 것으로 짐작되는 경우까지 포함해 모두 17작품에 등장했다.

Check Point
허드슨 부인은 수수께끼의 인물?
Mrs. Hudson's Mystery

허드슨 부인은 홈즈와 왓슨에 이은 등장 횟수를 자랑하는 조연급 등장인물이지만, 용모나 연령에 관한 묘사가 전혀 없으며 성(姓, First name)도 알려져 있지 않다. 시드니 파젯이 그린 연재 당시의 삽화에도 등장한 적이 없다. 또한 '부인'으로 불리지만 '남편'에 관한 정보도 전혀 없다. 시리즈에서도 손꼽히는 수수께끼에 싸인 인물이라 해도 과언이 아니다.

등장 작품
※하숙집 여주인(landlady)으로 불림

장편	※주홍색 연구
장편	네 사람의 서명
모험	※보헤미아 왕국의 스캔들
	※다섯 개의 오렌지 씨앗(대사 속에만 등장)
	푸른 카벙클(대사 속에만 등장)
	얼룩 끈(대사 속에만 등장)
회상록	해군 조약문
귀환	빈집의 모험
	춤추는 인형
	블랙 피터
	두 번째 얼룩
장편	공포의 계곡
인사	등나무 집
	프랜시스 카팍스 여사의 실종(대사 속에만 등장)
	빈사의 탐정
사건집	마자랭의 보석(대사 속에만 등장)
	세 명의 개리뎁

⇒ 33쪽 [하숙집의 여주인] 참조
⇒ 60쪽 [허드슨 부인] 참조
⇒ 81쪽 [Check Point: 터너 부인] 참조

레스트레이드

Lestrade

스코틀랜드 야드의 경찰관: 런던을 거점으로 활약하는 홈즈와 사건에서 얼굴을 마주하는 일이 많다. 또 레스트레이드의 의뢰로 홈즈가 움직이는 등 함께 사건을 수사하는 경우도 적지 않다. 원작에서는 대사 속에만 등장하는 경우를 포함해 등장 횟수 14회를 자랑한다.

정전 첫 작품인 『주홍색 연구』 사건이 일어난 시점에 이미 홈즈와 안면이 있었으며, 왓슨과 함께 살기 시작한 221B번지에도 자주 찾아간다. 퍼스트 네임의 머리글자는 'G'다(『소포 상자』).

음흉한 눈매
(『보스콤 계곡의 수수께끼』)

쥐 같은 얼굴
(『주홍색 연구』)

혈색이 좋지 않은 얼굴(『주홍색 연구』)

유리구슬 같은 작고 검은 눈(『주홍색 연구』)

불도그처럼 생긴 얼굴(『두 번째 얼룩』)

깡마른 체격
(『주홍색 연구』, 「보스콤 계곡의 수수께끼」 외)

족제비를 연상시키는 모습(『주홍색 연구』, 「보스콤 계곡의 수수께끼」 외]

작은 키
(『주홍색 연구』 외)

Check Point

레스트레이드의 계급은?

Lestrade's rank name

레스트레이드는 흔히 '경위'로 통하지만, 사실 그가 등장하는 정전 14작품 가운데 '경위 (inspector)'라는 계급이 명확히 표기된 것은 3작품뿐이며 나머지 작품에는 직함만 표기되었다(아래 표 참조). 언제 경위로 승진했는지 알 수 있는 내용은 작중에 언급되지 않았다.

	등장 작품	작중 연대	계급 표기(직함)
장편	주홍색 연구	1881년	detective
장편	네 사람의 서명 (대사 속에서만 등장)	1887년	—
모험	보스콤 계곡의 수수께끼	1887년 이후	detective
	독신 귀족	1887년	official detective
회상록	소포 상자[3]	1887년 이후	detective officer
장편	바스커빌 가문의 사냥개	1889년	detective / professional
귀환	빈집의 모험	1894년	detective / official detective
	노우드의 건축업자	1894년	inspector / detective
	찰스 오거스터스 밀버턴	연대 불명	inspector
	여섯 개의 나폴레옹 상	연대 불명	detective / official
	두 번째 얼룩	연대 불명	inspector
인사	브루스파팅턴 호 설계도	1895년	detective / professional
	프랜시스 카팍스 여사의 실종	연대 불명	—
사건집	세 명의 개리뎁 (대사 속에서만 등장)	1902년	—

⇒ 34, 115, 183쪽 [레스트레이드] 참조
⇒ 140쪽 [COLUMN: 경찰관 등장 횟수 순위] 참조

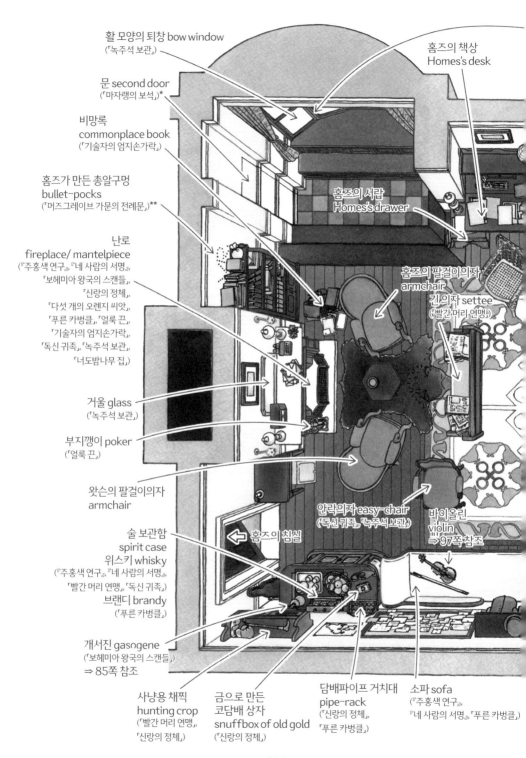

활 모양의 퇴창 bow window
(「녹주석 보관」)

홈즈의 책상
Homes's desk

문 second door
(「마자랭의 보석」)*

비망록
commonplace book
(「기술자의 엄지손가락」)

홈즈가 만든 총알구멍
bullet-pocks
(「머즈그레이브 가문의 전례문」)**

홈즈의 서랍
Homes's drawer

난로
fireplace/ mantelpiece
(『주홍색 연구』,『네 사람의 서명』,
「보헤미아 왕국의 스캔들」,
「신랑의 정체」,
「다섯 개의 오렌지 씨앗」,
「푸른 카벙클」,「얼룩 끈」,
「기술자의 엄지손가락」,
「독신 귀족」,「녹주석 보관」,
「너도밤나무 집」)

홈즈의 팔걸이의자
armchair
긴 의자 settee
(「빨간 머리 연맹」)

거울 glass
(「녹주석 보관」)

부지깽이 poker
(「얼룩 끈」)

왓슨의 팔걸이의자
armchair

안락의자 easy-chair
(「독신 귀족」,「녹주석 보관」)

바이올린
violin
⇒97쪽 참조

술 보관함
spirit case
위스키 whisky
(『주홍색 연구』,『네 사람의 서명』,
「빨간 머리 연맹」,「독신 귀족」)
브랜디 brandy
(「푸른 카벙클」)

⇐ 홈즈의 침실

개서진 gasogene
(「보헤미아 왕국의 스캔들」)
⇒ 85쪽 참조

사냥용 채찍
hunting crop
(「빨간 머리 연맹」,
「신랑의 정체」)

금으로 만든
코담배 상자
snuffbox of old gold
(「신랑의 정체」)

담배파이프 거치대
pipe-rack
(「신랑의 정체」,
「푸른 카벙클」)

소파 sofa
(『주홍색 연구』,
『네 사람의 서명』,「푸른 카벙클」)

221B번지 하숙집 거실 대해부!

『주홍색 연구』, 『네 사람의 서명』, 『모험』편

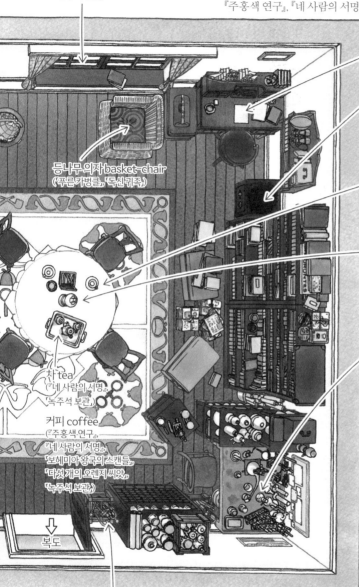

거실에는 커다란 창이
2개 있다 windows
(『주홍색 연구』)

등나무 의자 basket-chair
(『푸른 카벙클』, 『독신 귀족』)

차 tea
(『네 사람의 서명』,
「녹주석 보관」)

커피 coffee
(『주홍색 연구』,
『네 사람의 서명』,
「보헤미아 왕국의 스캔들」,
「다섯 개의 오렌지 씨앗」,
「녹주석 보관」)

복도

지팡이 Stick/ cane
(『네 사람의 서명』, 「빨간 머리 연맹」, 「얼룩 끈」)

왓슨의 책상
Watson's desk

금고 strong box
(「푸른 카벙클」)

식탁 table
(『주홍색 연구』,
『네 사람의 서명』,
「보헤미아 왕국의 스캔들」,
「신랑의 정체」,
「다섯 개의 오렌지 씨앗」,
「푸른 카벙클」, 「녹주석 보관」,
「너도밤나무 집」)

램프 lamp
(「다섯 개의 오렌지 씨앗」)

화학 실험 코너
chemical corner
(『네 사람의 서명』,
「신랑의 정체」,
「너도밤나무 집」)

홈즈와 왓슨이 사는 베이커가
221B번지 하숙집. 두 사람이
생활하는 장소인 이 거실은 건
물 2층에 있으며, 원작의 이야
기는 대부분 이곳에서 시작된
다. 의뢰인을 상대하는 곳도 이
장소다. 한편 잠은 두 사람 모두
별도의 침실에서 잔다(왓슨의 침
실은 윗층).

* 「마자랭의 보석」(『사건집』 수록)
** 「머즈그레이브 가문의 전례문」,
　(『회상록』 수록)
⇒ 212, 214쪽 [작품 일람] 참조

221B번지의
아이템들

▲ 왓슨의 총

홈즈도 의지하는 왓슨의 군용 권총. 「네 사람의 서명」에서는 왓슨의 책상에 보관되어 있었다. 참고로, 정전(원작)에는 총의 종류가 명확히 표기되어 있지 않지만 왓슨이 군무원이었던 1878~1880년에 영국 육군의 제식 권총은 보몬트-애덤스의 마크3 리볼버였다.

◀ 사냥용 채찍

짧고 튼튼한 채찍. 홈즈가 좋아하는 무기 중 하나다. 「빨간 머리 연맹」이나 「신랑의 정체」에서 악한을 응징하기 위해 사용했다. 「얼룩 끈」에서는 홈즈를 위협하고자 221B번지를 찾아온 그림스비 로일롯 박사도 손에 들고 있었다.

▶ 팔걸이의자

난로 앞의 팔걸이의자는 홈즈의 지정석이라고도 할 수 있는 장소다. 혼자서 느긋하게 쉬거나, 왓슨과 담소를 나누거나, 의뢰인의 이야기를 들을 때 대활약한다.

▲ 개서진

가정용 탄산수 제조기. 「보헤미아 왕국의 스캔들」에서는 오랜만에 221B번지를 찾아온 왓슨에게 홈즈가 술병과 탄산수 제조기를 손가락으로 가리키며 권했다. 221B번지를 찾아온 사람들에게 탄산수를 탄 위스키를 대접하기도 한다.

⇒ 85쪽 [아이템/ 개서진] 참조

▶ 화학 실험 기구

홈즈의 탐정 활동에도 매우 유용하게 활용되는 화학 실험. 홈즈의 실험 책상은 말하자면 221B의 '과학 수사 연구소'와 같은 존재일 것이다. 생각해 보면 이 취미가 있었기에 왓슨과 만날 수 있었다고도 할 수 있다.

부지깽이 ▶

난로 또는 풍로에서 타고 남은 땔감의 찌꺼기나 재를 긁어낼 때 사용하는 도구. 「얼룩 끈」에서 괴력의 소유자인 로일롯 박사가 구부려 놓고 간 것을 홈즈가 원래대로 다시 펴 놓은 부지깽이다. 이 사건은 1883년에 일어났으므로 베이커가에서 살기 시작한 지 2년 만에 이런 모습이 되어 버린 셈이다.

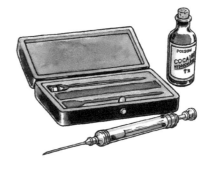

◀ 부젓가락

「너도밤나무 집」에서 홈즈는 새빨갛게 달궈진 석탄을 부젓가락으로 집어서 파이프에 불을 붙였다.

▲ 코카인 & 피하 주사기

홈즈가 코카인을 피하 주사하기 위해 사용한 도구. 홈즈는 사건 의뢰가 없어서 따분하면 코카인에 의지하는 나쁜 습관이 있다. 빅토리아 시대에는 코카인이 합법이었지만, 의사인 왓슨은 중독의 위험성을 걱정해 「네 사람의 서명」에서 코카인 주사를 놓는 홈즈에게 강하게 충고했다.

▲ 비망록

홈즈가 만들고 있는 비망록은 따로 색인을 만들어야 할 만큼 그 양과 범위가 너무나도 방대하다. 「네 사람의 서명」에서 홈즈는 관찰력, 추리력, 지식을 탐정에게 필요한 세 가지 조건으로 꼽았는데, 이 비망록은 그 '지식'의 결정체라고 할 수 있다.

▼ 금으로 만든 코담배 상자

커다란 자수정이 박힌 금으로 만든 코담배 상자. 왓슨이 "홈즈의 검소한 생활과는 어울리지 않는"이라고 묘사한 이 물건에 대해 홈즈는 「보헤미아 왕국의 스캔들」 사건을 해결한 뒤 보헤미아 국왕으로부터 선물 받은 것이라고 「신랑의 정체」에서 이야기했다.

▲ 금고

「푸른 카벙클」에서 보석(푸른 카벙클)을 일시적으로 보관할 때 사용했다.

▼ 소파

소파는 221B번지 거실에서 가장 편하게 쉴 수 있는 공간이다. 사건이나 연구가 일단락되어 무기력 상태에 빠진 홈즈가 누워 있기도 하고, 피곤에 지친 왓슨이 홈즈가 바이올린을 조율하는 소리를 들으면서 선잠을 자기도 한다.

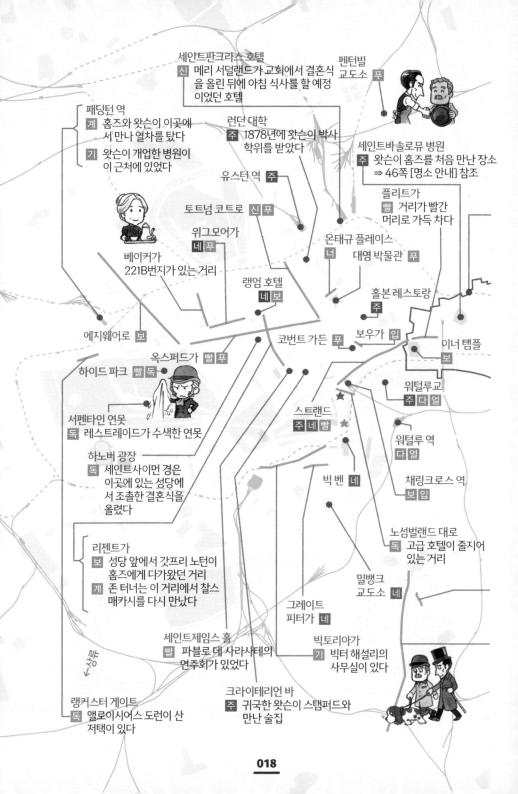

세인트판크라스 호텔
신 메리 서덜랜드가 교회에서 결혼식을 올린 뒤에 아침 식사를 할 예정이었던 호텔

펜턴빌 교도소 푸

런던 대학
주 1878년에 왓슨이 박사 학위를 받았다

패딩턴 역
계 홈즈와 왓슨이 이곳에서 만나 열차를 탔다
기 왓슨이 개업한 병원이 이 근처에 있었다

세인트바솔로뮤 병원
주 왓슨이 홈즈를 처음 만난 장소
⇒ 46쪽 [명소 안내] 참조

유스턴 역 주

플리트가
빨 거리가 빨간 머리로 가득 차다

토트넘 코트로 신 푸

위그모어가 네 푸

몬태규 플레이스 너

대영 박물관 푸

베이커가 221B번지가 있는 거리

홀본 레스토랑 주

랭엄 호텔 네 보

에지웨어로 보

코번트 가든 푸

보우가 입

이너 템플 보

옥스퍼드가 빨 푸

하이드 파크 빨 독

서펜타인 연못
독 레스트레이드가 수색한 연못

스트랜드 주 네 빨

워털루교 주 다얼

워털루 역 다얼

하노버 광장
독 세인트사이먼 경은 이곳에 있는 성당에서 조촐한 결혼식을 올렸다

채링크로스 역 보 입

빅 벤 네

리젠트가
보 성당 앞에서 갓프리 노턴이 홈즈에게 다가왔던 거리
계 존 터너는 이 거리에서 찰스 매카시를 다시 만났다

노섬벌랜드 대로
독 고급 호텔이 줄지어 있는 거리

밀뱅크 교도소 네

그레이트 피터가 네

세인트제임스 홀
빨 파블로 데 사라사테의 연주회가 있었다

빅토리아가
기 빅터 해설리의 사무실이 있다

크라이테리언 바
주 귀국한 왓슨이 스탬퍼드와 만난 술집

랭커스터 게이트
독 앨로이시어스 도런이 산 저택이 있다

런던 근교 MAP

『주홍색 연구』, 『네 사람의 서명』, 『모험』편

★ 그레이트 스코틀랜드 야드
   (1829년~1890년)

★ 뉴 스코틀랜드 야드
   (1890년~1967년)
   ⇒ 47쪽 [명소 안내] 참조

※ ── 안쪽은 시티 지구
   ⇒ 194쪽 [COLUMN] 참조

지하철
올더스게이트가 역
빨 자베즈 윌슨의 전당포에서
   가장 가까운 역

스레드니들가
입 휴 분의 영역
녹 홀더 앤 스티븐슨 은행(*)이 위치하고 있다.

리든홀가
신 메리 서덜랜드의 약혼자인 호스머 엔젤이
   근무하는 회사가 있다.

펜처치가
신 메리 서덜랜드의 새아버지인 제임스 윈디뱅크가
   근무하는 회사가 있다.

시티

런던 탑 네

풀4 네

서인도 부두
네

하류 →

런던교
입 이 다리 동쪽의 템스 강 북쪽 연안에
   위치한 높은 부두의 뒤쪽에 아편굴
   '황금 막대(*)'가 있다.

독스 섬
네

템스 강 네

캐논가 역
입 네빌 세인트클레어가 일하는
   곳에서 가장 가까운 역

홀랜드 그로브
주 해리 머처 순경이 담당하는
   지역

(*) = 가공의 지명·시설명 등

지명이 등장하는 작품의 마크

브릭스턴로
주 거리의 변두리에 있는 로리스턴 가든 3번
   지(*)에서 이녹 J. 드레버의 시체가 발견되
   었다.
푸 거위 사육업자인 오크숏 부인의 집이 있다

주 = 주홍색 연구
네 = 네 사람의 서명
보 = 보헤미아 왕국의 스캔들
빨 = 빨간 머리 연맹
신 = 신랑의 정체
보 = 보스콤 계곡의 수수께끼
다 = 다섯 개의 오렌지 씨앗

입 = 입술이 비뚤어진 사내
푸 = 푸른 카벙클
얼 = 얼룩 끈
기 = 기술자의 엄지손가락
독 = 독신 귀족
녹 = 녹주석 보관
너 = 너도밤나무 집

500m   1km

보 아이린 애들러가 사는 '브라이오니 로지(*)'가 있다

푸 술집 '알파 인(*)'이 있다

네 핀친 길 3번지(*)에 토비의 주인인 셔먼 노인의 박제 가게(*)가 있다

세인트존스우드

런던 탑 네

베이커가

블룸스버리

시티

너 여성 가정교사 직업소개소 〈웨스터웨이〉(*)가 있다

웨스트엔드

켄싱턴

하이드 파크 빨 독

램베스

빨 「빨간 머리 연맹」 사건 당시, 왓슨의 집은 이곳 에 있었다

웨스트민스터 선착장 네

케닝턴

주 이녹 J. 드레버를 최초로 발견한 존 랜스 순경이 사는 집은 케닝턴 파크 게이트 (*)의 오들리 코트 46번지(*)에 있다

캠버웰

리치먼드

오벌 경기장 네

브릭스턴로 네

네 홈즈는 '오로라 호(*)'를 찾아내 기 위해 수색대에게 리치먼드 방 면까지 수색하도록 의뢰했다

스트레덤

노우드

둑 알렉산더 홀더가 사는 '페어뱅크 저택(*)'이 있다

어퍼 노우드

주 토퀘이 테라스(*)의 차펜티어 부인 의 하숙집에 드레버가 묵고 있었다

네 로워 캠버웰에 메리 모스턴이 가정교 사로서 상주하고 있는 세실 포레스터 부인의 집이 있다

신 라이언 플레이스 31번지(*)에 메리 서덜랜드의 자택이 있다

다 1887년에 일어난 '캠버웰 독살 사건' 에서 홈즈가 보여준 활약상을 왓슨 이 간략하게 소개했다

네 애설니 존스 형사는 숄토 사건의 신고가 들어왔을 때 때마침 노우드 경찰서에서 다른 사건을 담당하고 있었다

런던 광역 MAP

『주홍색 연구』, 『네 사람의 서명』, 『모험』편

네 홈즈는 이곳에서 애설니 존스 형사에게 전보를 보냈다

앨버트 부두
다 론 스타 호(*)가 정박해 있었다

바킹 평지 네

서인도 부두 네
포플러
블랙월 네

플럼스테드 습지대 네

독스 섬 네
템스 강 네
그리니치
울리치

기 빅터 해설리는 그리니치에 있는 베너 앤 매트슨사(*)에서 7년 동안 견습공으로 일했다

뎁퍼드 수역 네

네 '오로라 호(*)'는 울리치를 왕복할 수 있을 분량의 연료만을 싣고 출발했다

페컴

입 세인트클레어 부부가 사는 '삼나무 저택(*)'이 있다

리

주 반지를 가지러 온 노파의 딸 샐리는 페컴의 메이필드 플레이스(*)에서 하숙하고 있다

빨간색 글자 = 지구(地區)의 명칭
(*) = 가공의 지명·시설명 등

지명이 등장하는 작품의 마크

주 = 주홍색 연구
네 = 네 사람의 서명
보 = 보헤미아 왕국의 스캔들
빨 = 빨간 머리 연맹
신 = 신랑의 정체
보 = 보스콤 계곡의 수수께끼
다 = 다섯 개의 오렌지 씨앗

입 = 입술이 비뚤어진 사내
푸 = 푸른 카벙클
얼 = 얼룩 끈
기 = 기술자의 엄지손가락
독 = 독신 귀족
녹 = 녹주석 보관
너 = 너도밤나무 집

네 숄토 소령이 살았던 '퐁디셰리 저택'이 있다
소령이 사망한 뒤에는 아들인 바솔로뮤가 상속받았다

5km

① 애버딘 Aberdeen
(스코틀랜드 동부의 항구 도시)
독 수년 전에 이곳에서 세인트사이먼 경의 사건과 비슷한 사건이 일어났다고 홈즈가 언급했다

③ 에든버러 Edinburgh
(스코틀랜드의 중심 도시)
네 메리 모스턴은 17세가 될 때까지 이 도시의 기숙학교에서 살았다

⑭ 리버풀 Liverpool
(체셔 주의 도시)
주 드레버는 이 항구에서 뉴욕으로 귀국하려 했다

④ 달링턴 Darlington
(더럼 주의 거리)
보 홈즈가 과거에 수사했던 달링턴의 바꿔치기 사건이 이곳에서 일어났다

⑮ 퍼쇼어 Pershore
(우스터셔 주의 마을)
네 조너선 스몰은 이곳 근처에서 태어났다

⑯ 헤리퍼드 Hereford
(헤리퍼드셔 주의 도시)
계 제임스 매카시가 수감되었던 도시

⑰ 로스 Ross
(헤리퍼드셔 주의 마을)
계 로스에서 그리 멀지 않은 교외에 보스콤 계곡(*)이 있다

⑱ 브리스틀 Bristol
(글로스터셔 주의 항구 도시)
계 제임스 매카시가 사건 3일 전부터 당일까지 머물고 있었던 도시

⑲ 앤도버 Andover
(햄프셔 주의 자치 도시)
신 메리 서덜랜드가 의뢰한 사건과 비슷한 사건이 1877년에 일어났다

스코틀랜드

글래스고 Glasgow

요크 York

맨체스터 Manchester

잉글랜드

버밍엄 Birmingham

웨일스

사우샘프턴 Southampton

플리머스 Plymouth

⑳ 콘월 Cornwall
빨 피터 존스가 몇 년 동안 쫓고 있었던 사내가 이곳에서 고아원 건설 사기를 친 적이 있다

㉑ 윈체스터 Winchester
(햄프셔 주의 도시)
너 윈체스터에서 5마일(약 8킬로미터) 떨어진 곳에 루캐슬이 사는 '너도밤나무 집 (*)'이 있다

㉓ 포츠머스 Portsmouth
(햄프셔 주에 있는 항구 도시)
주 왓슨이 전쟁터에서 귀국했을 때 이곳의 항구에 내렸다

㉒ 와이트 섬 Isle of Wight 다

빅토리아 시대

그레이트브리튼 섬 MAP

『주홍색 연구』, 『네 사람의 서명』, 『모험』편

② 던디 Dundee
(스코틀랜드 남동부의 항구 도시)
다 오렌지 씨앗이 담긴 두 번째 봉투는 던디에서 온 것이었다

⑤ 크루 Crewe
(체셔 주의 도시)
얼 헬렌 스토너의 어머니는 크루 근처에서 발생한 철도 사고로 세상을 떠났다

⑥ 체스터필드 Chesterfield
(더비 주의 공업 도시)
입 네빌 세인트클레어의 아버지는 이 도시에 있는 학교의 교장이었다

⑦ 레딩 Reading
(버크셔 주의 도시)
계 홈즈는 기차가 레딩을 지날 무렵에 신문을 전부 공처럼 뭉쳐서 선반 위에 던져 놓았다
얼 퍼시 아미티지의 집은 레딩 근처의 크레인 워터(*)에 있다
기 빅터 해설리는 일을 의뢰받고 레딩에서 약 7마일(약 11킬로미터) 떨어진 아이퍼드 역(*)까지 출장을 갔다

⑧ 해로 Harrow
(미들섹스 주의 도시)
얼 헬렌 스토너의 이모인 호노리아 웨스트페일은 이 근처에 살고 있다

⑨ 리치먼드 Richmond
(서리 주의 도시)
네 홈즈는 베이커가 소년 탐정단에게 리치먼드까지 수색하도록 지시했다

⑩ 리 Lee
(켄트 주의 마을)
입 네빌 세인트클레어의 '삼나무 저택(*)'은 이 마을의 근처에 있다

⑪ 서리 Surrey
얼 로일롯 가문이 조상 대대로 사는 '스톡 모런 저택(*)'이 있다
로일롯의 조상은 잉글랜드에서도 손꼽히는 대부호로, 한때 북쪽으로는 버크셔, 서쪽으로는 햄프셔에 이르는 영지를 소유하기도 했다

⑪ 레더헤드 Leatherhead
(서리 주 북부의 마을)
얼 레더헤드의 역은 로일롯이 사는 '스톡 모런 저택(*)'에서 가장 가까운 역이다

⑫ 호셤 Horsham
(서식스 주의 마을)
다 일라이어스 오픈쇼는 미국에서 귀국한 뒤 호셤 근처에서 살았다

⑬ 피터스필드 Petersfield
(햄프셔 주의 마을)
독 세인트사이먼 경은 이곳 근처에 있는 백워터 경의 저택으로 신혼 여행을 갈 예정이었다

★ = 런던 London
(*) = 가공의 지명·시설명 등

지명이 등장하는 작품의 마크

주 = 주홍색 연구
네 = 네 사람의 서명
보 = 보헤미아 왕국의 스캔들
빨 = 빨간 머리 연맹
신 = 신랑의 정체
계 = 보스콤 계곡의 수수께끼
다 = 다섯 개의 오렌지 씨앗

입 = 입술이 비뚤어진 사내
푸 = 푸른 카벙클
얼 = 얼룩 끈
기 = 기술자의 엄지손가락
독 = 독신 귀족
녹 = 녹주석 보관
너 = 너도밤나무 집

베이커가
Baker Street

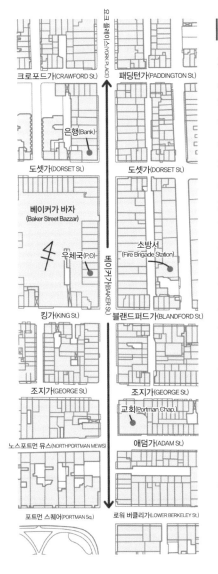

크로포드가(CRAWFORD St.)

패딩턴가(PADDINGTON St.)

요크 플레이스(YORK PLACE)

은행(Bank)

도셋가(DORSET St.)

도셋가(DORSET St.)

베이커가 바자
(Baker Street Bazzar)

소방서
(Fire Brigade Station)

우체국(P.O)

베이커가(BAKER St.)

킹가(KING St.)

블랜드퍼드가(BLANDFORD St.)

조지가(GEORGE St.)

조지가(GEORGE St.)

교회(Portman Chap.)

노스포트먼 뮤스(NORTHPORTMAN MEWS)

애덤가(ADAM St.)

포트먼 스퀘어(PORTMAN Sq.)

로워 버클리가(LOWER BERKELEY St.)

│ 세계에서 가장 유명한 거리 │

홈즈와 왓슨이 살았던 곳으로 세계적인 명소가 된 베이커가는 런던의 메릴본 구역을 남북으로 지나가는 400미터 정도의 거리다. 빅토리아 시대의 베이커가는 85번지까지밖에 없었기 때문에 221번지는 실제로 존재하지 않았다. 그러나 1921년에 북쪽의 '요크 플레이스', 1930년에 그 북쪽의 '어퍼 베이커가'가 '베이커가'에 통합되면서 번지가 늘어나 221번지가 실제로 등장하게 되었다.

참고로 '221B번지'의 'B'는 '비스(bis. 제2의)'라는 의미이며 보조적인 주소를 나타낸다. '221번지'에는 허드슨 부인도 살고 있었기 때문에 'B'를 붙여서 홈즈와 왓슨의 방임을 나타낸 것이다.

여담으로, '지하철 베이커가 역'은 홈즈가 살던 당시만 해도 '요크 플레이스'의 북쪽 끝에 위치하고 있어 이름과 달리 베이커가와 직접 연결되어 있지 않았지만 이후 거리가 통합되면서 명실상부한 베이커가의 역이 되었다. 홈즈의 동상이 있는 역의 출구는 인기 관광지 중 하나다.

참고 자료: 'National Library of Scotland' 사이트 / 런던 MAP 1893~1895년

1장

장편 『주홍색 연구』, 『네 사람의 서명』의 등장인물

셜록 홈즈와 존 H. 왓슨. 이 불멸의 명콤비의 운명적인 만남을 주선한 인물이 있다?

왓슨이 첫눈에 반한, 시리즈에서도 손꼽히는 히로인은?

장편 소설로 발표된 셜록 홈즈 시리즈의 첫 번째 작품 『주홍색 연구』와 두 번째 작품 『네 사람의 서명』에 등장하는 개성 넘치는 등장인물들을 소개한다!

[장편] 주홍색 연구 A Study in Scarlet / 〈비튼즈 크리스마스 애뉴얼(Beeton's Christmas Annual)〉 1887년
[장편] 네 사람의 서명 The Sign of Four / 〈리핀코트 먼슬리 매거진(Lippincott's Monthly Magazine)〉 1890년 2월호

[미리 전하는 말]
이 책에서는 등장인물 소개의 편의상 『네 사람의 서명』을 〈런던 편〉과 〈인도 편〉으로 나누었지만, 정전(원작)은 2부 구성이 아니다.

장편 01
주홍색 연구
A Study in Scarlet

[의뢰일]
1881년 3월 4일
(⇒ 45쪽 참조)

[의뢰인]
토비아스 그렉슨
(경찰관)

[의뢰 내용]
빈집에서 발생한
살인 사건의 수사
협력

[주요 지역]
런던/ 브릭스턴로
로리스턴 가든 외

〈제1부〉

Story
왓슨 & 홈즈 콤비의 첫 번째 사건

베|이커가 221B 번지의 하숙집에서 왓슨과 함께 생활하기 시작한 홈즈에게 스코틀랜드 야드의 그렉슨으로부터 도움을 청하는 편지가 도착했다.

홈즈는 왓슨을 데리고 사건 현장인 빈집으로 향한다. 그곳에는 몸이 끔찍한 형상으로 뒤틀린 채 쓰러져 있는 한 사내의 시체가 있었다. 시체에 외상도 없고 벽에 피로 쓴 "RACHE"라는 글자 이외에는 이렇다 할 단서도 발견되지 않았기 때문에 그렉슨과 동료 레스트레이드는 어떻게 수사를 해야 할지 전혀 감을 잡지 못하고 있었다. 그런데 실내를 꼼꼼히 조사한 홈즈는 범인의 특징을 몇 가지 열거한 뒤 독을 사용한 범행이라고 단정한다.

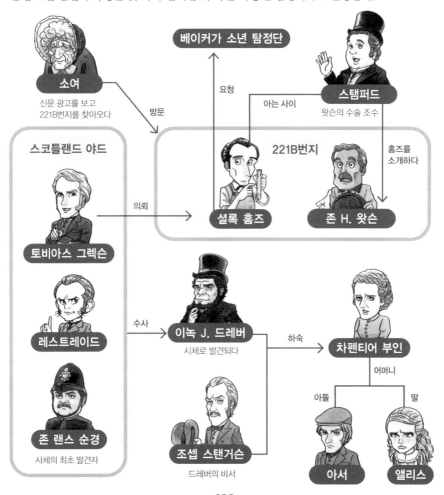

소여
신문 광고를 보고
221B번지를 찾아오다

베이커가 소년 탐정단
요청

방문

스탬퍼드
왓슨의 수술 조수

아는 사이

홈즈를
소개하다

221B번지

스코틀랜드 야드

의뢰

셜록 홈즈

존 H. 왓슨

토비아스 그렉슨

레스트레이드

수사

이녹 J. 드레버
시체로 발견되다

하숙

차펜티어 부인

어머니

아들

딸

존 랜스 순경
시체의 최초 발견자

조셉 스탠거슨
드레버의 비서

아서

앨리스

스탬퍼드 Stamford

왓슨이 전쟁터로 떠나기 전에 세인트 바솔로뮤 병원에서 일하던 당시 수술 조수였던 청년: 하숙집을 구하던 왓슨에게 동거할 사람을 찾고 있던 홈즈를 소개했다. '셜록 홈즈'의 세계가 탄생하는 데 크게 공헌한 인물이다.
⇒ 46쪽 [명소 안내/ 세인트바솔로뮤 병원] 참조

크라이테리언 바에 혼자 있는데 누군가가 내 어깨를 두드리기에 돌아보니 스탬퍼드였다. 그와 특별히 친했던 것은 아니지만, 황량한 런던에서 외톨이였던 나는 너무나도 기쁜 나머지 그에게 홀본 레스토랑에서 함께 점심을 먹자고 권했다.

머레이 Murray

왓슨의 당번병: 영국군이 크게 고전했던 '마이완드 전투'에서 어깨에 부상을 입은 왓슨을 짐 싣는 말에 태워 영국군의 전선까지 데리고 돌아갔다. '셜록 홈즈'의 세계가 탄생하는 데 크게 공헌한 인물이다.

머레이의 용감하고 헌신적인 행동이 없었다면 나는 살기등등한 이슬람 전사들의 손에 넘어갔을 것이다.

🔵 **크라이테리언 바**
Criterion Bar
런던의 중심지인 피카딜리 서커스에 위치한 크라이테리언 호텔 내부에 실제로 존재했던 고급 바.

🔵 **홀본 레스토랑**
The Holborn
런던의 킹스웨이와 하이 홀본가의 서쪽 구석에 실제로 존재했던 레스토랑. 크라이테리언 바와는 약 1.3킬로미터 정도 떨어져 있다.

🔵 **부사관**
군의 계급 구분은 국가와 시대에 따라 차이가 있지만, 일반적으로 소위와 병장 사이에 위치하는 계급을 합쳐서 부사관이라고 부른다. 장교와 병사를 중개하는 역할을 맡는다.

심부름꾼
Commissionaire

영국 해병대 경보병 부대의 부사관 출신: 홈즈에게 편지를 전하러 221B번지를 찾아왔다.

전형적인 군인의 구레나룻

다부진 체격

제복은 수선을 위해 맡겼다
⇒ 149쪽 [Check Point: 심부름꾼] 참조

굵은 목소리

커다란 파란색 봉투

커다란 파란색 닻 문신

검소한 옷차림

쿵쿵 하고 계단을 오르는 무거운 발소리

홈즈의 〈어디를 봐도 퇴역 해병대 부사관〉 포인트
• 반듯하고 성실해 보이는 중년 남성의 얼굴.
• 손등에 길 건너편에서도 확인할 수 있는 커다란 파란색 닻 문신이 있다.
• 군인 특유의 몸가짐. 전형적인 군인의 구레나룻.
• 머리를 꼿꼿하게 세우고 지팡이를 흔드는 모습에는 어딘가 거만하고 사람들을 위에서 내려다보는 듯한 구석이 있다.

 셜록 홈즈 = 8쪽

 존 H. 왓슨 = 10쪽

오후가 되면 술에 잔뜩 취해서 하녀는 물론이고 제 딸인 앨리스한테까지 집적대는 최악의 인물이었어요.

43~44세 정도로 보이는 얼굴

이녹 J. 드레버
Enoch J. Drebber

사건의 피해자: 미국인. 브릭스턴로 로리스턴 가든 3번지의 빈 집에서 시체로 발견되었다.

손질이 잘 된 모자 (실크해트)

검은 곱슬머리

짧게 다듬은 짙은 턱수염과 튀어나온 턱

넓은 어깨

낮은 코

순백색 옷깃(칼라)

중간 정도 키에 보통 체격

질 좋은 브로드클로스로 만든 프록코트 ⇒ 92쪽 🅣 참조

순금 앨버트 체인 ⇒ 107쪽 [아이템] 참조

순백색 소매(커프스)

🅣 브로드클로스
Broadcloth
원단의 짜임이 촘촘하고 부드러운 광택이 나는 평직물. 미국에서는 브로드클로스, 영국에서는 포플린(poplin)이라고 부른다.

옅은 색 바지

에나멜 구두

이녹 J. 드레버의 유류품
• 런던의 바로드 사에서 만든 금시계(No.97163)
• 순금 앨버트 체인
• 프리메이슨의 문장이 있는 금반지 ⇒ 94쪽 [COLUMN] 참조

• 금으로 만든 불도그 머리 모양의 핀. 눈은 루비로 되어 있다

• 러시아가죽으로 만든 명함 지갑(명함의 표기는 '클리블랜드 시 이녹 J. 드레버')
• 드레스셔츠(E. J. D라는 이니셜이 새겨져 있음)
• 현금 7파운드 13실링(약 165만 2,400원)
• 보카치오의 《데카메론》 포켓판(면지에 조셉 스탠거슨이라는 이름이 적혀 있음)
• 편지 2통
• 실크해트(캠버웰가 129번지의 존 언더우드 앤 선즈사 제품)

조셉 스탠거슨
Joseph Stangerson

이녹 J. 드레버의 개인 비서: 미국인. 이녹 J. 드레버와 함께 런던의 하숙집을 나선 뒤 유스턴 역에서 일단 드레버와 헤어졌다.

저속하고 거친 드레버 씨와 달리 조용하고 점잖은 분이었어요.

 차펜티어 부인 = 31쪽

차펜티어 부인
Madame Charpentier

토퀘이 테라스에서 하숙집을 운영하는 과부: 이녹 J. 드레버와 조셉 스탠거슨에게 3주 정도 방을 빌려줬다.

앨리스 차펜티어
Alice Charpentier

차펜티어 부인의 딸: 하숙집에서 내보낸 줄 알았던 이녹 J. 드레버가 약 1시간 후 돌아오더니 억지로 끌고 가려고 해서 두려움에 떨었다.

직감적으로 수상함을 느꼈습니다!

저는 부인의 얼굴이 창백한 것을 깨달았습니다. 뭔가 고민거리가 있구나 싶었지요.

저는 놓치지 않았습니다!

보기 드물게 아름다운 소녀였는데, 눈이 새빨갰고 제가 말을 걸 때마다 입술을 떨더군요.

아서 차펜티어
Arthur Charpentier

차펜티어 부인의 아들: 해군 중위. 휴가로 집에 와 있었다. 이녹 J. 드레버가 앨리스에게 한 행동에 분노해 몸싸움을 벌였고, 그 후 도망친 드레버를 뒤쫓았다.

굵은 떡갈나무 곤봉

고결한 성품을 보든 직업을 생각하든, 제 아들을 의심하는 것은 당치도 않아요.

 토비아스 그렉슨 = 34쪽

수수께끼의 인물
The murderer?

홈즈가 추리로 이끌어낸 범인의 모습과 일치한 인물: 사건 당일 밤에는 랜스 순경과 머처 순경이, 그다음 날에는 할리데이스 프라이빗 호텔 근처에 있었던 우유 배달 소년이 목격했다.

소여
Mrs. Sawyer

노파: 홈즈가 낸 신문 광고를 보고 범죄 현장에 떨어져 있었던 반지가 자신의 딸인 샐리의 것이라고 주장하며 받아갔다.

- 날카로운 눈매의 검은 눈
- 햇볕에 타서 그을린 얼굴
- 수염
- 키가 크다
- 갈색 코트

- 흐린 눈
- 귀에 거슬리는 목소리
- 신경질적으로 떨리는 손
- 질질 끌며 계단을 오르는 불안정한 발소리

현장에 남은 흔적을 근거로 홈즈가 추리한 범인의 인물상
- 중년
- 키는 6피트(약 182센티미터) 이상
- 불그레한 얼굴
- 오른손의 손톱을 길렀다
- 트리치노폴리 시가를 피운다
- 큰 키에 비해서는 발이 작다
- 앞코가 각진 구두

우유 배달 소년
A Milk boy

목격자: 우유 판매점으로 가는 도중 할리데이스 프라이빗 호텔 3층 창에서 사다리를 타고 내려온 남자를 목격했다.

구두닦이
(잡일꾼)
The Boots

할리데이스 프라이빗 호텔의 종업원: 레스트레이드를 스탠거슨이 숙박했던 방으로 안내했다.

무엇인가를 찾아내는 솜씨는 경찰 12명보다 저 아이들 중 한 명이 더 뛰어나다네. 저 아이들은 온갖 곳에 가서 온 갖 이야기를 들을 수 있거든. 필요한 것은 조직력뿐이야.

이보다 지저분할 수가 없는, 너덜너덜한 옷을 걸친 부랑 아 6명이 실내로 뛰어 들어 왔다.

위긴스
Wiggins

베이커가 소년 탐정단의 리더

베이커가 소년 탐정단
The Baker Street division of the detective Police force

홈즈가 런던에서 조사할 때 의지하는 부랑아 들: 홈즈는 한 명당 하루 1실링(약 1만 800원)을 주고 조사를 의뢰했다.
⇒ 60쪽 [Check Point: 베이커가 소년 탐정단] 참조

테리어
The Terrier

221B번지의 여주인이 키우는 개: 꽤 이전부터 병으로 괴로워해서, 하 숙집 여주인이 왓슨에게 빨리 편히 쉴 수 있게 해 달라고 부탁했었다.

흐리멍덩한 눈

흰 눈속이 같은 콧등은 개로서 한계 수명에 다 다랐음을 의미했다.

고통스러운 숨소리

221B번지의 하녀
Maid

221B번지를 찾아온 노파를 현관에서 응대했다.
⇒ 173쪽 [Check Point: 221B 번지와 왓슨의 집의 하녀] 참조

 밤 10시 이후, 침실로 향하는 하녀의 가벼 운 발소리가 들렸다.

하숙집 여주인
The Landlady

221B번지의 여주인: 베이커가 소년 탐 정단의 갑작스러운 방문에 당황하기도 하고, 왓슨에게 병으로 괴로워하는 늙 은 개의 안락사를 부탁하기도 했다. 이 작품에서는 이름이 나오지 않는다.
⇒ 12쪽 [주요 등장인물: 허드슨 부인] 참조

 밤 11시에 침실로 향하는 하숙 집 여주인의 당당한 발소리가 문 앞을 스쳐 지나갔다.

⇒ 140쪽 [경찰관 등장 횟수 순위] 참조

⇒ 13쪽 [주요 등장인물] 참조
⇒ 140쪽 [경찰관 등장 횟수 순위] 참조

Check Point

토비아스 그렉슨
Tobias Gregson

홈즈가 "스코틀랜드 야드에서는 실력이 뛰어난 편이다."라고 말하는 형사. 정전(원작)에서는 5작품에 등장한다. 실제로 활약하는 『주홍색 연구』, 「그리스어 통역관」, 「등나무 집」, 「붉은 원」 외에, 『네 사람의 서명』에서는 "매번 사건을 수사하다 벽에 부딪히면 나한테 가져온다."라는 홈즈의 대사 속에서 등장했다.
⇒ 140쪽 [경찰관 등장 횟수 순위] 참조

금발(fair-haired) 혹은 옅은 황갈색 머리카락(flaxen-haired)

피부색이 희다

키가 크다

토비아스 그렉슨
Tobias Gregson

코틀랜드 야드의 경찰관: 홈즈에게 브릭스턴로의 로리스턴 가든 3번지에서 일어난 살인 사건의 조사를 의뢰했다.

두 사람 모두 마치 손님을 두고 다투는 직업여성처럼 질투심이 강하지.

레스트 레이드
Lestrade

스코틀랜드 야드의 경찰관: 토비아스 그렉슨과 함께 로리스턴 가든 사건을 담당했다. 평소에도 종종 홈즈를 찾아온다. 본인의 말에 따르면 경찰 생활을 한 지 20년이 되었다고 한다.

유리구슬 같은 작고 검은 눈

혈색이 나쁜 쥐 같은 얼굴

두 사람 모두 스코틀랜드 야드에서는 으뜸가는 실력자이지. 얼간이 집단 속에서는 그나마 쓸 만한 친구들이라는 말일세. 다만 두 명 모두 민첩하고 정력적이기는 하지만 어이가 없을 만큼 틀에 박혀 있다네.

체구가 작고 말랐으며 족제비를 연상시킨다

Check Point

레스트레이드
Lestrade

⇒ 13쪽 [주요 등장인물] 참조
⇒ 140쪽 [경찰관 등장 횟수 순위] 참조

존 랜스 순경
Constable John Rance

스코틀랜드 야드의 경찰관: 야간 순찰 중에 빈집 창문에서 불빛이 새어 나오는 것을 수상히 여겨 안으로 들어갔다가 드레버의 시체를 발견했다. 거리에서 용의자도 목격했지만 단순한 술주정뱅이라고 생각한 바람에 놓치고 만다. 케닝턴 파크 게이트의 오들리 코트 46번지에 산다.

랜스 씨, 안타깝지만 이래서는 승진할 수 없어요

아서를 체포한 경찰관
Two officers

스코틀랜드 야드의 경찰관: 그렉슨과 동행해서 아서 차펜티어를 체포했다.

해리 머처 순경과 다른 두 경찰관
Constable Harry Murcher and two more

스코틀랜드 야드의 경찰관: 해리 머처는 홀랜드 그로브 지구의 담당 순경이다. 새벽 2시가 지났을 무렵 랜스 순경의 호각 소리를 듣고 다른 두 경찰관과 함께 현장으로 달려갔다.

실 존 인 물

토머스 칼라일
Tomas Carlyle(1795~1881)

스코틀랜드 덤프리셔 출생/ 문학자, 역사가, 평론가

독일 문학과 철학에서 영향을 받아, 괴테의 《빌헬름 마이스터》를 번역하고 《프리드리히 실러 전기》 등을 발표했다. 대표작으로는 《프랑스 혁명사》(1837), 《영웅 숭배론》(1841) 등이 있다.

내가 토머스 칼라일의 말을 인용하자 그는 전혀 악의 없는 표정으로 그가 무슨 일을 한 사람이냐고 물었다.

왓슨이 정리한 "홈즈의 지식과 능력 '1. 문학에 관한 지식—전무함'"의 근거 중 하나가 홈즈의 이 반응이었다.

윌마 노만 네루다
Wilma Norman-Neruda(1838~1911)

(현재의 체코)모라비아 주 브르노 출생/ 바이올리니스트

7세의 나이에 빈에서 첫 번째 공연을 하는 등 일찍부터 바이올리니스트로 활약했다. 피아니스트이자 지휘자인 샤를 할레(Charles Hallé, 1819~1895)의 악단에서 많은 연주를 했다.

오늘 오후에는 노만 네루다의 연주회에 가려고 하네

홈즈는 "그녀의 어택(attack; 음을 시작하는 방식)과 보잉(bowing; 활을 다루는 방법)은 참으로 훌륭하다네."라며 네루다를 극찬했다.

'불멸의 콤비'의 탄생

『주홍색 연구』는 우리의 명탐정 셜록 홈즈가 '데뷔'한 기념비적인 작품이다. 코난 도일이 처음으로 잡지에 발표한 장편 소설로, 1887년 〈비튼즈 크리스마스 애뉴얼〉에 실렸다. 또한 '파트너'라고 부르는 것은 아직 시기상조일지도 모르지만, 왓슨의 '이야기꾼'으로서의 인생도 여기에서 시작되었다.

이 작품에서는 왓슨과 홈즈가 처음으로 만나고, 우리에게 친숙한 베이커가 221B번지에서 동거 생활을 시작한다. 처음에 홈즈가 무슨 일을 하는지 알지 못했던 왓슨에게 홈즈는 자신을 자문 탐정(Consulting Detective)이라고 소개했는데, 그 직후 타이밍 좋게 사건이 날아들어 처음으로 두 사람이 함께 현장으로 가게 된다.

지금은 전 세계에서 모르는 사람이 없는 불멸의 콤비가 탄생한 것이다!

COLUMN

비튼즈 크리스마스 애뉴얼

Beeton's Christmas Annual

〈비튼즈 크리스마스 애뉴얼〉은 영국에서 1860년부터 1898년까지 매년 발행되었던 잡지다.

시리즈의 첫 번째 작품인 『주홍색 연구』가 실린 1887년호는 현재 몇 부 남아 있지 않아 귀중한 희귀본이 되었다. 2007년 소더비스 경매에서는 15만 달러가 넘는 가격에 낙찰되기도 했다.

〈비튼즈 크리스마스 애뉴얼〉 1887년호 표지

COLUMN

〈셜록 홈즈의 지식과 능력〉 12개 항목

1. 문학에 관한 지식─전무함.

2. 철학에 관한 지식─전무함.

3. 천문학에 관한 지식─전무함.

4. 정치학에 관한 지식─매우 적음.

5. 식물학에 관한 지식─편차가 있음.

   벨라돈나, 아편, 그 밖의 유독 식물 전반에 관해서는 박식하지만, 원예에 관해서는 아는 것이 전혀 없음.

6. 지질학에 관한 지식─한정적이기는 하지만 매우 실용적. 잠깐 보기만 해도 각종 토양을 순식간에 식별해냄.(이하 생략)

7. 화학에 관한 지식─매우 깊음.

8. 해부학에 관한 지식─정확하지만 체계적이지는 않음.

9. 범죄 관련 문헌에 관한 지식─폭넓음. 금세기에 일어난 모든 흉악 범죄 사건에 정통한 것으로 보임.

10. 바이올린 연주 실력이 뛰어남.

11. 봉술, 복싱, 검술의 달인.

12. 영국의 법률에 관한 실용적인 지식이 풍부함.

인용: 《주홍색 연구─신역 셜록 홈즈 전집》(분코사문고)

위의 목록은 『주홍색 연구』에서 두 사람이 동거 생활을 시작한 지 얼마 되지 않았을 무렵, 아직 홈즈의 직업을 알기 전의 왓슨이 홈즈에 관해서 적은 메모다. 이 메모를 적게 된 계기는 왓슨이 문학가인 토머스 칼라일의 말을 인용했을 때 홈즈가 그 사람이 누구냐고 물어본 것이었다. 다만 홈즈는 이후 사건 현장에서 "천재란 수고로움을 무한히 참아낼 수 있는 능력이라는 말이 있지요(They say that genius is an infinite capacity for taking pains)."라며 칼라일의 말을 인용하기도 했고, 그 밖에도 여러 장면에서 셰익스피어나 괴테의 말을 인용함으로써 문학 지식이 '전무'하지는 않음을 보여줬다.

'2. 철학'의 경우, 어느 정도의 지식을 갖췄는지 정확히는 알 수 없지만 「해군 조약문」에서 장미를 손에 들고 독자적인 철학론을 이야기한 바 있다.

'3. 천문학'에 관한 지식이 '전무'하다는 것도 지동설을 모르는 홈즈에게 충격을 받은 왓슨이 이렇게 평가한 것인데, 「그리스어 통역관」에서 두 사람이 '황도 경사(지구의 공전 궤도면인 황도면과 지구의 적도면이 이루는 각도. 현재는 약 23.4도이다. ─ 옮긴이)의 변화'에 관해 이야기를 나눈 것을 보면 홈즈가 왓슨에게 장난을 쳤던 것인지도 모른다.

'4. 정치학'에 관한 지식도 정치와 관련된 사건을 다수 해결한 것을 보면 '매우 적음'이라고는 생각하기 어렵다.

이처럼 처음 네 항목은 평가에 오류가 있지만, 알고 지낸 지 얼마 안 된 시점에 이렇게까지 홈즈를 관찰한 것을 보면 왓슨의 관찰력도 상당한 수준으로 보인다. 역시 홈즈의 전기 작가가 되기에 손색이 없는 인물이라고 말할 수 있지 않을까?

〈제2부〉

Story
미국의 광활한 황야에서 살아남은 사내와 소녀

18 47년, 존 페리어라는 사내와 루시라는 어린 소녀가 북아메리카 내륙부의 사막 지대를 떠돌고 있었다. 강을 찾아서 이동하던 도중에 굶주림과 목마름으로 가족과 동료들을 차례차례 잃고 두 사람만 남았던 것이다.

이윽고 그 두 사람도 죽음을 각오하고 바위산에 누워 있었는데, 그때 대평원 저편에서 모래 먼지와 함께 포장마차 대열이 나타났다. 그들은 무장한 사내들의 보호 아래 안주할 땅을 찾아서 여행하는 모르몬교도였다. 교리를 믿는 자에게는 먹을 음식과 마실 물을 준다는 지도자의 말에 페리어는 모르몬교 신도가 되어서 루시를 자신의 딸로 키우겠다고 결심했다.

4대 장로 / 모르몬교단

켐볼 / 존스턴 / 브리검 영 — 모르몬교의 지도자 / 구제 → 존 페리어

드레버 — 아버지 / 스탠거슨 — 아버지

양아버지 / 양녀 → 루시 페리어 / 아버지의 옛 친구

조셉 스탠거슨 — 아들 / 구혼

이녹 J. 드레버 — 아들 / 구혼

제퍼슨 호프 / 구출

존 페리어 (1847)

John Ferrier

미국의 개척민: 물을 찾아서 여행을 계속했지만, 21명이었던 일행은 어린 루시와 그를 남기고 전원이 사망했다. 둘이서 대평원을 방황하다 포장마차를 타고 서부로 이동하는 모르몬교단을 만나서 모르몬교도가 되는 조건으로 목숨을 건졌다.

비정상적일 정도로 빛나는 움푹 들어간 두 눈

길게 자란 갈색 머리카락

뼈에 달라붙은 양피지 같은 피부

백발이 섞인 턱수염

굵고 쉰 목소리

힘줄이 불거지고 햇볕에 탄 목

큰 키

뼈만 남은 듯이 여윈 손

헐렁한 옷

앙상한 몸

벨벳으로 만든 웃옷

토 벨벳
velvet
우단, 비로드(veludo)라고도 한다. 광택이 있으며 감촉이 부드럽고 마찰에도 강하기 때문에 옷이나 모자, 의자 등에 폭넓게 사용되고 있다.

본래 우람한 체격이었음을 느끼게 해주는 옹골찬 골격

금발

갈색 눈

포동포동한 얼굴

맑은 목소리

잘록하고 주근깨가 많은 작은 손

하얀 팔

말쑥한 핑크색 옷

루시 (1847)

Lucy

5세 정도의 소녀: 가족은 루시만 남기고 사망했다. 존 페리어와 함께 모르몬교도의 도움으로 목숨을 건졌으며, 그 후 존 페리어의 딸로 성장한다. 이전의 성은 알 수 없다.

귀여운 리넨 앞치마

흰색 양말

토 리넨
linen
아마 섬유를 원료로 만든 직물의 총칭. 얇고 촉감이 좋으며 흡수성이 있다. 여름옷이나 시트, 타월, 손수건 등에 사용된다.

반짝반짝 빛나는 금속이 달린 귀여운 신발

통통하고 하얀 발

루시 페리어 (1860)

Lucy Ferrier

존 페리어의 수양딸: 페리어 농장 옆 도로를 지나가던 여행자들이 발길을 멈춘 채 넋을 잃고 바라볼 만큼 아름다운 여성으로 성장했다. 지도자 브리검 영이 양아버지인 존에게 자신을 모르몬교도와 결혼시키라고 압박하는 것을 우연히 듣는다.

내 딸이 놈들의 아내가 되는 꼴을 볼 바에는 딸아이의 무덤을 바라보면서 사는 편이 낫다!

긴 밤색 머리카락

흰 피부

윤기가 흐르는 뺨

날씬하면서 건강한 몸매

호프에게 좋은 감정을 품고 있는 딸아이의 바람대로 해 주고 싶구나.

탄력 있는 팔다리

가벼운 걸음걸이

존 페리어 (1860)

John Ferrier

루시를 키운 양아버지: 유능하고 신뢰할 수 있는 인물로서 모르몬교도들의 존경을 받는 그는 유타의 광대한 토지를 받아 대농장주가 되었다. 다만 모르몬교의 교리 중 하나인 일부다처제만큼은 완강히 거부하며 독신을 고수하고 있다.

Check Point

모르몬교

Mormons

정식 명칭은 '예수 그리스도 후기 성도 교회(The Church of Jesus Christ of Latter-day Saints)'로, 1830년에 창립된 크리스트교 계열의 신흥 종파다.

초기에는 일부다처제를 주장한다는 등의 이유로 박해를 받아(1890년에 폐지) 각지를 전전했지만, 1847년에 솔트레이크 시티로 이주해 발전했다.

 존 페리어=페이지 왼쪽

제퍼슨 호프 (1860)

Jefferson Hope

솜브레로
sombrero
스페인, 중남아메리카의 멕시코와 페루, 미합중국 남서부 등에서 쓰는, 정수리 부분이 높게 튀어나오고 챙이 넓은 모자. 짚, 펠트, 나무 껍질 등으로 만든다.

커다란 솜브레로

검은 눈

햇볕에 탄 야성적인 얼굴

키가 크다

캘리포니아 지방의 개척민: 세인트루이스 출신. 네바다의 산속에서 은 광맥을 탐색하고 돌아가던 길에 솔트레이크 시티 변두리에서 소떼에 휩쓸려 위기에 빠진 루시를 발견하고 간발의 차이로 구출했다.
아버지와 존 페리어가 친한 사이이며, 루시를 구한 날 이후로 자신도 페리어 부녀와 친하게 지낸다.

폰초
Poncho

루시의 애마: 겁 없이 거대한 소떼 안으로 뛰어들었지만 쇠뿔에 옆구리를 찔리자 흥분해서 루시를 태운 채 마구 날뛰고 만다.

존 페리어가 호감을 느낀 포인트
· 신뢰할 수 있는 훌륭한 크리스트교도 청년. 루시는 그에게 호감을 품고 있으며, 페리어도 두 사람의 결혼에 찬성했다.
· 지도자 브리검 영이 딸 루시를 모르몬교도와 결혼시키도록 지시했기 때문에 네바다 산맥으로 떠난 호프에게 빨리 돌아와 달라고 편지를 보냈다.

연한 갈색 머리카락

연한 갈색 속눈썹

다부진 체격

겉모습은 30세
정도로 보인다

커다란 얼굴

결연한 표정

브리검 영
(1847)
Brigham Young

모르몬교의 지도자: 모
르몬교의 창시자인 조
셉 스미스가 사망한 뒤
지도자로 뽑혔다.
일리노이 주 노부에서
쫓겨난 뒤 안주할 땅을
찾아서 1만 명에 가까
운 신자를 이끌고 긴 여
행을 하던 중 쓰러져 있
던 존 페리어와 루시를
발견하고 두 사람을 구
한다.

브리검 영
(1860)
Brigham Young

모르몬교의 지도자: 긴 여행 끝에 유타에 도착해 유능한
행정관으로서 솔트레이크 시티를 만들어냈다.
존 페리어의 집을 찾아가 4대 장로인 스탠거슨과 드레버의
아들 중 한 명과 수양딸 루시를 결혼시키도록 압박한다.

4대 장로
The four Principal Elders
모르몬교단의 간부

켐볼
Kemball

존스턴
Johnston

스탠거슨
Stangerson
아내 세 명과
아들 조셉이 있다

드레버
Drebber
아들
이녹이 있다

창백한 말상의 얼굴

조셉 스탠거슨 (1860)
Joseph Stangerson

모르몬교도: 루시를 찾아와 구혼한다. 이녹 J. 드레버보다 나이가 많으며 교회에서도 높은 위치에 있다. 아내가 4명 있다.

조셉 스탠거슨 (1847)
Joseph Stangerson

모르몬교도: 12세. 4대 장로인 스탠거슨의 외동아들. 성격이 제멋대로이며 조숙하다.

아버지가 돌아가시면 무두질 공장과 가죽 제조 공장은 내 것이 돼.

얼마 전에 아버지가 제 분소를 물려주셔서 지금은 조셉보다 내가 더 부자야.

기품이 떨어지는 찡그린 얼굴

쿠퍼
Cowper

모르몬교도: 제퍼슨 호프와 친분이 있는 모르몬교도.

이녹 J. 드레버 (1860)
Enoch J. Drebber

모르몬교도: 4대 장로인 드레버의 외동아들. 조셉 스탠거슨과 함께 루시를 찾아와 구혼한다. 아내가 7명 있다.

실존 인물

조셉 스미스 주니어
Joseph Smith, Jr. (1805~1844)

미합중국 버몬트 주 원저 군 출생/ 모르몬교 창시자

천사 모로니에게 계시를 받았다며 《모르몬서(The Book of Mormon)》를 집필했고, 1830년에 모르몬교를 설립했다. 1844년에 일리노이 주 카시지의 감옥에서 반대파에게 살해당했다.

브리검 영
Brigham Young(1801~1877)

미합중국 버몬트 주 위팅햄 출생/ 모르몬교 지도자·정치가
⇒ 42쪽 [브리검 영] 참조
⇒ 40쪽 [Check Point: 모르몬교] 참조

 조셉 스탠거슨 = 페이지 상단

 이녹 J. 드레버 = 페이지 중단

『주홍색 연구』는 2부 구성으로 되어 있다. 전반부인 〈제1부〉에서는 런던에서 발생한 기괴한 사건을 다루고, 〈제2부〉에서는 그 사건의 근원이 된 배경을 다루기 위해 무대를 30년 이상 이전의 미국 북서부로 옮긴다.

그런 까닭에 〈제2부〉에서는 홈즈와 왓슨이 거의 등장하지 않지만, 서부 개척 시대에 유타주의 광활한 대지에 살았던 〈제2부〉의 주인공들도 생동감 넘치게 묘사되어 있으며 굉장히 매력적이다.

한편, 셜록 홈즈 시리즈는 수많은 작품이 영상화되었지만 『주홍색 연구』의 영상화 작품은 다른 인기 작품에 비해 상당히 적다. 특히 홈즈와 왓슨의 활약상이 거의 나오지 않는 〈제2부〉를 제대로 영상화한 작품은 아직 본 적이 없다.

미국의 웅대한 대지를 무대로 존 페리어와 루시 페리어 모녀, 제퍼슨 호프 등이 약동하는 모습을 꼭 영상으로 보고 싶은 마음이다.

솜브레로와 라이플

COLUMN

'셜록 홈즈' 시대의 미국
America in 'Holmes' era

1776년 영국으로부터 독립한 미국은 1846년에 현재 미국 본토라고 부르는 지역을 획득했다. 그리고 1848년에 캘리포니아에서 금광이 발견되며 골드러시가 시작되었다.

홈즈가 등장하는 첫 작품 『주홍색 연구』에서 제2부의 무대가 된 시대가 바로 그 무렵으로, 루시 페리어가 사는 마을도 금광을 찾아서 떠도는 사람들이 지나가는 길에 자리 잡고 있었다. 제퍼슨 호프 또한 광맥을 찾아 여행을 떠났다가 돌아가는 길에 루시를 만났다.

「다섯 개의 오렌지 씨앗」의 일라이어스 오픈쇼는 남북전쟁에 참전했고, 「독신 귀족」에서 신부 해티 도런의 아버지는 미국에서 금맥을 찾아내 성공을 거머쥐었다. 그 밖에도 『바스커빌 가문의 사냥개』와 『공포의 계곡』 등, 셜록 홈즈 시리즈에는 미국이 수없이 등장한다.

『주홍색 연구』 사건의 흐름

의뢰일 1881년* 3월 4일(수)**	2시	**존 랜스 순경:** 순찰 중에 빈집에서 드레버의 시체를 발견하다.
	아침 식사 무렵	**홈즈:** 스코틀랜드 야드의 그렉슨에게서 살인 사건의 조사 협력을 요청하는 편지를 받다.
	오전~13시	**홈즈와 왓슨:** 그렉슨이 기다리는 살인 현장으로 이동해 조사를 하다.
	오후	**홈즈와 왓슨:** 최초 발견자인 랜스 순경의 집을 찾아가 이야기를 듣다.
		홈즈와 왓슨: 점심 식사를 하다.
		홈즈: 노만 네루다의 연주회에 가다.
		왓슨: 221B번지로 돌아가 휴식하다.
	저녁 식사 무렵	**홈즈:** 연주회에서 귀가하다.
	20시 이후	**홈즈:** 신문 광고를 본 노파가 반지를 받으러 221B번지로 오다.
	21시 전	**홈즈:** 돌아가는 노파를 미행하다.
	22시 이후	**왓슨:** 침실로 가는 하녀의 가벼운 발소리를 듣다.
	23시 이후	**왓슨:** 침실로 향하는 221B번지의 여주인의 당당한 발소리를 듣다.
	0시 직전	**홈즈:** 귀가.
3월 5일(목)	8시경	**레스트레이드:** 할리데이스 프라이빗 호텔에서 스탠거슨의 시체를 발견하다.(추정 사망 시각은 6시경)
	아침 식사 무렵	**베이커가 소년 탐정단:** 221B번지에 집합해 홈즈의 지시를 받다. **그렉슨:** 홈즈에게 새로운 정보를 전하기 위해 221B번지를 찾아오다.
		레스트레이드: 홈즈에게 새로운 정보를 전하기 위해 221B번지를 찾아오다.
		베이커가 소년 탐정단의 위긴스: 마차와 마부를 221B번지로 불러 오다.

* 1881년=정전(원작)에는 구체적인 연도가 기재되어 있지 않지만, 왓슨이 부상을 입은 '마이완드 전투'는 1880년 7월 27일에 벌어졌으며 왓슨은
현지에서 치료를 받고 회복했으나 장티푸스에 걸려 몇 달 동안 사경을 헤맸다. 그리고 장티푸스에서 어느 정도 회복되자 곧 영국으로 송환되어
약 1개월을 보냈다. 그래서 이 책에서는 『주홍색 연구』가 1881년에 일어난 사건으로 추측했다.
** 3월 4일(수)=현실의 '1881년 3월 4일'은 '금요일'이지만, 작중에서는 '1881년 3월 4일'이 '수요일'로 되어 있다. 이 표는 작중에 기재된 요일을 바탕
으로 작성한 것이다.

명소 안내

세인트바솔로뮤 병원
St Bartholomew's Hospital

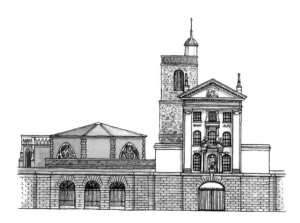

1702년에 완성된 '헨리 8세 문(The King Henry VIII Gate)'. 문 안쪽에는 15세기에 건설된 탑을 보유한 역사적인 예배당(St Bartholomew the Less)이 있다.

'바츠'에서 만난 두 사람

정식 명칭은 왕립 세인트바솔로뮤 병원(The Royal Hospital of St Bartholomew)이며, 일반적으로 바츠(Barts)라고 불린다. 1123년에 설립되어 유럽에서 가장 오래된 병원으로 불리며, 증축과 개축을 거듭했지만 지금도 설립 당시와 같은 장소에 있다. 의학의 진보로 이어진 수많은 연구가 이루어졌을 뿐만 아니라 간호직의 발전에도 공헌한 유서 깊은 병원이다.

『주홍색 연구』를 읽어 보면 왓슨이 이 병원에서 일했었음을 알 수 있다. 그리고 왓슨이 홈즈를 처음으로 만난 곳도 이 병원의 화학 실험실이었다. 세인트바솔로뮤 병원에는 두 사람의 만남을 기념해서 만든 "아프가니스탄에 갔다 오셨군요?"라는 홈즈의 대사가 적힌 플레이트가 있으며, 관광객도 이 플레이트를 볼 수 있다(처음에는 병리학 연구실에 있었지만 이후 병원 내의 박물관으로 옮겨 놓았다).

『주홍색 연구』를 영상화한 작품이 적다 보니 세인트바솔로뮤 병원에서 홈즈와 왓슨이 만나는 장면을 보고 싶다는 팬들의 바람도 좀처럼 이루어지지 않고 있었다. 그런데 '셜록 홈즈' 시리즈의 무대를 현대로 옮긴 BBC 드라마 〈셜록(SHERLOCK)〉의 제1편 '분홍색 연구(A Study in Pink)'에서 두 사람이 처음 만나는 장면을 세인트바솔로뮤 병원에서 촬영해 전 세계의 팬들을 기쁘게 했다.

스코틀랜드 야드

Scotland Yard

1890년에 준공된 제2대 청사(뉴 스코틀랜드 야드). 이 건물은 지금도 건재하며, 설계자의 이름을 따서 '노먼 쇼 빌딩(Norman Shaw Buildings)'으로 불린다.

│ 런던의 명소 '야드'

런던 경찰청, 특히 범죄 수사부(CID)의 통칭. 1829년에 창립되었으며, 스코틀랜드 국왕의 별궁이 있었던 것에서 '그레이트 스코틀랜드 야드'라는 명칭이 유래되었는데, 그 거리에 초대 청사의 뒷문이 위치했던 까닭에 '스코틀랜드 야드'라고 불리게 되었다. 초대 건물이 1884년에 폭탄 테러로 거의 완전히 파괴되자 1890년에 본부를 약간 남쪽의 빅토리아 엠뱅크먼트로 옮겨 '뉴 스코틀랜드 야드'로 부활했고, 이후 1967년에 브로드웨이로 이전(제3대 청사)했다가 2016년에 제2대 청사 옆으로 돌아왔다(제4대 청사).

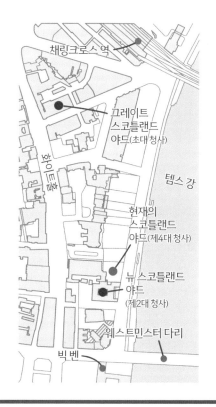

채링크로스 역

그레이트 스코틀랜드 야드(초대 청사)

화이트홀

템스 강

현재의 스코틀랜드 야드(제4대 청사)

뉴 스코틀랜드 야드(제2대 청사)

웨스트민스터 다리

빅 벤

레스트레이드 & 그렉슨도 첫 등장!

저 친구들, 얼간이 집단인 경시청에서는 그래도 쓸 만한 편이긴 한데…

'RACHE'는 독일어로 '복수'라는 의미라네!

그 여성과 깊은 관련이…

우린 그만 가세, 왓슨

이건 '레이첼'이라는 여성의 이름을 쓰려던 게 분명하다고!

그래서, 이 발견이 어쨌다는 거지?

두 사람의 공적 다툼도 볼거리!

명대사

"There's the scarlet thread of murder running through the colourless skein of life."

"인생이라는 무색의 실타래 속에 살인이라는 주홍색 실이 섞여 있지."

실타래를 풀어서 그 주홍색 실을 완전히 분리해내 만천하에 드러내는 것이 우리의 책무라네!

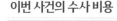
이번 사건의 수사 비용

■ 랜스 순경 탐문 비용

하프 소브린*

■ 베이커가 소년 탐정단에게 준 심부름 삯

6실링

■ 신문 광고비

금액 불명

■ 클리블랜드에 보낸 조회 전보

금액 불명

※ 하프 소브린(약 10만 8천 원), 1실링(1만 800원)

왓슨, 대의에 눈을 뜨다!

자네의 공적을 세상에 알려야 하네!

자네가 그럴 마음이 없다면

내가 하겠어!

좋을 대로 하게나

I will for you!

탐정의 조건?

들키지 않게 사륜마차 뒤에 매달려 가는 곡예사 수준의 기술!

탐정이라면 누구나 익혀야 하는 기술이지!

지식뿐만 아니라 신체 능력도 뛰어나다!

048

관전 포인트!

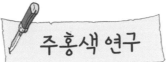

주홍색 연구 를 조금 더 **깊게** 즐겨 보자!

동거 생활을 시작한
왓슨이 본

홈즈의 생활

● 생활 태도는 규칙적이고 조용함
● 밤 10시가 넘어서까지 깨어 있는
   경우는 좀처럼 없음
● 병원 실험실이나 해부실에서 온
   종일 보내는 일도 빈번함
● 때때로 시티의 빈민 지구 주변을
   오랫동안 산책함
● 연구에 열정을 쏟은 뒤에는 그
   반작용으로 하루 종일 축 늘어짐

평소의 청렴한 모습을
보지 못했다면 마약 중독자로
의심했을 듯!

└ 당신은 아직 홈즈를 몰라!

**이야기에 한 번도 등장하지 않은
왓슨의 강아지!**

이 "keep a bull pup
(새끼 불도그를 키우고 있다)."은
당시 인도 영어의 관용어로
'성격이 지랄 맞다.'라는
의미가 있다고 한다.[5]
실제로 왓슨은 221B번지로
이사 온 지 얼마 안 되었을 때
뜬금없이 신경질을 부린 적이 있다.

> 새끼
> 불도그를
> 키우고
> 있습니다

> 신경이 예민해서
> 소음은
> 질색입니다

아침 식사가
준비되어 있지
않잖아!

> 일어나는 시간이
> 불규칙합니다

그쪽은
?

> 좀
> 게으릅니다

왈
왈

평소보다 일찍
일어난 건 이쪽!

**왓슨이
키우는
강아지의
수수께끼**

> 담배
> 냄새가
> 심합니다

> 화학 실험을
> 합니다

> 며칠씩
> 말을
> 안할때가
> 있습니다

동거를
결정하기 전에
서로의 단점을
신고!

명대사

명콤비 탄생의 순간

"Get your hat."

"자, 자네도 모자를 쓰게!"

you wish
me to
come?
함께 가자는
건가?

명대사

"I consider that a
man's brain originally is
like a little empty attic."

"내 생각에, 인간의 뇌는 본래
텅 빈 작은 다락방 같은 것일세."

태양계?
버려
버려

필요한
지식만
저장해야 해!

[의뢰일]
1887년 9월 7일
(⇒71쪽 참조)

[의뢰인]
메리 모스턴
(가정교사)

[의뢰 내용]
모르는 사람에게서
만나자고 요청하는
편지를 받아 이에
관해 의논했으면
한다

[주요 지역]
런던 교외/
어퍼 노우드 외

〈런던 편〉

Story
천애고아인 히로인에게 매년 배달되는 수수께끼의 진주

메리 모스턴이라는 여성이 221B번지를 찾아왔다. 아직 학생이었던 약 10년 전에 유일한 혈육인 아버지가 행방불명되어 천애고아가 되어 버린 메리는 그 후 입주 가정교사로 생활했는데, 6년 전부터 누군가가 매년 커다란 진주를 한 알씩 자신에게 보내기 시작했다고 한다. 누가 보냈는지 알 수 없는 이 수수께끼의 선물에 고민하고 있었던 메리에게 오늘 아침 갑자기 같은 발신인이라 짐작되는 사람에게서 저녁에 만나자는 편지가 날아왔다. 이에 당혹스러워진 그녀는 고용주 부인의 추천으로 홈즈를 찾아가 의논하기로 한 것이었다. 이야기에 흥미를 느낀 홈즈는 왓슨과 함께 그 수수께끼의 인물과 만나는 자리에 동행하겠다고 메리에게 제안한다.

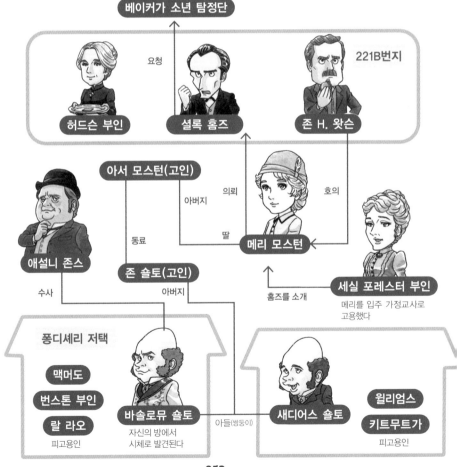

가정교사(governess): 입주 가정교사로 일하기 시작한 지 얼마 안 되었을 무렵부터 수수께끼의 인물에게서 6년간 매년 커다란 진주를 한 알씩 소포로 받았다. 그 진주를 보낸 사람이 갑자기 만나자는 편지를 보내자 당혹감을 느껴 조언을 구하고자 홈즈를 찾아왔다.

크고 파란 눈동자에서는 고상함과 배려심이 느껴졌다.

화려하지 않은 작은 회색 터번

첫눈에 반했음?

조각 같은 미인상이라든가 피부가 비단결 같다거나 하지는 않았지만, 표정에는 사랑스러움과 애교가 있었다. 세 대륙의 수많은 나라에서 여성들을 봐 왔지만 이렇게 순수함과 풍부한 감수성이 잘 드러난 얼굴은 단 한 번도 본 적이 없었다.

몸집이 작다

장갑을 단정하게 꼈으며 옷차림도 더할 나위 없이 잘 어울렸다.

하얀 깃털

금발

차분한 몸가짐

당차고 상냥한 성격.

장식도 주름도 없는 회색빛이 감도는 수수한 드레스

수수하고 간소한 복장은 부유하다고는 말할 수 없는 재정 상황을 짐작게 했다.

17세에 아버님이 실종되었으니, 지금은 27세일 것이다.

단호한 걸음걸이

Profile

- 아버지는 인도의 '제34 봄베이 보병 연대'에 소속된 장교였지만, 메리는 어렸을 때부터 영국에서 살았다
- 어머니는 일찍 돌아가셨으며, 영국에는 친척도 없다
- 17세까지 에든버러의 여자 기숙학교에서 공부했다
- 휴가를 얻어 일시 귀국했던 아버지가 1878년 12월 3일에 체류 중이던 랭엄 호텔에서 행방불명되었다
- 1882년경부터 세실 포레스터 부인의 집에 입주 가정교사로 지내기 시작했다
- 1882년 5월부터 커다란 진주가 들어 있는 소포를 매년 같은 날에 받고 있다

키트무트가
Khitmutgar

새디어스의 피고용인: 인도인. 새디어스의 집에 도착한 메리 일행을 맞이했다. '키트무트가'는 사람의 이름이 아니라 집사 또는 남성 피고용인을 의미하는 힌디어다. 서비스라는 의미의 말이 어원이라고 한다.

심하게 튀어나온 정수리 ·····

빨간 머리카락 ·····

파란 눈 ·····

뒤집어진 입술 ·····

가냘프고 새된 목소리 ·····

입가를 손으로 가리는 습관이 있다 ·····

키가 작다 ·····

동양의 물담배를 좋아한다 ·····

새디어스 숄토
Thaddeus Sholto

자산가: 아버지인 숄토 소령의 유언대로 모스턴 대위의 딸인 메리에게 보물을 나눠 주려 하지만, 이 문제로 쌍둥이 형제인 바솔로뮤와 대립하고 있다. 아버지가 세상을 떠난 뒤에는 함께 살고 있었던 '퐁디셰리 저택'을 나와 다른 집에서 살고 있다. 취향이 친동양적이다.

갓 30세를 넘겼을 뿐이라 전체적으로는 젊은 인상

승모판에 문제가 있지 않은지 걱정하기에 청진기를 대 봤지만 특별한 이상은 발견되지 않았다. 건강 염려증이 분명했다.

🔖 물담뱃대
hookah

흡연 기구의 일종. 연기를 일단 물속을 지나가게 해서 니코틴을 여과한 다음 들이마신다. 17세기 초엽에 페르시아에서 발명되었다.

부랑아
Street Arab

라이시움 극장 앞에서 윌리엄스가 메리와 홈즈, 왓슨의 신원 등을 확인하는 동안 사륜마차를 지키고 있었던 소년.

거무스름한 피부

마부의 복장

놀랄 만큼 날카로운 눈빛

작은 체구

윌리엄스
Williams

새디어스의 피고용인: 라이시움 극장으로 메리를 마중 나온 사내. 과거에 권투 선수로서 라이트급 영국 챔피언이었다. 새디어스는 그의 판단력을 전폭적으로 신뢰한다.

바솔로뮤 숄토 피해자
Bartholomew Sholto

새디어스의 쌍둥이 형제: 아버지 존 숄토 소령이 물려준 재산의 분배를 둘러싸고 새디어스와 의견이 맞지 않아 대립 중이다. 아버지와 함께 살고 있었던 '퐁디셰리 저택'에서 계속 살면서 실내와 부지를 6년 동안 뒤진 끝에 아버지가 숨겨 놓았던 보물을 찾아냈다.

맥머도
McMurdo

바솔로뮤의 피고용인: '퐁디셰리 저택'의 문지기. 전직 프로 권투 선수. 4년 전에 아마추어 권투 선수인 셜록 홈즈와 경기를 한 적 있다.

> 4년 전 어느 날 밤, 자네의 후원 경기가 열렸던 앨리슨 체육관에서 자네와 3라운드 경기를 했던 아마추어를 잊었나?

튀어나온 얼굴

걸걸한 목소리

두꺼운 가슴

키가 작다

길쭉한 두상에 벗겨진 머리

뒤통수 주위에 나 있는 굵고 빨간 머리카락

← 새디어스

> 바솔로뮤는 값비싼 진주를 보낼 수 없다며 반대했지요. 저로서는 진주를 한 알씩 모스턴 양에게 보내도록 설득하는 것이 최선이었습니다.

키가 크다

번스톤 부인
Mrs. Bernstone

바솔로뮤의 가정부: 홈즈 일행을 데리고 방문한 새디어스에게 주인 바솔로뮤의 이변을 알렸다.

랄 라오
Lal Rao

바솔로뮤의 집사: 인도인.

 새디어스 숄토 = 54쪽

존 숄토 소령(고인)
Major John Sholto

퇴역한 영국 육군 소령: 현역 군인이었을 때는 메리의 아버지 모스턴 대위가 소속됐던 안다만 제도 부대의 지휘관이었다. 약 11년 전에 퇴역한 뒤 인도에서 가져온 재산으로 유복한 생활을 했다. 1882년에 췌장의 지병이 악화되어 사망할 때 쌍둥이 아들인 바솔로뮤와 새디어스에게 자신이 숨긴 보물의 절반을 모스턴 대위의 자식에게 분배하라는 유언을 남겼다.
⇒ 69쪽 [Check Point: 안다만 제도] 참조

← 새디어스

무엇을 두려워하는지 말씀해 주시지는 않았지만, 아버지께서 의족을 한 사내를 무엇보다 싫어하셨던 것은 분명합니다.

랄 초우다(고인)
Lal Chowdar

존 숄토의 피고용인: '퐁디셰리 저택'을 찾아온 모스턴 대위를 주인인 숄토 소령에게 안내했다.

Check Point
인도와 관련 있는 사람들
People associated with India

『네 사람의 서명』은 인도와 깊이 연결되어 있는 이야기이다. 정전(원작)에는 그 밖에도 인도와 관련이 있는 인물이 많이 등장해 당시 영국과 인도의 밀접한 관계를 느끼게 해 준다.
『등이 굽은 남자』의 제임스 바클레이 대령과 헨리 우드 하사는 영국군 연대 소속으로서 인도에 주둔했었고, 『입술이 비뚤어진 사내』에 나오는 아편굴 '황금 막대'의 주인은 뱃사람 출신의 인도인이며, 『얼룩 끈』의 그림스비 로일롯은 인도에서 의사로 활동했었다. 『빈집의 모험』의 세바스찬 모런 대령은 인도 육군의 장교로서 호랑이 사냥 기록을 세웠다. 『세 학생』의 다우라트 라스는 영국의 대학에 다니는 인도인 학생이고, 『베일을 쓴 하숙인』에서 화제에 올랐던 버크셔 경찰대의 에드먼스는 인도의 알라하바드(프라야그라지)로 전출되었다. 그리고 『그리스어 통역관』에서 홈즈 형제의 추리 대상이 된 인물도 인도에서 복무한 군인이었다.

셰실 포레스터 부인
Mrs. Cecil Forrester

중년의 기품 있는 여성

메리 모스턴의 고용주: 가정 내 트러블을 홈즈가 해결해 준 적이 있어서, 메리에게도 홈즈를 찾아가 보도록 권했다. 로워 캠버웰에 살고 있다.

 아마도 아주 조금 힘을 빌려 드렸을 겁니다. 정말 단순한 사건이었지요.

 한밤중에 모스턴 양을 집까지 데려다줬을 때, 그때까지 안 자고 기다리다 마치 어머니처럼 말을 걸며 맞이하는 포레스터 부인을 보고 기쁨을 느꼈다.

푸른 빛이 도는 안경

마른 체형에 구부정한 등

노크를 해도 좀처럼 일어나지 않았고 일어난 뒤에도 쌀쌀맞은 태도였지만, 홈즈의 이름을 댄 순간 곧바로 문을 열었다.

셔먼 노인
Old Sherman

새 박제 가게의 주인: 토비의 주인. 램버스 구의 강변 근처에 있는 핀친 길 3번지에서 가게를 운영하고 있으며, 개 43마리 외에 오소리와 산족제비, 유럽무족도마뱀 등을 키우고 있다.
⇒ 163쪽 [COLUMN: 정전에 등장하는 특이한 동물들] 참조

놀랄 만큼 후각이 예민하다

추적할 때 꼬리를 꼿꼿이 세운다

갈색과 흰색의 얼룩

늘어진 귀

긴 털

토비
Toby

셔먼 노인이 키우는 개: 스패니얼과 러처의 잡종.

런던의 경찰 전부보다 토비 한 마리가 더 믿음직하지.

셔먼 노인이 건네준 각설탕을 줬더니 아무런 불만 없이 동행해 줬다.

털이 풍성한 다리

어기적어기적 볼품없이 걷는다

스미스 부인
Mrs. Smith

불그스름한 얼굴

선박 대여업자: 남편과 큰 아들이 아무 말도 없이 한밤중에 의족을 한 사내와 함께 배를 타고 나간 뒤로 만 하루가 지나도 돌아오지 않아 걱정하고 있었다.

뚱뚱한 여성

잭
Jack

스미스 부부의 아들: 조사를 위해 왓슨, 토비와 함께 찾아온 홈즈에게서 용돈을 받았다.

곱슬머리

6세 정도

모데카이 스미스
Mordecai Smith

선박 대여업자: 증기선 '오로라 호'의 선주. 새벽 3시경 아들 짐, 의족을 한 사내와 함께 '오로라 호'를 타고 떠났다.

짐
Jim

스미스 부부의 큰아들: 한밤중에 아버지와 함께 '오로라 호'를 타고 떠났다.

Check Point
오로라 호
The Aurora

모데카이 스미스가 소유한 배로, 템스 강에서도 손에 꼽힐 만큼 빠르다. 홈즈와 왓슨이 토비를 데리고 찾아왔을 때, 스미스는 의족을 한 사내와 함께 '오로라 호'를 타고 떠난 뒤였다.

스미스 부인의 이야기에 따르면 템스 강에서는 보기 드문 예쁜 배이며, 최근에 선체를 검은색으로 칠했다고 한다. 선체는 검은색 바탕에 빨간 띠가 두 줄 있고, 굴뚝은 검은색 바탕에 흰 띠가 있다.

의족을 한 사내
The Wooden-legged man

용의자

바솔로뮤 살해 사건의 용의자: 모데카이 스미스의 증기선 '오로라 호'를 빌려 타고 떠난 뒤 모습을 감췄다.

백발이 섞인 검은 곱슬머리

얼굴 전체에 주름살

굵은 눈썹

날카로운 눈빛

수염으로 덮여 있는 돌출턱

햇볕에 붉게 탄 얼굴

우리의 의족 친구는 상당한 실력의 등반가이기는 하지만 프로 뱃사람은 아니군. 손바닥에 굳은살이 전혀 없어

현장의 흔적을 바탕으로 한 홈즈의 추리
- 교양이 없으며, 체구가 작고 날렵하다
- 오른쪽 다리가 의족이며 안쪽이 닳았다
- 왼발에 신은 신발은 앞코가 사각이다
- 허술한 신발창
- 신발의 뒤꿈치에 금속 테가 둘러져 있다
- 햇볕에 탔다
- 중년
- 과거에 죄수였다
- 손바닥의 껍질이 벗겨져 있다

통가
Tonga

의족을 한 사내의 일행: 안다만의 원주민 남성.

심하게 곱슬곱슬한 머리카락

크고 볼품없는 얼굴

작은 눈

짐승다움과 잔인함이 깊게 각인된 표정

누렇고 날카로운 이발

두꺼운 입술

어두운 색의 얼스터 코트 혹은 모포 같은 것을 몸에 두르고 있다
⇒ 154쪽 [아이템: 얼스터 코트] 참조

Check Point
안다만의 원주민
The aborigines of the Andaman Islands

안다만 제도에 사는 민족. 140센티미터 정도의 작은 키와 검은 피부, 곱슬머리 등이 특징으로, 농사는 짓지 않고 사냥과 채집을 하며 생활한다. 오랫동안 외부 세계와 접촉하지 않아 불을 피우는 방법도 모르는 보기 드문 민족이기도 했다. 1970년대의 추계에 따르면 인구는 600명 정도였다. ⇒ 69쪽 [Check Point: 안다만 제도] 참조

허드슨 부인
Mrs. Hudson

221B번지의 주인: 의뢰를 하러 온 메리 모스턴의 명함을 홈즈에게 전해 줬으며, 사건에 과도하게 몰두하는 홈즈를 걱정했다.
⇒ 12쪽 [주요 등장인물] 참조

(베이커가 소년 탐정단이 한꺼번에 집 안으로 들어오려고 해서)당황하며 반쯤 울부짖듯이 주의를 주는 허드슨 부인의 소리가 들렸다.

Check Point
베이커가 소년 탐정단
The Baker Street Irregulars

홈즈가 사건을 수사할 때 도움을 받는 부랑아 집단. 보수는 한 명당 하루 1실링(약 1만 800원)이고, 교통비도 따로 받으며, 『네 사람의 서명』에서는 성공 보수로 1기니(21실링. 약 22만 6,800원)를 제시받았다.
『주홍색 연구』에서부터 활약했지만, 아쉽게도 정전(원작)에는 세 번밖에 등장하지 않는다. 단원 수는 『주홍색 연구』에서는 6명, 『네 사람의 서명』에서는 12명 정도임을 알 수 있으며, 「등이 굽은 남자」에서는 심슨이라는 단원이 등장해 등이 굽은 남자를 미행했다. 이들이 활약하는 모습을 좀 더 볼 수 있었다면 좋았을 텐데……

위긴스
Wiggins

베이커가 소년 탐정단의 대장: 『주홍색 연구』에 이어, 221B번지에는 소년 탐정단 동료들을 데려오지 말고 혼자서 오도록 홈즈에게서 주의를 받았다.

소년 탐정단 중에서 키가 제일 크다

깡마르고 초라한 용모

누더기를 걸친 작은 부랑아 12명이었다. 소란스럽게 들어오는가 싶더니 곧 지시를 기다리는 표정으로 정렬해, 어느 정도는 규율이 잡혀 있음을 보여 줬다.

베이커가 소년 탐정단
The Baker Street Irregulars

부랑아 집단: 홈즈에게서 증기선 '오로라 호'의 행방을 수색하라는 지시를 받았다. 심부름 삯은 하루 1실링(약 1만 800원).

작은 눈

눈꺼풀 밑으로 부풀어
오른 눈 밑 지방

쉰 목소리

다혈증이 있는
듯한 붉은 얼굴

거만한 말투

회색 신사복

거구인 것치고는
행동이 기민하다

애설니 존스
Athelney Jones

스코틀랜드 야드의 경찰관: 새디어스 숄토가 노우드 경찰서에 사건을 신고했을 때 때마침 다른 사건을 수사하기 위해 노우드 경찰서에 있었던 까닭에 사건을 담당하게 되었다. 홈즈와는 '비숍게이트 보석 사건' 당시 알게 되었다.

처음 만났을 때는 퉁명스럽고 거만한 상식가로 보였지만, 편안한 자리에서는 사교적인 사람이었으며 상당한 미식가였다.

경비를 맡은 순경들
Two constables

스코틀랜드 야드의 경찰관: 왓슨이 토비를 빌려서 현장으로 돌아왔을 때 '퐁디셰리 저택'의 문 앞에서 경비를 서고 있었던 경찰관들.

경사
Police-sergeant

스코틀랜드 야드의 경찰관: 존스가 용의자를 연행한 뒤 현장의 방에 홀로 남은 경찰관. 왓슨과 함께 다락으로 올라가려 하는 홈즈에게 램프를 빌려줬다.

제복 차림의 경찰관
Inspector in uniform

스코틀랜드 야드의 경찰관: 애설니 존스와 함께 '퐁디셰리 저택'에 나타난 경찰관.

조타수
A man at the rudder

홈즈의 요청으로 존스가
동원한 경찰선의 조타수

기관사
Engineer

홈즈의 요청으로 존스가
동원한 경찰선의 기관사

왓슨과 동행한
경찰관
Inspector as Watson's companion

스코틀랜드 야드의 경찰관: 홈즈의 요청
으로 존스가 동원한 경찰관 중 한 명. 존
스 그리고 홈즈 일행과 함께 경찰선을 탔
으며, 왓슨이 메리에게 상자를 가져갈 때
는 마차로 동행했다.

무뚝뚝하지만 친절했다.

샘 브라운
Sam Brown

스코틀랜드 야드의 경찰관:
홈즈의 요청으로 존스가 동
원한 경찰관 중 한 명. 존스
그리고 홈즈 일행과 함께 경
찰선을 탔다.

Check Point
스코틀랜드 야드의 경찰관
Scotland Yard Policemen

스코틀랜드 야드는 1829년에 시행된 수도
경찰법(Metropolitan Police Act)을 기반으로
설립되었다. 처음에는 800명 정도의 경찰
관이 런던의 경비를 맡았지만, 1887년에는
인원이 1만 5,000명 정도로 불어났다(현재
는 약 3만 2,000명).

중류 계급 사람들에게는 인기가 높은 직업
이었지만 급여가 낮고 업무도 힘들었기 때
문에 1872년과 1890년에는 임금 인상과
연금 지급, 포상금 등의 수여를 요구하는 파
업이 일어나기도 했다. 『네 사람의 서명』에
서 사건을 해결했을 때의 사례금을 기대했
던 '왓슨과 동행한 경찰관'도 급여가 적어
생활에 어려움을 겪던 경찰관 중 한 명이었
을 것이다.

⇒ 47쪽 [명소 안내: 스코틀랜드 야드] 참조
(참고 문헌: 《도설 셜록 홈즈》 가와데쇼보신사
간행)

Check Point
홈즈의 변장
Disguises of Holmes

홈즈의 특기 중 하나인 변장. 얼굴뿐만 아니라 표정이나 목소리, 인격까지도 완전히 다른 사람처럼 보이기 때문에 왓슨도 때때로 속아 넘어간다. 「블랙 피터」에는 홈즈가 런던에 적어도 다섯 곳의 은신처를 갖고 있으며 그곳에서도 변장을 한 채로 지낸다는 이야기가 나온다. 또한 『바스커빌 가문의 사냥개』에서는 "변장을 꿰뚫어보는 능력은 범죄 수사를 하는 사람이 제일 먼저 갖춰야 할 요건"이라는, 변장이 특기인 홈즈다운 견해를 드러내기도 했다. 정전(원작)에서 홈즈는 전부 합쳐 13회(10작품)의 변장을 했다.

뱃사람풍의 사내 홈즈
A man, clad in a rude sailor dress

품질이 좋지 않은 빨간색 스카프 ···

허름한 선원복에 피 재킷(pea-jacket) ···

뱃사람풍의 노인 홈즈
An aged man, clad in seafaring garb

덥수룩한 흰 눈썹 ···

새치가 있는 긴 구레나룻

검고 날카로운 눈

턱을 깊게 감싸고 있는 알록달록한 스카프

세월과 가난을 이기지 못하고 쇠락한 대선장이라는 인상이었다.

완전히 속아 넘어갔다

당신, 배우를 했으면 굉장한 명배우가 되었을 텐데! 주급 10파운드는 받았을 거요!

뱃사람의 복장

굵은 떡갈나무 지팡이

숨을 들이마시려 하면 양 어깨가 들썩인다

낡아서 지저분해진 피 재킷의 단추를 목까지 채웠다

굽은 허리

후들거리는 무릎

실존 인물

윌리엄 윈우드 리드
William Winwood Reade(1838~1875)

스코틀랜드 퍼서셔 출생/ 역사가, 탐험가, 철학자 그가 자연주의 수법으로 서양 문화의 발전을 생각한다는 새로운 관점에서 쓴 저서 《인류의 고난(The martyrdom of man)》(1872)은 당시 크리스토교의 교리를 공격했다며 커다란 논쟁을 불러일으켰다. 그러나 한편으로는 '세속주의자를 위한 성경'이라고 평가하며 이 책을 지지하는 사람들도 있었다.

이 책은 보기 드문 명저라네. 읽어 보게!

홈즈는 왓슨에게 자신이 나갔다 올 동안 윈우드 리드의 저서인 《인류의 고난》을 읽어 보라고 권했다.

애설니 존스 = 61쪽

요한 볼프강 폰 괴테
Johann Wolfgang von Goethe(1749~1832)

독일 프랑크푸르트암마인 출생/ 시인, 작가, 자연과학자, 정치가

시, 소설, 희곡 등 다방면에 걸쳐 작품을 남겼다. 자연과학 연구에도 열의가 높아, 형태학이나 색채론에 관한 책도 썼다. 대표작으로 《파우스트》(1808, 1833), 《젊은 베르테르의 슬픔》(1744) 등이 있다.

괴테가 말했지. "사람들은 자신이 이해하지 못하는 것을 비웃는다."

홈즈는 괴테의 말을 빌려서 애설니 존스의 인물상을 이렇게 표현했다.

샤를 블롱댕
Charles Blondin(1824~1897)

프랑스 상토메르 출생/ 곡예사

본명은 장 프랑수아 그라벨레(Jean François Gravelet.). 1859년에 2만 5,000명이 지켜보는 가운데 나이아가라 계곡을 줄타기로 횡단했으며, 그 후에도 다양한 방법으로 계곡을 횡단한 것으로 유명하다.

빨리 내려가게. 그리고 블롱댕의 곡예를 구경하게나!

홈즈는 범행을 검증하기 위해 우수관을 타고 지붕에서 내려올 때 익살맞게 자신을 블롱댕에 비유했다.

장 파울
Jean Paul(1763~1825)

독일 분지델 출생/ 작가

본명은 요한 파울 프리드리히 리히터(Johann Paul Friedrich Richter). 고전주의와 낭만주의 사이에서 독자적인 문학 세계를 확립해 후세의 리얼리즘 작가들에게 지대한 영향을 끼쳤다. 대표작으로 《거인》(1800~1803), 《개구쟁이 시절》(1804~1804) 등이 있다.

리히터의 책에는 생각의 양식이 될 만한 것들이 많다네

홈즈는 토비를 데리고 추적하는 도중에 장 파울의 말을 왓슨에게 들려줬다.

셜록 홈즈의 설정이 확고해진 작품

『네 사람의 서명』은『주홍색 연구』에 이은 셜록 홈즈 시리즈의 두 번째 작품이다. 미국의 출판사 리핀코트의 의뢰로 집필되었다. 그때까지 코난 도일의 작품은 장편과 단편 모두 단발성 작품이었기 때문에 이 작품은 코난 도일이 처음으로 쓴 '속편'이라고 할 수 있다.

『네 사람의 서명』에서는 홈즈에게 코카인을 사용하는 습관이 있다는 사실, 권투와 변장의 달인이라는 사실, 독특한 여성관의 소유자라는 사실 등도 밝혀진다. 여기에 전작에서는 이름이 없었던 221B번지의 여주인 이름이 '허드슨 부인'으로 밝혀진다든가 의뢰인이 찾아오면서 사건이 시작되는 패턴이 사용되는 등 이후 시리즈의 기본이 되는 요소가 다수 등장한다.

전작에 이어 '베이커가 소년 탐정단'도 재등장하며, 나아가 뛰어난 후각을 지닌 개 토비, 템스 강에서 벌어지는 증기선의 추격전, 왓슨의 로맨스 등도 이야기에 재미를 더해 준다.

또한『주홍색 연구』에서는 사건의 방관자적인 위치였던 왓슨이 이『네 사람의 서명』에서는 모험도 위험도 홈즈와 함께하며 명실상부한 셜록 홈즈의 파트너가 된다.

COLUMN

리핀코트 먼슬리 매거진
Lippincott's Monthly Magazine

〈리핀코트 먼슬리 매거진〉은 미합중국에서 1866년부터 1915년까지 발행되었던 월간지다. 영국판 〈리핀코트 먼슬리 매거진〉을 창간하면서 영국 작가의 신작 소설을 싣자는 기획 아래 코난 도일과 오스카 와일드에게 집필을 의뢰했다.* 그 결과 1890년 2월호에 실린 작품이『네 사람의 서명』이다.

〈리핀코트 먼슬리 매거진〉의 표지 제일 위에『네 사람의 서명』이라는 문자가 보인다!

* 이때 오스카 와일드가 리핀코트 먼슬리 매거진을 위해 집필한 소설은 《도리언 그레이의 초상》으로, 1890년 7월호에 실렸다.(옮긴이 주)

〈인도 편〉

Story
전란 속의 요새에 숨겨진 보물

영국 육군의 하사관으로서 인도에 주둔하고 있었던 조너선 스몰은 갠지스 강에서 헤엄을 치다 악어의 습격으로 오른 다리를 잃고 말았다. 다행히 목숨은 건진 그는 퇴역 후 인도의 농장에서 일을 했는데, 갑자기 일어난 인도인 용병들의 대반란에 휘말려 목숨만 건진 채 아그라의 요새로 도망친다. 퇴역 군인인 그는 그곳에서 현지 병사들의 지시로 요새 입구를 경비하는 임무를 맡게 된다. 그러던 어느 날, 군주(Raja)의 보물이 요새에 숨겨져 있다는 사실을 안 현지 병사 세 명이 스몰에게 동료가 되어서 보물을 훔칠 것을 강제로 제안한다. 보물을 운반하던 사람을 습격해 보물을 강탈한 네 명은 그것을 안전한 장소에 숨긴 뒤, 서로 배신하지 않겠다는 맹세를 나눈다.

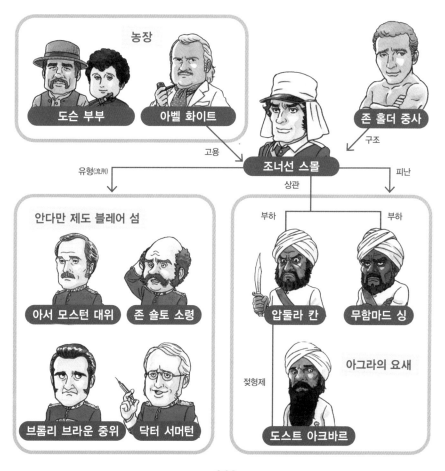

066

조너선 스몰
Jonathan Small

제3 보병 연대 소속: 우스터셔 주 퍼쇼어 근방에서 태어났다. 고향에서는 알아주는 농가 출신이지만 방랑벽이 있어 18세에 입대해 제3보병 연대 소속으로 인도에 출정했다. 그러나 갠지스 강에서 수영을 하다가 악어에게 습격당해 오른쪽 다리를 잃는다.

Check Point
인도 대반란
Indian Mutiny

1857~1859년에 영국령 인도에서 영국의 지배에 저항해 일으킨 대반란. 인도인 용병(세포이)의 봉기가 발단이 되어 전국으로 확대되었기 때문에 '세포이 반란' 혹은 '세포이 항쟁'으로 불렸지만, 최근에는 단순한 용병의 반란이 아니라 인도 역사상 최초의 독립 전쟁으로 인식되고 있다. 반란군은 한때 델리를 점령하기도 했으며 시민과 농민들도 합류해 각지로 세력을 확대했지만, 결국 영국군에 진압당했다. 이 일을 계기로 동인도 회사가 해체되었으며, 영국 정부는 무굴 제국을 없애고 인도 제국을 수립해 인도를 직접 지배하게 되었다.

아벨 화이트[6]
Abel White

농장 경영자: 인도에서 쪽을 재배하는 백인. 인도 북서 지방의 변경과 가까운 무트라에 농장을 소유하고 있다. 다리를 다쳐 군에서 제대한 조너선 스몰을 고용해 농장에서 일하는 쿨리들을 감시하는 역할을 맡긴다.

존 홀더 중사
Sergeant John Holder

제3 보병 연대 소속: 수영 중에 악어에게 습격을 당한 조너선 스몰을 구해 기슭까지 데려갔다. 수영의 달인.

> 아벨 화이트 씨는 고집스러운 사람이어서, 대반란으로 나라 전체가 불바다로 변하고 있음에도 대수롭지 않게 생각하고 갑작스럽게 일어난 일은 갑작스럽게 끝날 것이라며 피신하지 않았소.

토 쿨리(苦力)
coolie

인도나 중국에서 하층 노동자를 부르던 호칭. 타밀어로 '고용하다.'라는 의미의 말을 영어로 'cooly', 'coolie'라고 표기했으며, 중국에서는 '苦力'으로 표기했다고 한다. 1865년에 미국에서 노예 해방이 실행된 뒤, 노예를 대신하는 노동자로서 혹사를 당했다.

도슨 부부
Mr. & Mrs. Dawson

스몰과 함께 아벨 화이트의 농장을 관리하는 부부.

 조너선 스몰=페이지 상단

압둘라 칸
Abdullah Khan

조너선 스몰의 부하: 펀자브인 시크교도. 아그라 요새의 정문 경비를 맡고 있다.

칠리안왈라(영국령 인도의 옛 주州인 펀자브의 마을)에서 무기를 들고 영국군에 저항한 적도 있는 강자들이라오.

험상궂은 생김새

키가 크다

무함마드 싱보다 키가 크고, 생김새도 더 우락부락하오.

무함마드 싱
Mahomet Singh

조너선 스몰의 부하: 펀자브인 시크교도. 아그라 요새의 정문 경비를 맡고 있다.

둘은 영어를 잘했지만, 자신들끼리 시크어로 대화를 할 뿐 나한테는 거의 말을 걸지 않았소.

아흐메트
Achmet

북부 지방에 영지를 가진 군주(Rajah)의 가신: 군주의 보물을 숨기기 위해 아그라 요새로 운반하는 임무를 맡았다.

커다란 노란색 터번

구멍에서 막 나온 생쥐처럼 두리번거리는 작은 눈

작은 키

통통하게 살찐 몸

숄로 둘러싼 짐(고가의 보석과 엄선한 진주 등을 담은 상자)

서커스단의 거인을 제외하면 그렇게 키가 큰 사내는 본 적이 없었소.

큰 키

허리띠 근처까지 내려오는 검은 턱수염

도스트 아크바르
Dost Akbar

압둘라 칸의 젖형제: 시크교도. 아흐메트를 아그라의 요새까지 호위했다.

아서 모스턴 대위
Captain Arthur Morstan

인도 연대 '제34 봄베이 보병대' 장교: 안다만 제도 블레어 섬의 죄수 감시 부대 소속. 군의관인 서머턴의 방에서 열리는 카드 게임의 단골 참가자. 솔토 정도는 아니지만 역시 도박 빚으로 골머리를 앓고 있다. 존 솔토 소령과는 사이가 좋아서 함께 다닐 때가 많다. 메리 모스턴의 아버지.

존 솔토 소령
Major John Sholto

인도 연대 '제34 봄베이 보병대' 지휘관: 안다만 제도 블레어 섬의 죄수 감시 부대 소속. 군의관인 서머턴의 방에서 열리는 카드 게임의 단골 참가자 중 제일 많이 잃어서 파산 직전의 상태가 되었다. 새디어스와 바솔로뮤의 아버지.

> 심심풀이 정도로만 카드 게임을 하는 군인들은 노련한 교도관들의 먹잇감이 될 뿐이오.

닥터 서머턴
Dr. Somerton

인도 연대 '제34 봄베이 보병대' 군의관: 안다만 제도 블레어 섬의 죄수 감시 부대에 있었을 때, 복역 중인 조너선 스몰을 조수로 부렸다. 자신의 방에서 카드 도박판을 열었다.

Check Point
아그라 요새
Agra Fort

인도 북부의 도시 아그라에 있는 성새(城塞), 무굴 제국의 제3대 황제인 아크바르(Akbar, 1542~1605)가 건설했다. 적색사암으로 만든 높이 약 20미터의 장대한 성벽으로 둘러싸인 내부에는 아름다운 궁전과 정원 등이 있으며, 1983년에 세계 문화유산으로 등록되었다.

Check Point
안다만 제도
Andaman Islands

벵골 만 남동부에 위치한, 204개 섬으로 구성된 호상 열도(弧狀列島). 18세기 중엽부터 영국의 유형(流刑) 식민지가 되었으며, 제2차 세계 대전 중에는 일본군이 점령했었다. 그 후 1950년부터 남쪽에 있는 니코바르 제도와 함께 안다만 니코바르 제도로서 인도 중앙 정부의 직할지가 되었다.

브롬리 브라운 중위
Lieutenant Bromley Brown

인도 연대 '제34 봄베이 보병대' 장교: 안다만 제도 블레어 섬의 죄수 감시 부대 소속. 군의관인 서머턴의 방에서 열리는 카드 게임의 단골 참가자.

『네 사람의 서명』도 『주홍색 연구』와 마찬가지로 '런던에서 일어난 사건'과 '그 원인이 된, 과거에 외국에서 일어났던 사건'이라는 두 가지 이야기로 구성되어 있다.

『주홍색 연구』에서 사건의 발단이 된 곳은 미국이었지만, 『네 사람의 서명』에서 사건의 발단이 된 곳은 당시 영국의 식민지였던 인도였다. 실제로 일어났던 '인도 대반란(세포이 항쟁)' 등도 이야기와 관련되어 있어 당시 영국과 인도 사이의 정세를 엿볼 수 있다.

인도와 관련된 사건으로는 이 작품 이외에도 「얼룩 끈」, 「등이 굽은 남자」 등이 있으며, 미국과 관련된 사건으로는 『주홍색 연구』와 「다섯 개의 오렌지 씨앗」, 『공포의 계곡』 등이, 아프리카와 관련된 사건으로는 「악마의 발」, 「노란 얼굴」, 「탈색된 병사」 등이, 오스트레일리아와 관련이 있는 사건으로는 「보스콤 계곡의 수수께끼」가 있다. 이처럼 셜록 홈즈 시리즈에는 수많은 나라가 사건의 발단이 된 장소로 등장한다.

압둘라 칸과 조너선 스몰

영국이 영향을 끼친 당시 세계의 모습을 이야기에서 엿볼 수 있다는 것도 셜록 홈즈 시리즈의 매력 중 하나다.

COLUMN

'셜록 홈즈' 시대의 인도
India in 'Holmes' era

빅토리아 시대의 인도는 영국 경제의 핵심으로 여겨졌다. '인도 대반란(세포이 항쟁)'을 계기로 그때까지 인도를 지배하고 있었던 동인도 회사가 해체되고 영국 정부가 인도를 직접 지배하게 되었으며, 1877년에는 빅토리아 여왕이 인도 황제를 겸임하는 '인도 제국'이 성립되었다. 명목상으로는 동군연합(同君聯合: 독립된 둘 이상의 국가가 동일한 군주를 섬기는 정치 형태 - 옮긴이)의 형식을 취함으로써 독립국으로 취급했지만, 관료와 군대를 본국에서 파견하고 부왕(Viceroy)이라고 불리는 영국인 총독이 현지 통치하는 등 사실상 영국의 식민지였다. 그리고 1947년에 독립하기 전까지 영국의 지배를 받는 동안 '영국 국왕의 왕관을 빛내는 가장 큰 보석'으로 불리기도 했다. 『네 사람의 서명』은 이런 시대의 이야기였던 것이다.
⇒ 67쪽 [Check Point: 인도 대반란] 참조

『네 사람의 서명』 사건의 흐름

1878년 12월 3일		아서 모스턴 대위: 인도에서 귀국한 직후에 행방불명되다.
1882년 5월 4일		메리 모스턴: 〈타임스〉지에서 자신의 주소를 묻는 광고를 발견하다 (그 뒤로 매년 진주가 한 알씩 배달되다).
의뢰일 1887년* 9월 7일(화)**	아침	메리: 수수께끼의 인물에게서 만나자는 편지를 받다.
	점심 식사 후	메리: 221B번지를 찾아와 조사를 의뢰하다.
	15시 30분경	메리: 일단 귀가. / 홈즈: 조사에 나서다.
	17시 30분 이후	홈즈: 귀가.
	18시 이후	메리: 221B번지를 다시 찾아오다.
	19시경	홈즈와 왓슨, 메리: 라이시움 극장의 입구에 도착하다.
		홈즈와 왓슨, 메리: 새디어스 숄토의 저택에 도착하다.
	23시 직전	홈즈와 왓슨, 메리, 새디어스: 새디어스의 형제인 바솔로뮤의 저택으로 이동. 바솔로뮤의 시체를 발견하다.
		스코틀랜드 야드의 존스: 살인 사건의 현장에 도착하다.
9월 8일(수)	1시경~3시	왓슨: 메리를 집까지 배웅하다. 토비라는 개를 빌려서 현장으로 돌아오다.
	이른 아침	홈즈와 왓슨, 토비: 범인의 냄새를 추적하다.
	8시~9시경	홈즈와 왓슨: 221B번지로 귀가. / 홈즈: 아침 식사 후, 집합한 베이커가 소년 탐정단에게 지시를 내리다.
	오후 늦게	왓슨: 짧은 수면 후 메리를 방문하다. / 홈즈: 221B번지에서 대기.
	일몰 후	왓슨: 221B번지로 귀가.
9월 9일(목)		홈즈: 하루 종일 사건 보고를 기다리다. / 왓슨: 메리를 찾아가다.
9월 10일(금)	동틀 무렵	홈즈: 젊은 뱃사람으로 변장하고 조사에 나서다. / 왓슨: 221B번지에서 대기.
	15시	존스: 221B번지를 찾아오다. / 홈즈: 귀가. 세 명이서 저녁 식사를 하다.
	18시 30분	홈즈와 왓슨, 존스: 잔교를 향해 출발하다.
	20시경	홈즈와 왓슨, 존스: 경찰 증기선으로 범인의 추적을 시작하다.

* 1887년=정전(원작)에는 구체적으로 서기 몇 년인지 기재되어 있지 않지만, 이 책에서는 메리에게 배달된 진주의 수가 6개이고 그녀의 아버지가 행방불명된 것이 약 10년 전이며 왓슨의 결혼 전 이야기라는 점을 종합적으로 생각했을 때 1887년에 일어난 사건으로 추정했다.

** 9월 7일(화)=원문에서는 의뢰일이 'July 7(7월 7일)'이고 의뢰일 밤이 'September(9월)'로 되어 있다. 이것은 코난 도일 본인도 인정한 오류로, 이 책에서는 메리가 밤에 망토를 걸치고 홈즈가 굴 요리를 만든 것을 볼 때 사건이 일어난 달을 '9월'로 판단했다. 또한 현실의 '1887년 9월 7일'은 '수요일'이지만 이 표에서는 작중의 기술에 근거해 '화요일'로 표기했다.

* 만화 페이지는 73→72쪽 순서로 오른쪽에서 왼쪽으로 읽어 주세요.

명연주자 홈즈

내가
연주를
해서
꿈나라로
보내
주겠네

소파에
눕게

곡예사 홈즈

스르륵

블롱댕
못지않은
곡예 실력을
감상하게나!

**의뢰인이
온 때는 언제?**

소인은…,
7월 7일이군

아침에
도착한
편지의
소인은
7월 7일

그것은 9월의
음울한 저녁…

대체 어느 쪽?*

그러나
왓슨은
그날 저녁 그날을
9월이라고
이야기했다

⇒ 71쪽 주석 ** 참조

요리사 홈즈

조금
신경 써서
준비한
백포도주

굴

뇌조 한 쌍 →

자네는
아직 내
집안일 솜씨를
본 적이
없었지?

추적
개시 전의
만찬을
홈즈가
만든 요리로!

이번 사건의 수사 비용

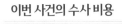

■ 토비 대여비

반 파운드

탐문을 위해
잭 소년에게
2실링

■ 소년 탐정단의
심부름 삯

하루 1인당

1실링×12인(?)×3일(?)

■ 전보비
• 위긴스 앞
• 애설니 존스 앞

전부 금액 불명

놈이
손을
올리면
쏘게!

파란만장한 반생을 사는 동안
여러 나라에서 다양한 동물을 사냥했지만,
날아갈 듯 빠르게 나아가는 배를 타고
템스 강을 내려가며 열광적으로
인간 사냥을 했던 이때만큼
거친 스릴을 맛본 적은 없었다

↑
왓슨의
'이야기되지
않은 모험'도
들어 보고 싶다!

※ 1파운드=1소브린(약 21만 6,000원), 1실링(약 1만 800원)

 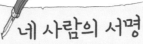

관전 포인트! 네 사람의 서명 을 조금더 깊게 즐겨 보자!

명대사

"You really are an automaton —— a calculating machine."

정말로 자네는 자동인형이나 계산 기계 같은 사람이구먼."

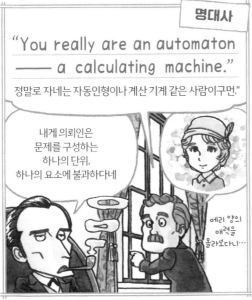

내게 의뢰인은 문제를 구성하는 하나의 단위, 하나의 요소에 불과하다네

에리 양의 매력을 몰라보다니…

명대사

"I never guess."

나는 추측 같은 건 절대 하지 않네

소름끼칠 만큼 나쁜 습관이지

그건 논리적 재능을 파멸로 이끄는

자네가 유심히 살펴보지 않았을 뿐이야

홈즈의 무용담!

설마 잊어버리지는 않았겠지? 4년 전에 3라운드를 겨뤘던 아마추어를 말일세!

셜록 홈즈 씨?

생각지도 못한 곳에서 지인 찬스!

당신은 프로 선수가 되었어야 했는데!

어서 들어 오시오!

왓슨의 무용담?

저는 곁에 있었던 더블배럴(쌍발) 새끼 호랑이를 집어 들어서는 텐트 안을 들여다보는 머스킷 총에게 즉시 발포했답니다

어홍?

나는 아프가니스탄에서 겪었던 모험 이야기를 해서 화기애애한 분위기를 만들고자 노력했다

긴장과 흥분으로 상당히 혼란에 빠진 상태

『네 사람의 서명』 고찰 MAP

빅토리아 시대의 런던 지도와 대조하면서, 정전(원작)에 나오는 홈즈의 대사 등을 바탕으로 그들이 걸었던 발자취를 고찰해 봤다.

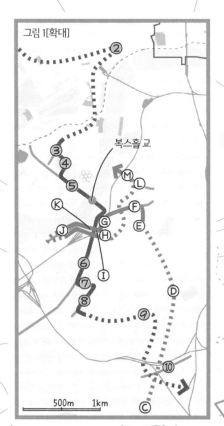

그림 1[확대]

복스홀교

홈즈와 왓슨
메리가 수수께끼의 인물을 찾아간 경로

⑩ 콜드하버길
⑨ 로버트가 9
＊ 스톡웰플레이스
⑧ 라크홀길
⑦ 프라이어로 8
⑥ 원즈워스로
● 복스홀교
⑤ 복스홀브리지로
④ 빈센트스퀘어
③ 로체스터로우
② 라이시움극장
① 베이커가

그림 1

시티

캠버웰

브릭스턴

● = 작중에서 언급 없음
＊ = 가공의 지명·시설명＊
빨간색 글자 = 지구명

스트레덤

노우드

홈즈와 왓슨
토비가 크레오소트 10의 냄새를 추적한 경로

Ⓜ 브로드가 15
Ⓛ 프린스로
Ⓚ 벨몬트플레이스 14
Ⓘ 나이츠플레이스
Ⓙ 나인엘름스길
＊ 브로데릭앤넬슨회사의 목재저장소
＊ 화이트이글주점
Ⓙ 나인엘름스길
Ⓘ 나이츠플레이스 12
Ⓗ 마일스가
Ⓖ 본드가 11
Ⓕ 케닝턴길
Ⓔ 오벌경기장
Ⓓ 캠버웰
Ⓒ 브릭스턴
Ⓑ 스트레덤
Ⓐ 퐁디셔리저택

어퍼 노우드

＊ 가공의 지명·시설명이기 때문에 지도상의 위치는 명확하지 않다.

2장

단편집
『셜록 홈즈의 모험』의
등장인물

『셜록 홈즈의 모험』은 〈스트랜드 매거진〉에 연재되었던 단편 제1작~제12작을 수록한 '셜록 홈즈' 시리즈의 첫 번째 단편집이다. 「보헤미아 왕국의 스캔들」의 '그 여성(the woman)' 아이린 애들러나 「빨간 머리 연맹」의 의뢰인 자베즈 윌슨을 비롯해 다양한 개성의 게스트 캐릭터가 등장하는, 몇 번을 읽어도 질리지 않는 책이다.

[단편집]
셜록 홈즈의 모험
The Adventures of
Sherlock Holmes /
1892년

보헤미아 왕국의 스캔들 / 〈스〉1891년 7월호
빨간 머리 연맹 / 〈스〉1891년 8월호
신랑의 정체 / 〈스〉1891년 9월호
보스콤 계곡의 수수께끼 / 〈스〉1891년 10월호
다섯 개의 오렌지 씨앗 / 〈스〉1891년 11월호
입술이 비뚤어진 사내 / 〈스〉1891년 12월호
푸른 카벙클 / 〈스〉1892년 1월호

얼룩 끈 / 〈스〉1892년 2월호
기술자의 엄지손가락 / 〈스〉1892년 3월호
독신 귀족 / 〈스〉1892년 4월호
녹주석 보관寶冠 / 〈스〉1892년 5월호
너도밤나무 집 / 〈스〉1892년 6월호

〈스〉=〈스트랜드 매거진〉

모험 01

보헤미아 왕국의 스캔들

A Scandal in Bohemia

[의뢰일]
1888년 3월 20일

[의뢰인]
보헤미아 국왕

[의뢰 내용]
과거에 교제했던
여성 아이린
애들러가 갖고 있는
사진과 편지를
되찾았으면 한다

[주요 지역]
런던/ 세인트존스
우드 외

Story
홈즈와 대등한 승부를 벌인 '그 여성(The Woman)'

홈즈를 찾아온 인물은 보헤미아 왕국의 국왕으로, 과거에 연인이었던 아이린 애들러가 보관 중인 '사진과 편지'를 가져와 달라고 홈즈에게 의뢰했다. 현재 국왕은 스칸디나비아 왕국의 제2왕녀와 결혼할 예정인데, 아이린 애들러가 사흘 후로 다가온 약혼 발표일 당일에 문제의 사진과 편지를 스칸디나비아 왕실에 보내겠다고 협박했다는 것이다.

국왕은 스칸디나비아 왕실이 그 사진과 편지를 본다면 파혼은 당연하고 왕실의 명예도 실추될 뿐만 아니라 유럽의 역사까지 좌우할 수 있다고 걱정했다. 그래서 도둑을 고용해 애들러에게서 사진과 편지를 훔쳐 오려고 했지만 전부 실패했다고 한다. 결국 상황이 급박해지자 지푸라기라도 잡는 심정으로 221B번지를 찾아온 것이었다.

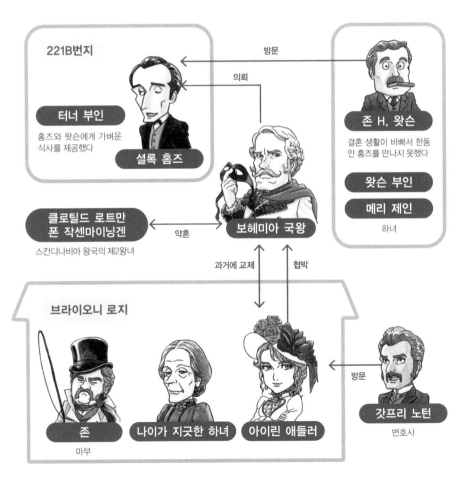

221B번지

터너 부인
홈즈와 왓슨에게 가벼운 식사를 제공했다

셜록 홈즈

방문

의뢰

존 H. 왓슨
결혼 생활이 바빠서 한동안 홈즈를 만나지 못했다

왓슨 부인

메리 제인
하녀

클로틸드 로트만 폰 작센마이닝겐
스칸디나비아 왕국의 제2왕녀

약혼

보헤미아 국왕

과거에 교제

협박

브라이오니 로지

존
마부

나이가 지긋한 하녀

아이린 애들러

방문

갓프리 노턴
변호사

077

빌헬름 고츠라이히 지기스문트 폰 오름슈타인

the King of Bohemia Wilhelm Gottsreich Sigismond von Ormstein

보헤미아 국왕/ 카셀펠슈타인 대공: 30세. 다음 주 월요일에 스칸디나비아 왕국의 제2왕녀인 클로틸드 로트만 폰 작센마이닝겐 공주와의 약혼을 발표할 예정이다. 처음에는 홈즈에게 자신을 폰 크람 백작(Count von Kramm)이라고 소개했다.

벗겨진 하얀 이마

(위쪽 절반은 마스크에 가려져 있었지만) 얼굴의 아래쪽 절반에서 고집스러운 인간성을 엿볼 수 있었다.

길고 각진 턱은 옹고집 수준으로 의지가 강함을 암시했다.

지나치게 사치스러워 영국에서는 오히려 악취미로 간주될 수준의 복장이야

꾹 다문 두꺼운 입술

커다란 녹주석 브로치

광대 뼈 까지 가리는 검은 마스크

폭이 넓은 아스트라한 가슴판

넓은 어깨

폭이 넓은 아스트라한 소매

🔲 **아스트라한**
astrakhan

카라쿨 종(중앙아시아 원산의 양)의 태어난 지 얼마 안 된 새끼 양에서 얻는 고급 모피.

헤라클레스처럼 늠름한 몸

더블 코트

진한 감색의 소매 없는 망토
(안감은 불타는 듯한 붉은색 비단)

키는 6피트 6인치
(약 198센티미터) 이상

홈즈의 눈은 속일 수 없었다!

말씀하시기 전부터 이미 전하인 줄 알고 있었습니다

이 부츠는 복장 전체가 표현하려 하는 세련되지 못한 부유함을 완성시켜 주는 느낌이었다.

풍성한 갈색 모피

아이린 애들러

Irene Adler

콘트랄토[16] 가수: 황태자 시절의 보헤미아 국왕이 장기간 체류했던 바르샤바에서 만나 교제했었다.

🎩 **19세기 말의 모자**
비단으로 만든 꽃이나 리본, 깃털 등 정교한 장식으로 뒤덮은 유형이 등장해 유행했다.

얼굴이 정말로 아름답다네.

근처에 사는 남자들이 입을 모아 "보닛을 쓴 모습은 지구에서 제일 아름답다."고 칭송하더군

🎩 **보닛**
bonnet
정수리부터 후두부에 걸쳐 깊게 뒤집어쓴 다음 턱밑에 끈을 매고 정리시키는 유형의 모자. 18~19세기에 유행했다.

그녀는 어떤 여성보다 아름다운 얼굴과 어떤 남성보다 단호한 정신을 함께 지녔다네.

분명히 남자가 목숨을 바쳐도 아깝지 않다고 생각할 만큼 사랑스러운 얼굴의 여성이었다네

언뜻 봤을 뿐이지만…

🎩 **19세기 말의 드레스**
19세기에는 코르셋으로 허리를 조여 가슴과 엉덩이를 강조하는 폭이 좁은 S자 실루엣이 유행했다. 이상적으로 여기는 허리 사이즈는 18인치(약 45.7센티미터)였다.

홈즈의 조사 결과
· 지금도 때때로 콘서트에서 노래를 부른다.
· 조용히 생활하고 있다.
· 매일 5시에 외출했다가 7시 정각에 저녁 식사를 하러 돌아온다. 콘서트가 있을 때를 제외하면 다른 시간대에 외출하는 일은 거의 없다.

Profile

- 1858년에 미합중국의 뉴저지 주에서 태어났다(사건 당시 30세)
- 이탈리아 밀라노의 스칼라 극장에도 출연한 경력이 있다
- 바르샤바 황실 오페라에서는 프리마돈나를 맡기도 했음. 가극단을 은퇴한 뒤로는 런던에서 살고 있다
- 런던 세인트존스 우드 서펜타인 대로의 '브라이오니 로지'에 살고 있다

짐과 같은 신분이었다면 훌륭한 왕비가 되었을 터인데…

이련이 가득…

 보헤미아 국왕 = 78쪽

갓프리 노턴
Godfrey Norton

변호사: 이너 템플 법학원 소속. 애들러가 사는 '브라이오니 로지'를 수시로 방문한다.

매부리코

콧수염

까무잡잡한 피부

Check Point

이너 템플 법학원
The Honourable Society of the Inner Temple

시티 지구에 있는 법학원. 런던에는 법학원이 네 곳 있는데, 잉글 랜드와 웨일스에서 법정 변호사의 육성과 인증 등에 대한 권리를 독점하고 있다. '템플'은 이 지역을 개척한 '템플 기사단'에서 유래 한 명칭으로, 시티 지구 안에 위치했다고 해서 '이너 템플'로 불린 다. 내부에는 교회와 도서관, 대형 식당 외에 법정 변호사나 법학 생을 위한 사무실과 주거지도 있으며, 노턴의 사무실도 이 '이너 템플'에 있었다.

굉장한 미남자 였다네

존
John

애들러의 마부: 멋진 사륜마차를 몬다.

귀 쪽으로 치우치게 맨 넥타이

코트의 단추를 절반 밖에 채우지 못했더군.(애들러를 태우고 교회로 갈 때는 어지간히 서둘렀는지 이런 모습이었다네)

나이가 지긋한 하녀
An elderly woman in Briony Lodge

애들러의 하녀

말 관리인
Ostler

'브라이오니 로지' 근처의 마차 보관소에서 일하 는 말 관리인: 말에 솔질하는 것을 도와준 홈즈 에게 2펜스(약 1,800원)를 주고 맥주 한 잔과 담 배 두 대를 대접했다.

목사
Clergyman

세인트모니카 교회의 목사: 에지웨어로에 있는 교회의 목사. 애들러와 노턴에게 증인이 없으면 결혼을 인정할 수 없다고 지적한다.

흰 전례복 ········

거리에 모인 사람들
People gathered on the street

'브라이오니 로지'가 있는 서펜타인 대로에 모인 사람들: 지저분한 옷차림을 한 남성들, 가위 갈이, 근위병, 젊은 보모, 시가를 입에 물고 거리를 어슬렁거리는 잘 차려입은 사내 등이 있었다.

터너 부인
Mrs. Turner

'브라이오니 로지'로 떠나려는 홈즈와 왓슨을 위해 가벼운 식사를 가져왔다.

메리 제인
Mary Jane

왓슨 집의 하녀: 굉장히 서툴고 무신경해서 왓슨 부인이 해고하려 한다.

정말로 구제불능인 아이라서 말이지…

Check Point
터너 부인
Mrs. Turner

"터너 부인이 요리를 가져오면 설명해 주겠네." 이 작품에는 홈즈가 '터너 부인'이라고 부르는 여성이 등장한다. 그런데 다른 정보 없이 이 대사 속에만 등장하고, '요리를 배달하는 사람'이라고 해석할 수도 있어서 '허드슨 부인이 일시적으로 고용한 사람' 혹은 '코난 도일의 착각으로 인한 설정 충돌' 같은 여러 가지 설이 등장하는 등 하나의 연구 거리가 되고 있다.
⇒ 12쪽 [주요 등장인물: 허드슨 부인] 참조

비(非)국교회 목사
Nonconformist Clergyman

차양이 넓은 검은 모자 ·····

인정 넘치는 미소 ·····

사교적이고 인성도 ·····
좋아 보인다

흰 넥타이 ·····

홈즈가 범죄 전문가가
된 순간 연극계는 한
명의 명배우를 잃었다!

····· 헐렁한 바지

술에 취한 마부
A drunken-looking groom

부스스한
머리카락 ·····

길게 자란
구레나룻 ·····

새빨간
얼굴 ·····

지저분한 옷 ·····

세 번이나 유심히 보고서
야 겨우 홈즈라는 것을
알았다.

실존 인물

제임스 보스웰
James Boswell (1740~1795)

스코틀랜드 에든버러 출생/ 작가, 변호사
문단의 중진인 새뮤얼 존슨과 친분이 깊어, 그의 말과 행동을 상세히 기록했다. 존슨이 사망한 뒤에 발표한 《새뮤얼 존슨의 삶》(1791)은 전기 문학의 걸작으로 평가받는다.

나의 보스웰이 자리에 없으면 안되지

홈즈는 자신의 사건 수사를 기록해 온 왓슨을 작가 보스웰에 비유했다.

자비와 호기심이 가득한 눈빛으로 바라보는 그 모습을 연기해낼 수 있는 사람은 존 헤어 뿐일 것이다

존 헤어
John Hare(1844~1921)

영국 요크셔의 기글스윅 출신/ 배우
20대에는 프린스 오브 웨일스 극장에서 배우로 활약했으며, 그 후에는 복수의 극장에서 지배인도 겸했다. 1907년에 기사로 서임되었다. 「보헤미아 왕국의 스캔들」 사건 당시(1888년)는 43세였다.

왓슨은 홈즈의 훌륭한 변장 실력을 표현하기 위해 폭넓은 역할을 소화해냈던 당시의 명배우 존 헤어를 비교 대상으로 언급했다.

「보헤미아 왕국의 스캔들」은 창간한 지 반년이 지난 〈스트랜드 매거진〉 1891년 7월호부터 연재가 시작된 단편 시리즈의 첫 번째 작품이다. 그전의 두 작품이 단발성 장편이었던 것을 생각하면 이 작품은 '셜록 홈즈' 시리즈가 시작된 기념비적인 제1호 작품이라고 말할 수 있을지 모른다.

그리고 이 작품에는 수많은 팬이 '특별한 히로인'으로 인식하는 아이린 애들러가 등장한다. 애들러는 홈즈가 존경을 담아 'THE WOMAN(그 여성)'으로 지칭하는 유일한 여성이다. 영상화 작품에서도 '도적'이나 '스파이'로서 홈즈와 연애에 가까운 분위기를 연출하는 등 마치 '루팡 3세'의 미네 후지코 같은 캐릭터로 등장하는 경우가 많다. 그런데 정전(원작)에서 아이린 애들러가 등장한 작품은 이 「보헤미아 왕국의 스캔들」뿐이다. 한 나라의 왕을 손바닥 위에 올려놓고 홈즈와도 대등하게 두뇌 대결을 펼칠 정도의 여걸이지만, 그 정체는 단순한 오페라 가수다. 한 작품에만 등장한 게스트 히로인이 이렇게까지 유명세를 떨치는 것도 '그 여성'이 지닌 신비한 매력의 힘인지 모른다.

COLUMN

스트랜드 매거진
The Strand Magazine

조지 뉴스(George Newnes, 1851~1910)가 창간한 〈스트랜드 매거진〉은 일반 대중이 즐길 수 있도록 삽화가 풍부하게 실린 월간지로, 1891년 1월호부터 1950년 3월호까지 발행되었다.

'셜록 홈즈' 시리즈는 창간 반년 후인 1891년 7월호에 「보헤미아 왕국의 스캔들」이 실린 이래 1927년 4월호의 「쇼스콤 관」까지 37년 동안 연재되었다. '셜록 홈즈' 시리즈 총 60작품 가운데 〈스트랜드 매거진〉에 연재된 작품은 『주홍색 연구』와 『네 사람의 서명』을 제외한 58작품에 이른다.

〈스트랜드 매거진〉 1891년 7월호의 표지

「보헤미아 왕국의 스캔들」 사건의 흐름

1883년경		**보헤미아 국왕:** 아이린 애들러와 교제.(이후 헤어짐)
시기 불명		**보헤미아 국왕:** 스칸디나비아 왕국 제2왕녀와의 사이에 혼담이 오가다.
시기 불명		**보헤미아 국왕:** 애들러에게 "약혼 발표 당일에 약혼 상대에게 '편지와 사진'을 보내겠다."라는 협박을 받다.
시기 불명		**보헤미아 국왕:** 다섯 차례나 도둑을 고용해서 '편지와 사진'을 되찾으려고 시도했지만 실패하다.
의뢰일 1888년 3월 20일(금)	19시 45분	**보헤미아 국왕:** 221B번지를 방문해 '편지와 사진'의 회수를 의뢰하다.
3월 21일(토)	8시~	**홈즈:** 마부로 변장해 애들러가 사는 '브라이오니 로지' 부근에서 탐문 수사를 하다.
	12시 25분	**애들러:** 마차를 타고 교회로 향하다. **홈즈:** 애들러를 쫓아가 교회에서 접촉하다.
	15시	**왓슨:** 221B번지를 찾아오다.
	16시	**홈즈:** 변장한 모습인 채 221B번지로 돌아오다.
	17시	**애들러:** 마차를 타고 공원으로 외출하다.
	18시 15분	**홈즈와 왓슨:** 홈즈는 목사로 변장하고, 함께 베이커가를 출발하다.
	18시 50분	**홈즈와 왓슨:** '브라이오니 로지'가 있는 서펜타인 대로에 도착하다.
	19시	**애들러:** 귀가. '브라이오니 로지' 앞에서 소동이 일어나, 홈즈 목사가 부상을 입다. 사람들이 홈즈 목사를 '브라이오니 로지'로 옮기다.
	밤늦게	**홈즈와 왓슨:** 221B번지로 돌아가다. **왓슨:** 221B번지에서 묵다.
3월 22일(일)	8시	**홈즈와 왓슨, 보헤미아 국왕:** '브라이오니 로지'를 찾아가다.
3월 23일(월)*		보헤미아 국왕의 약혼 발표일.

* 현실의 '1888년 3월 23일'은 '금요일'이지만, 작중에서는 의뢰일(1888년 3월 20일)의 사흘 후가 '월요일'로 되어 있다. 이 표는 작중에 기재된 요일을 기준으로 작성한 것이다.

「보헤미아 왕국의 스캔들」에 등장하는

셜록 홈즈의 세계를 장식하는 아이템

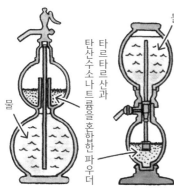

물

타르타르산과 탄산수소나트륨을 혼합한 파우더

물

SELTZOGENE   GAZOGENE

해러즈 백화점의 1895년 카탈로그에는
이 두 가지 상품이 실려 있다

개서진
Gasogene

가정용 탄산수 제조기.
유리로 만든 공 2개를 위아래로 연결한 형태로,
한쪽 공에 타르타르산과 탄산수소나트륨을 혼합
한 파우더를 넣어 탄산가스를 발생시킨 뒤 다른
공에 담은 물과 혼합시켜서 탄산수를 만든다. 가
스의 압력 때문에 용기가 파열되었을 때 유리 파
편이 사방으로 날아가는 것을 방지하기 위해 장치
전체를 등나무나 금속으로 만든 그물로 뒤덮는다.
⇒16쪽 [221B번지의 아이템들: 개서진] 참조

│ 한 번쯤은 맛보고 싶은 홈즈의 탄산수 희석 위스키 │

정전(원작)에서 '개서진'이 등장하는 작품은 「보헤미아 왕국의 스캔들」과 「마자랭
의 보석」이다. 「보헤미아 왕국의 스캔들」에서는 오랜만에 221B번지를 찾아온 왓슨
에게 홈즈가 개서진과 술 보관함(spirit case)을 말없이 손가락으로 가리키며 환영
의 뜻을 표한다. 「마자랭의 보석」에서도 오랜만에 옛 보금자리를 찾아온 왓슨에게
"개서진도 시가도 예전 그 자리에 있다네."라고 말한다. 등장 횟수는 두 번뿐이지만,
이 대화를 보면 개서진은 항상 221B번지의 거실에 놓여 있었음을 짐작할 수 있다.
「빨간 머리 연맹」이나 「독신 귀족」에서 홈즈와 왓슨이 마신 탄산수에 희석한 위스
키는 이 개서진을 사용해서 만들었을 것이다. 두 사람은 탄산수에 희석한 위스키
를 자신들만 마신 것이 아니라 스코틀랜드 야드의 애설니 존스(『네 사람의 서명』)에
게 대접하기도 했다.
개서진은 작품 속에 두 번밖에 등장하지 않지만 팬들 사이에서는 인기가 높은 아
이템으로, 세계에서 가장 오래된 역사를 자랑하는 미국의 셜록 홈즈 팬클럽인 '베
이커가 소년 탐정단(The Baker Street Irregulars)'에서는 회장직을 '개서진'이라고
부른다는 이야기가 있다. 당시 개서진은 두 종류가 있었다고 하는데, 영상 작품에
서는 위의 그림에서 왼쪽에 있는 셀초진(seltzogene)형을 많이 볼 수 있다. 왜 셀초
진형이 많이 나오는지 연구해 보는 것도 재미있을 듯하다.

이번 사건의 **왓슨**

내가 손을 들면
그걸 집 안으로 던져 넣고
"불이야!"라고 소리치게.
자네가 할 일은
그것뿐이라네

뇌관이 달린 발연통

명대사

"Then I am your man."

"그렇다면 나는 자네의 것일세."

체포 당할지도
모르는데?

사유가
정당하다면
상관없네

사유라면
더할 나위 없이
정당하다네!

이번에는
왓슨이
홈즈에게
절대적인 신뢰를 표명!
직역을 하면
상당히 강렬하다!

또다시
가슴이
뜨거워지는
장면!

홈즈가 얻은 것

■ 국왕에게서 받은 수사 비용

홈즈는 이번 수사를 위해
꽤 많은 사람을
고용했는데,
한 명당 얼마나
줬을까?

금화
300파운드

지폐
700파운드

■ 탐문을 위해
변장하고 말 관리인을
도와줬을 때
받은 삯

하프 앤
하프 맥주

살담배 두 대

2펜스

기념으로
시곗줄에 매달아
야겠어!

변장한 홈즈인 줄
모르고
애들러가 준

소브린 금화한닢

그리고 사진도 한장

"Good-night, Mister Sherlock Holmes."

"좋은 밤 보내십시오, 셜록 홈즈 씨."

홈즈
(변장 중)

수사를 마치고 귀가하던
홈즈에게 어떤 사람이
이렇게 말하고 지나갔다…
지극히 평범한 인사지만,
정전(원작)에서 홈즈에게
이 대사를 말한 인물은
이 사람뿐!

Good-night

Mr.Sherlock
Holmes!

※ 1파운드 = 1소브린(약 21만 7,000원), 1페니(약 900원) · 펜스는 페니의 복수형

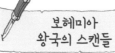 

관전 포인트!

보헤미아 왕국의 스캔들 을 조금더 깊게 즐겨 보자!

명대사

"It is both, or none."

"둘이 함께 들을 수 없다면 저도 듣지 않겠습니다."

제게 하실 수 있는 이야기라면 말이지요

이 신사가 듣더라도 문제될 일은 전혀 없습니다!

걱정 마십시오

가능하다면 귀공에게만 이야기를…

왓슨에 대한 홈즈의 신뢰가 드러난 대사!

됐네!

잠깐 비켜 줄까?

가슴이 뜨거워지는 장면!

쾅

DATA

분명히 수백 번은 봤을 텐데…

보기만 할 뿐 관찰은 하지 않아서라네

221B 번지의 거실로 올라가는 계단은 **17**단.

← 올랐던 사람

↑ 알고 있었던 사람

여러분은 자주 다니는 곳 (집이나 학교 등)에 있는 계단이 몇 단인지 대답할 수 있는가?

한 나라의 왕을 상대로도 할 말은 한다! 본받고 싶은 자세!

참으로 무분별한 행동을 하셨습니다, 전하

그것 참

우리의 홈즈는 상대의 신분 따위 신경 쓰지 않는다!

당돌

둘이 함께 찍은 사진이노라

되찾으려 하는 ↑ 스캔들의 불씨

솔직한 홈즈

모험 **02**

빨간 머리 연맹

The Red-Headed League

[의뢰일]
1890년 10월 9일(토)
(⇒ 95쪽 참조)

[의뢰인]
자베즈 윌슨
(전당포 주인)

[의뢰 내용]
'빨간 머리 연맹'이
왜 자신에게 이런
장난에 가까운
짓을 했는지
조사해 줬으면 한다

[주요 지역]
런던/ 플리트 가
포프스 코트 외

Story
'빨간 머리 연맹'은 왜 해산했는가?

어느 날 아침, 왓슨이 221B번지를 찾아갔더니 빨간 머리카락의 자베즈 윌슨이라는 인물이 홈즈와 이야기를 나누고 있었다. 상담 내용은 '빨간 머리 연맹'에 관한 것이었다. '빨간 머리 연맹'이란 머리카락이 빨간색인 남성만 가입할 수 있는 단체로, 연맹원은 연맹 사무실에서 브리태니커 백과사전을 옮겨 적는 단순한 일을 하고 급여로 일주일에 4파운드를 받을 수 있다는 것이었다. 8주 전, 결원이 발생해 신규 연맹원을 모집한다는 신문 광고를 보고 응모한 윌슨은 그 자리에서 합격해 빨간 머리 연맹의 연맹원이 되었다. 그 뒤로 연맹이 주는 일을 열심히 해 왔는데, 오늘 아침 사무실에 갔더니 문은 잠겨 있고 연맹이 해산되었다고 적은 종이만 붙어 있었다고 한다.

윌슨의 이야기를 전부 들은 홈즈는 이틀 안에 해결할 것을 약속하고 조사에 나섰다.

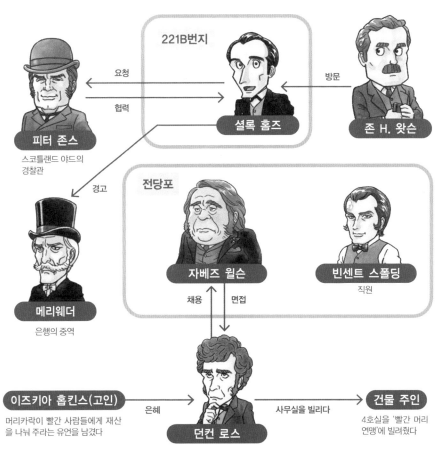

221B번지

피터 존스
스코틀랜드 야드의 경찰관

요청 ← → 협력

셜록 홈즈

방문 ←

존 H. 왓슨

경고

메리웨더
은행의 중역

전당포

자베즈 윌슨

채용 ↓ ↑ 면접

빈센트 스폴딩
직원

이즈키아 홉킨스(고인)
머리카락이 빨간 사람들에게 재산을 나눠 주라는 유언을 남겼다

은혜 →

던컨 로스
'빨간 머리 연맹'의 기금을 받고 있다

사무실을 빌리다 →

건물 주인
4호실을 '빨간 머리 연맹'에 빌려줬다

자베즈 윌슨

Jabez Wilson

전당포 주인: 과거에 선박 목수로 일하다 지금은 시티 근처의 삭스코버그 스퀘어에서 작은 전당포를 운영하고 있다. 외출을 싫어해 몇 주 동안 계속 집 밖으로 나오지 않을 때가 있다. 아내는 먼저 세상을 떠났으며, 자녀는 없다.

어떻게 봐도 어디에나 있는 평범한 영국 상인으로밖에 보이지 않았다

불그레한 얼굴

불타는 듯이 새빨간 머리카락

연배가 있는 신사

살찐 눈꺼풀에 둘러싸인 작은 눈

호와 컴퍼스로 구성된 가슴 장식핀

놋쇠로 만든 앨버트 체인
⇒ 107쪽 [아이템] 참조

다부진 체격

오른팔 소매의 끝에서부터 5인치(약 12.7센티미터) 정도까지가 번들번들하다

책상에 닿는 왼팔 팔꿈치 부분을 반질반질한 천으로 덧댔다

오른쪽 손목 바로 윗부분에 물고기 문신

중국 동전

오른손이 왼손보다 더 크다

굵고 불그스름한 손가락

낡은 프록코트의 앞단추를 풀어 놓았다
⇒ 92쪽 참조

그 오른쪽 손목의 물고기 문신은 중국 특유의 것이지요

조금 헐렁한 회색의 격자무늬 바지

14세의 여자아이
A girl of fourteen

윌슨이 고용한 도우미: 간단한 요리와 청소를 위해 고용했다.

홈즈의 의뢰인 관찰 포인트
- 과거에 육체노동을 했었다.
- 코담배를 애용한다.
- 프리메이슨 회원이다.
  ⇒ 94쪽 [COLUMN] 참조
- 중국에 간 적이 있다.
- 최근에 상당한 분량의 글씨를 썼다.

상당히 살이 쪘으며, 거만하고 둔중한 느낌.

이마에 하얀 흉터

어린 시절 로마니인(집시)이 뚫어 줬다는 귀걸이 구멍

수염은 말끔하게 밀었다

작지만 다부진 체격

그 친구만큼 일 잘하는 점원을 구하기는 힘들지만, 사진 찍기를 너무 좋아한다는 게 단점입니다

빈센트 스폴딩
Vincent Spaulding

윌슨 전당포의 점원: 약 3개월 전 전당포의 점원 모집 광고를 보고 지원한 남성. 급여는 절반만 받아도 좋다고 어필해서 채용되었다. 틈만 나면 카메라로 사진을 찍고 다니며, 찍은 사진을 가게 지하실에서 인화한다.

나이를 짐작하기는 어렵지만, 청년이라고 말하기는 어렵고 서른은 넘긴 것으로 보입니다.

Check Point
빨간 머리 연맹
Red-Headed League

미합중국 펜실베이니아 주 레버넌에서 살다 세상을 떠난 빨간 머리카락의 대부호 이즈키아 홉킨스의 유언으로 설립된. 머리카락이 빨간색인 남성을 위한 연맹.
머리카락이 빨간색인 남성만 가입할 수 있으며, 연맹원은 간단한 작업을 하는 대가로 일주일에 4파운드(약 86만 4,000원)의 급여를 지급받는다. 다만 근무 시간 중에는 사무실이 있는 건물 밖으로 나가는 것이 금지되어 있으며(질병 등의 예외 없음), 이 규칙을 어기고 외출했을 경우 연맹원의 권리를 잃게 된다.

자베즈 윌슨보다도 빨간 머리카락

던컨 로스
Duncan Ross

'빨간 머리 연맹'의 면접관: '빨간 머리 연맹'의 연맹원으로, 작고한 이즈키아 홉킨스의 은혜를 누리고 있다. 연맹 사무실은 플리트가 포프스 코트 7번지의 4호실에 있다. 연맹에 결원이 한 명 생겨 해당자를 공개 모집했다.

작은 체구

건물의 주인
The landlord

회계사: '빨간 머리 연맹' 사무실이 입주한 건물의 주인. 자신도 그 건물의 1층에 살며 회계사로 일하고 있다.

 자베즈 윌슨 = 90쪽

피터 존스
Peter Jones the official police agent

스코틀랜드 야드의 경찰관: 과거에도 홈즈와 함께 수사를 한 적이 있으며, 홈즈의 신뢰를 얻고 있다.

본업에 관해서는 무능함 그 자체이지만, 나쁜 친구는 아니라네

불도그처럼 용감하고, 가재처럼 한 번 붙든 상대는 절대 놓아 주지 않는 것이 장점.

······ 커다란 체구

반짝반짝 빛나는 실크해트 ······

메리웨더
Merryweather

시티 앤 서버번 은행의 중역: 홈즈의 요청으로 221B번지를 찾아왔다. 매주 토요일 밤에 러버(rubber)라는 카드 게임을 하는 것이 취미다.

······ 어두운 표정

······ 마르고 키가 크다

토 프록코트
frock coat
남성의 주간용(晝間用) 예복. 18세기 말부터 19세기 후반에는 일상복으로 착용했지만, 신사복의 보급과 함께 점차 예복이 되어 갔다.

······ 지나칠 정도로 고급스러운 프록코트

지팡이로 은행의 지하실 바닥을 두드렸다가 홈즈에게 주의를 받았다 ······

경위와 두 경찰관
An inspector and two officers

스코틀랜드 야드의 경찰관: 존스가 윌슨 전당포의 앞문을 경비하도록 배치했다.

파블로 데 사라사테
Pablo de Sarasate(1844~1908)

스페인 팜플로나 출생/ 바이올리니스트, 작곡가
일찍부터 신동으로 알려져, 12세에 파리 음악원에 입학했다. 졸업 후에는 세계 각지에서 연주회를 열었으며 초인적인 기교로 명성을 떨쳤다. 대표작으로는 '치고이너바이젠(1878)' 등이 있다.

오늘 오후에 사라사테가 세인트제임스 홀에서 연주를 하는데, 2~3시간 정도 환자들에게 기다려 달라고 할 수 있겠나?

홈즈는 50분 동안 파이프 담배 세 대를 피우며 의뢰인 윌슨의 기묘한 경험에 관해 고찰한 뒤, 왓슨에게 사라사테의 연주회에 같이 가자고 권했다.

귀스타브 플로베르
Gustave Flaubert(1821~1880)

프랑스 루앙 출생/ 소설가
사실주의 문학을 예술의 영역까지 끌어올린 작가로 평가받는다. 치밀한 자료 수집과 현지 조사, 작가의 주관을 배제한 객관적 묘사를 신조로 삼았다. 대표작으로는 《보바리 부인》(1857) 등이 있다.

뭐, 결국 조금은 도움이 되었는지도 모르지…. "사람 자체는 아무것도 아니다. 업적이 전부일 뿐." 귀스타브 플로베르는 조르주 상드에게 보낸 편지에 이렇게 썼다네

조르주 상드
George Sand(1804~1876)

프랑스 파리 출생/ 작가
본명은 아망틴 뤼실 오로르 뒤팽(Amantine Lucile Aurore Dupin)이다. 남장 여인으로도, 작곡가 쇼팽이나 시인 뮈세의 연인으로도 유명하다. 만년에는 플로베르와 친교가 있었다. 대표작으로는 《사랑의 요정》(1848) 등이 있다.

사건이 해결된 뒤, 왓슨이 "자네는 인류의 은인일세."라고 말하자 홈즈는 이렇게 대답했다.

「빨간 머리 연맹」의 의뢰인인 자베즈 윌슨은 짓궂은 장난으로밖에 생각되지 않는 기묘한 일을 겪는데, 사실 그 이면에서는 거대한 범죄 계획이 진행되고 있었다. 윌슨은 자신도 모르는 사이 그 범죄 트릭에 이용되고 있었던 것이다.

참신함 때문에 높은 인기를 얻은 이 트릭은 훗날 '빨간 머리 트릭'으로 불리며 다양한 작품에 응용되고 있다. 이 트릭을 생각해낸 코난 도일 자신도 같은 '셜록 홈즈' 시리즈에서 '빨간 머리 트릭'을 재이용했는데, 그 작품과 비교하더라도 이 작품은 윌슨의 평범한 소시민적 캐릭터와 사건 규모 사이의 괴리라든가 전국의 빨간 머리들이 한곳에 모이는 시각적인 화려함 등 풍부한 매력이 응축된 작품이다.

여담으로, 코난 도일 본인도 1927년 〈스트랜드 매거진〉에서 「빨간 머리 연맹」을 자신의 작품 중 2위로 꼽았다(1위는 「얼룩끈」이었다 ⇒ 164쪽 [COLUMN] 참조).

"빨간 머리 연맹은 해산했습니다."

COLUMN

프리메이슨
Freemasonry

프리메이슨의 마크

프리메이슨은 런던에 총본부를 둔 국제적 박애주의 단체다. 1717년에 설립된 이 단체의 기원은 중세의 석공 조합으로 알려져 있으며, 원칙적으로 민족이나 계급, 사회적 지위, 종교를 이유로 회원 자격을 제한하지 않는다고 한다.

정전(원작)에서는 「빨간 머리 연맹」의 의뢰인 윌슨 외에 「노우드의 건축업자」의 의뢰인 맥팔레인, 「은퇴한 물감 제조업자」의 사립탐정 바커, 그리고 『주홍색 연구』의 피해자 이녹 J. 드레비가 회원 문장을 착용하고 있었다. 또한 원작자인 코난 도일도 프리메이슨의 회원이었다.

「빨간 머리 연맹」사건의 흐름

1890년 4월 27일	아침	〈모닝 크로니클〉지에 "빨간 머리 연맹원 모집"이라는 광고가 실리다.
면접일 ?월 ?일(월)	11시	**자베즈 윌슨:** 부하 직원인 스폴딩과 함께 플리트가의 연맹 사무실을 찾아가 '빨간 머리 연맹' 면접을 보고 합격하다.
면접일 다음 날 ?월 ?일(화)	10시	**윌슨:** 연맹이 주는 일을 시작하다. 근무 시간은 월~토요일 10~14시. 업무 내용은 연맹 사무실에서 브리태니커 사전을 옮겨 적는 것(토요일에 일주일분의 급여를 받는다).
의뢰일 10월 9일 (토※)	10시	**윌슨:** 연맹 사무실 문에 "빨간 머리 연맹은 해산했습니다."라고 쓴 종이가 붙어 있는 것을 발견하다.
	오전	**윌슨:** 221B번지를 찾아와 조사를 의뢰하다.
		홈즈: 50분 동안 파이프 담배 세 대를 피우며 생각하다.
	낮	**홈즈와 왓슨:** 윌슨의 전당포를 찾아가, 가게 앞에서 스폴딩과 대화하다.
	오후	**홈즈와 왓슨:** 점심 식사 후, 세인트제임스 홀에서 사라사테의 연주회를 감상하다.
	연주회가 끝난 뒤	**홈즈:** 조사에 나서다. **왓슨:** 집으로 돌아가다.
	21시 15분 이후	**왓슨:** 집을 나서다.
	22시경	**왓슨:** 221B번지에 도착하다. 먼저 와 있던 스코틀랜드 야드의 존스와 은행 중역인 메리웨더를 소개받다.
	22시 이후	**홈즈와 왓슨, 존스, 메리웨더:** 마차 두 대를 타고 은행으로 향하다.
	심야	**홈즈와 왓슨, 존스, 메리웨더:** 은행의 지하실에서 잠복을 시작하다.

※ 현실의 '1890년 10월 9일'은 '목요일'이지만, 작중에서는 '1890년 10월 9일'이 '토요일'로 되어 있다. 이 표는 작중에 기재된 요일을 기준으로 작성한 것이다.

셜록 홈즈의 세계를 장식하는 아이템

나폴레옹 금화

소브린 금화

20mm

금화
Gold coin

나폴레옹 금화 Napoléon

프랑스의 금화. 왼쪽 그림의 상단은 나폴레옹 3세의 옆얼굴을 새긴 20프랑 금화다.

소브린 금화 Sovereign

영국의 금화. 왼쪽 그림의 하단은 빅토리아 여왕의 옆얼굴을 새긴 1파운드 금화다(영 헤드 타입).
⇒ 142쪽 [아이템: 영국의 화폐] 참조

나폴레옹 금화

「빨간 머리 연맹」 중에서 시티 앤 서버번 은행의 지하실에는 나폴레옹 금화 3만 닢이 보관되어 있었다. 이에 대해 이 은행의 중역 메리웨더는 "자금 보강을 위해 프랑스 은행에서 빌려 왔다."라고 이야기했다. 금화 한 닢의 무게가 약 6.4그램이므로 상자 무게까지 고려해 한 상자(2,000닢)의 무게를 약 15킬로그램이라고 가정하면, 금화 3만 닢이 담긴 상자 15개는 남성 2명이 그다지 어렵지 않게 운반할 수 있는 분량이다. 만약 강도가 침입에 성공했다면 은행은 심각한 타격을 입었을 것이다.

소브린 금화

빅토리아 시대의 영국에서는 소브린 금화(약 21만 6,000원)와 하프 소브린 금화(약 10만 8,000원)라는 두 종류의 금화가 유통되었다. 홈즈는 이 금화로 보수로 받을 때가 많다. 소브린 금화는 「푸른 카벙클」에서 시장 탐문 조사를 할 때나 「프랜시스 카팍스 여사의 실종」에서 관구의 뚜껑을 열 때처럼 긴급하게 필요한 경우에, 하프 소브린 금화는 『주홍색 연구』의 존 랜스 순경이나 「보헤미아 왕국의 스캔들」, 『바스커빌 기문의 사냥개』 등에서 마부에게 보수를 줄 때 사용되었다. 금화의 가치를 생각하면 배포가 큰 홈즈의 성격이 잘 드러난다고 할 수 있다.

바이올린

violin

약60cm

약35cm

16세기 초엽 북부 이탈리아에서 탄생한, 서양 음악을 대표하는 찰현악기. 전체 길이는 약 60센티미터이며, 몸통 부분의 폭은 약 35센티미터다. 나무로 만든다.

왼쪽 어깨에 악기를 올려놓고 턱받침에 턱을 괴어서 고정시킨 다음, 왼쪽 손가락으로 현을 누르고 오른손에 든 활로 4개의 현을 켜서 연주한다.

홈즈와 바이올린

홈즈의 대표적인 취미이기도 한 바이올린. 첫 번째 작품인 『주홍색 연구』에서 이미 홈즈가 바이올린을 잘 다룬다는 사실이 드러난다. 왓슨의 말에 따르면 "상당히 어려운 곡도 소화해낼 만큼 훌륭한 실력"을 갖춘 "매우 뛰어난 연주가"라고 하며, 요청에 부응해서 멘델스존의 곡 등을 연주해 왓슨을 감탄시켰다. 다만 항상 놀라운 연주를 들려주는 것은 아니고 사건으로 골머리를 앓고 있을 때에는 대충 소리를 내는 수준으로 연주하는데, 이때의 연주 수준은 왓슨도 질색할 정도라고. 그래도 이 '독주회' 이후 '애프터서비스' 차원에서 왓슨이 좋아하는 곡을 연주해 주는 모습에서는 단순히 이기적인 사람만은 아닌 홈즈의 인간성이 드러난다.

바이올린은 홈즈의 추리에 도움을 줄 뿐만 아니라 수사가 뜻대로 진전되지 않을 때 슬픈 곡조로 연주한다거나(『주홍색 연구』), 싫은 것을 잊을 때(「다섯 개의 오렌지 씨앗」), 초조함을 억누르려 할 때 연주(「노우드의 건축업자」)하는 등 감정을 통제하는 용도로도 크게 활약한다. 홈즈에게 바이올린은 왓슨과 마찬가지로 소중한 파트너라고 말할 수 있을지 모른다.

여담이지만, 「소포 상자」에서 밝혀진 바에 따르면 홈즈는 스트라디바리우스 바이올린을 고작 55실링(약 59만 4,000원)에 구입했다고 한다.

홈즈의 패션 체크!

이번 사건의 '결전지'로 향하는 홈즈의 승부 의상(?)은…

묵직한 사냥용 채찍

뱃사람용 피 재킷

몰래 주머니에 넣어 온 시간 보내기용 카드 한 벌
(결국 사용하지는 못했다)

DATA

홈즈가 파이프 담배를 세 대 피우는 데 들인 시간은

50분.

부탁이니 50분 동안은 말을 걸지 말아 주게

이건 정확히 담배 세 대분의 시간이 필요한 문제일세

뻐끔

뻐끔

담배 파이프는 홈즈에게 없어서는 안 될 추리의 도우미!

이번 사건의 왓슨

저쪽에서 발포한다면 망설이지 말고 쏘게!

찰칵

그야말로 '결전' 태세!

이번에는 홈즈의 요청으로 군용 권총을 지참!

명대사

"It saved me from ennui, —— Alas! I already feel it closing in upon me."

"덕분에 지루함에서 벗어날 수 있었군. 아아! 하지만 벌써부터 그놈이 다시 내 곁으로 다가오는 기분이야."

"ennui (지루함, 권태)"라는 프랑스어가 섞여 있는 것은 프랑스인 할머니의 영향?

그 자체라네

흐아암

내 인생은 일상적인 평범함으로부터 벗어나기 위한 끝없는 노력

대사건을 해결한 직후인데, 벌써부터 이런 말을 하는 홈즈! 우리의 명탐정도 그 나름의 고충이 끊이지 않는 모양이다…

전 관 포인트!

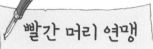 빨간 머리 연맹 을 조금더 깊게 즐겨 보자!

고찰

이야기 초반의

난해한 날짜 문제

~라고 말했다. 날짜에 무려 4개월 정도의 오차가!

빨간 머리 연맹은 해산했습니다 1890년 10월 9일

THE RED-HEADED LEAGUE IS DISSOLVED October 9, 1890.

오늘 아침에 이게 붙어 있었습니다!

~라는 발언이 옳다면 의뢰일은 6월경이어야 하지만… 의뢰인 윌슨은

1890년 4월 27일

딱 2개월 전이군

에오해 놓자

이 문제에 관해서는 정전(원작)의 원고를 출판사에서 옮겨 적을 때, 8월(August)을 4월(April)로 잘못 옮긴 것 아니냐는 설이 있으며, 그렇게 생각하면 분명히 앞뒤가 맞는다.
참고로 이 작품에서는 10월 9일이 '토요일'로 되어 있지만, 현실의 달력을 살펴보면 1890년 10월 9일은 '목요일'이었다.
수수께끼로 가득한 작품이다.

의뢰인 분노하다

안 됩니다

그렇게 웃기만 할 거라면 다른 곳에 가 보겠소!

이런 진기한 사건을 놓칠 수는 없지요!

의뢰인의 이야기에 웃음보가 터져 버린 두 사람… 조금 무례하기는 했다♪

하하…

푸픕…

틀림없이 장관이었을 것이다

전국의 빨간 머리들이 총집합!

플리트가는 빨간 머리 남자들로 가득 차 발 디딜 틈도 없을 정도 였습니다 - 자베즈 윌슨

결정 아시라니 까요

이거 헛수고 아닐까요?

* 만화 페이지는 오른쪽에서 왼쪽으로 읽어 주세요.

[의뢰일]
????년 ?월 ?일

[의뢰인]
메리 서덜랜드
(타이피스트)

[의뢰 내용]
행방불명된 약혼자
호스머 엔젤을 찾아
줬으면 한다

[주요 지역]
런던/ 베이커가
221B번지 외

Story
결혼식 전날, 신랑이 어딘가로 사라졌다

타이피스트인 메리 서덜랜드가 안절부절못하는 모습으로 221B번지를 찾아왔다. 그녀는 타인과 교류하는 것을 반대하는 의붓아버지 제임스가 해외 출장을 갔을 때 몰래 무도회에 참석했는데, 그곳에서 호스머 엔젤이라는 남성을 만났고 그 후 청혼을 받았다고 한다. 메리의 어머니도 그를 마음에 들어 해서 두 사람은 의붓아버지가 없는 동안 결혼식을 올릴 계획이었다. 그런데 결혼식 당일 교회로 향하던 마차 안에서 신랑이 모습을 감췄고, 이후로 계속 행방불명 상태라는 것이다.

신랑 호스머에게 무슨 일이 생긴 것은 아닌지 걱정한 메리는 그가 어떻게 됐는지 알아봐 달라고 홈즈에게 애원했다.

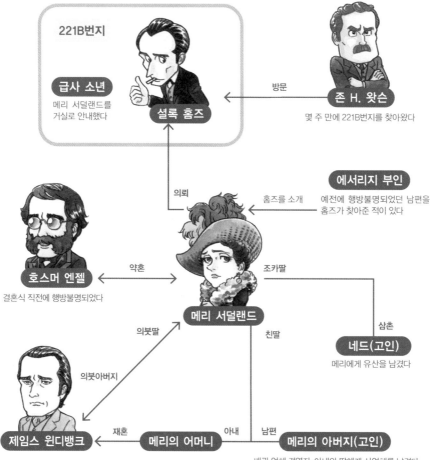

221B번지

급사 소년
메리 서덜랜드를
거실로 안내했다

셜록 홈즈

방문

존 H. 왓슨
몇 주 만에 221B번지를 찾아왔다

의뢰

에서리지 부인
예전에 행방불명되었던 남편을
홈즈가 찾아준 적이 있다

홈즈를 소개

호스머 엔젤
결혼식 직전에 행방불명되었다

약혼

메리 서덜랜드

조카딸

삼촌

네드(고인)
메리에게 유산을 남겼다

의붓딸

친딸

의붓아버지

제임스 윈디뱅크

재혼

메리의 어머니

아내

남편

메리의 아버지(고인)
배관 업체 경영자. 아내와 딸에게 사업체를 남겼다

메리 서덜랜드

Mary Sutherland

모자는 상식을 벗어났고 표정은 얼이 빠져 있었지만, 그 단순한 믿음에서는 고귀함 같은 것이 느껴졌다.

슬레이트 색(푸른빛이 도는 회색)의 챙이 넓은 밀짚모자를 '데번셔 공작부인' 풍으로 한쪽 귀를 덮듯이 요염하게 기울여 썼다

타이피스트: 의붓아버지와 함께 살면서 타이피스트로 일하고 있다(하루 15~20장 정도를 타이핑할 수 있는 실력).

주소는 캠버웰 구 라이언 플레이스 31번지.

말려 들어간 커다란 빨간색 깃털

콧등 양쪽이 움푹 들어가 있다

근시

동그란 고리 형태의 작은 금 귀걸이

몸집이 큰 여성

회색 장갑
오른쪽 장갑의 둘째손가락 부분이 닳았다

웃옷은 검은색이며, 검은색 구슬이 달려 있다

웃옷 안에 입은 옷은 갈색
(커피색보다 조금 진한 정도)

옷깃 주변과 소맷부리는 플러시천

Check Point
데번셔 공작부인
Duchess of Devonshire

제5대 데번셔 공작의 첫 번째 아내인 조지아나 캐번디시를 가리킨다. 초상화가 토머스 게인즈버러(1727~1788)가 그린 부인의 초상화는 1876년 경매에서 당시 회화로는 사상 최고액에 낙찰된 뒤 '범죄계의 나폴레옹'으로 불린 애덤 워스에게 도난당해 세상을 떠들썩하게 만들었다.

뜻 플러시천
plush
벨벳의 일종. 길고 부드러운 보풀이 있는 직물.

묵직한 느낌의 모피 목도리

홈즈의 '어디를 봐도 타이피스트' 포인트
- 손목 바로 위쪽, 타이피스트가 타자를 칠 때 테이블에 눌리게 되는 부분에 선 두 개가 선명하게 나 있다.
- 콧등에 타이피스트 특유의 안경 자국이 있다.
- 구두의 단추를 제대로 끼우지 않은 것을 보면 급하게 뛰쳐나왔음을 추리할 수 있다.

네드(고인)
Ned

메리 서덜랜드의 삼촌: 뉴질랜드의 오클랜드에서 살았다. 액면가 2,500파운드(약 5억 4,000만 원)의 뉴질랜드 공채를 유산으로 남겨서, 메리는 매년 그 이자(4.5퍼센트)인 112.5파운드(약 2,430만 원)를 받고 있다.

좌우가 짝짝이인 구두 한쪽만 장식이 달려 있다

남성이라면 바지의 무릎 부분이고

나는 여성을 볼 때 먼저 소매를 주목한다네

102

호스머 엔젤
Hosmer Angel

모 회사의 회계원: 메리의 약혼자. 리든홀가의 회사에서 일한다고 하는데, 메리에게는 회사의 이름도 주소도 가르쳐 주지 않았다. 회사를 숙소로 사용하고 있다. 결혼식 직전에 행방불명이 되었다.

황홀…

목소리까지 부드럽답니다

검은 머리카락

정수리가 조금 벗겨졌다

수줍음이 굉장히 많고 사려 깊으면서 조용한 사람이에요. 멋지고 다정한 신사이지요. 저를 두고 떠날 사람이 아니에요.

키는 약 5피트 7인치 (약 170센티미터)

약한 눈을 보호하기 위한 색안경

목소리는 작고 조금 불분명

우리 일주일 안에 결혼합시다

검고 진한 구레나룻과 수염

젊었을 때 편도선염과 임파선이 붓는 병에 걸렸던 탓에 목이 약하다

혈색이 나쁘다

순금 앨버트 체인 ⇒ 107쪽 [아이템] 참조

검은 조끼

옷깃에 비단을 덧댄 프록코트 ⇒ 92쪽 참조

체격은 건장

회색의 해리스 트위드 바지

처음으로 함께 산책을 하고 돌아오는 길에 결혼을 약속했어요. 내성적인 사람이라 눈에 띄는 것을 싫어해서 산책도 밤에 했지요.

토 첼시 부츠
elastic-sided boots
복사뼈 부분에 신축성 소재를 사용한 구두. 구두를 신고 벗기가 쉬우면서 발목을 지지해 주는 느낌도 있다.

첼시 부츠

갈색 각반 ⇒ 190쪽 참조

제임스 윈디뱅크
James Windibank

웨스트하우스 앤 마뱅크 상회의 외판원: 펜처치가에 있는 클라레(Claret)[17]를 취급하는 대형 수입 회사에서 일한다. 메리의 아버지가 세상을 떠난 뒤 얼마 안 되어서 메리의 어머니와 재혼했다. 나이는 30세 정도로, 메리보다 5년 2개월 연상일 뿐이다. 메리가 외출하는 것을 극도로 싫어한다.

 메리 서덜랜드 = 102쪽

혈색이 좋지 않은 얼굴

찌를 듯이 날카로운 회색 눈

수염은 깔끔하게 깎았다

중간 정도 키에 다부진 체격

아첨하듯 살랑대는 태도

손때로 번들번들한 실크해트

메리의 아버지(고인)
Mary Sutherland's father

배관 공사 업체 경영자: 생전에는 토트넘 코트로에서 상당히 큰 규모의 배관 공사 업체를 경영하고 있었다.
⇒ 149쪽 [Check Point: 배관공] 참조

메리의 어머니
Mary Sutherland's mother

남편이 사망한 직후 자신보다 15세 가까이 어린 윈디뱅크와 재혼했다.

급사 소년
the boy in buttons

221B번지의 급사: 메리 서덜랜드를 홈즈와 왓슨이 있는 거실로 안내했다.

····· 금 단추

····· 검은 제복

하디
Hardy

메리 아버지 가게의 옛 직원: 가스관 설치 업계의 무도회에 메리와 메리의 어머니를 데려갔다.

실존 인물

하피즈
Hāfiz(1326년경~1390)

이란 남부 시라즈 출생/ 서정시인
하피즈는 '쿠란을 암기한 자'라는 뜻이다. 페르시아 4대 시인 중 한 명으로, 사랑과 술, 자연의 아름다움을 즐겨 노래하며 서정시의 표현을 극한의 경지로 끌어올렸다. 그가 사망한 뒤에 편집된 《하피즈 시집》은 괴테의 《서동시집》에 영향을 끼쳤다고 알려진다.

옛 페르시아인이 남긴 말을 기억하고 있나 모르겠군. "새끼 호랑이를 얻으려 하는 것은 위험한 일이다. 여인의 환상을 빼앗으려 하는 것 또한 위험한 일이다." 하피즈는 호라티우스 못지않게 사려 깊고 지혜가 풍부한 사람이었지

퀸투스 호라티우스 플라쿠스
Quintus Horatius Flaccus(BC65~BC8)

이탈리아 남부 베노사 출생/ 시인
고대 로마를 대표하는 시인 중 한 명. 깊은 윤리성과 높은 격조, 완벽한 기교로 서구 문학에 오랫동안 영향을 끼쳤다. 그중에서도 《시론》은 근세까지 시 작법의 성전으로 평가받았다.

사건을 해결한 뒤, 왓슨이 "메리 서덜랜드 양은 어떡할 건가?"라고 묻자 홈즈는 이렇게 대답했다.

🔍 한눈에 그 사람임을 간파한 홈즈

「신랑의 정체」의 가장 큰 특징은 의뢰인의 이야기만 듣고 진상을 파악해 사건을 해결하는 홈즈의 초인적인 추리력일 것이다.

의뢰인이 돌아간 뒤 홈즈가 한 행동은 편지를 두 통 쓴 것뿐이었다. 수사를 위해 221B번지에서 밖으로 나간 적은 전혀 없으며, 다음 날에는 해결에 이르렀다. 안락의자 탐정의 전형적인 모습이다.

또한 이 작품에서는 홈즈가 의뢰인인 메리 서덜랜드의 직업과 그 밖의 특징을 한눈에 알아맞혀서 의뢰인을 놀라게 하는 '약속된 패턴'을 즐길 수 있다. 이 '약속된 패턴'은 전작 「빨간 머리 연맹」에도 등장한다. 그런데 사실 발표는 뒤에 했지만 집필 자체는 「신랑의 정체」가 먼저였다고 한다. 「빨간 머리 연맹」의 앞부분에 홈즈가 '메리 서덜랜드가 가져온 사건'을 언급하는 대사가 있는 것도 그 때문이다(집필 순서와 발표 순서가 반대인 이유에 관해서는, 코난 도일이 원고를 한꺼번에 건넸는데 편집자가 순서를 착각했다는 이야기가 있다). 따라서 집필 순서로 따지면 이 작품은 홈즈의 '약속된 패턴'이 처음 등장한 기념비적인 작품이라고 할 수 있다.

━━━━━ COLUMN ━━━━━

'셜록 홈즈' 시대의 타이피스트

Typist in 'Holmes' era

타이프라이터, 즉 타자기는 손가락으로 키를 눌러서 종이에 문자를 인쇄하는 기계다. 1874년에 레밍턴 상회가 실용화한 타이프라이터는 여성에게 타이피스트라는 사무직 일자리를 가져다줘 영국 여성의 사회 진출을 비약적으로 촉진했다.

그전까지 중류 계급 여성의 직업이라고 하면 하녀 등이 주류였고, 전문직이라고 부를 수 있는 직업은 가정교사 정도가 전부였다. 타이피스트로서 혼자 힘으로 충분히 생계를 꾸려 나갈 수 있다고 자부한 「신랑의 정체」의 메리 서덜랜드는 당시의 최첨단 여성이라고 말할 수 있을 것이다. 정전(원작)에서는 『바스커빌 가문의 사냥개』의 로라 라이언즈도 직업이 타이피스트였다.

「신랑의 정체」 사건의 흐름

1890년※ **?월 ?일**		**메리 서덜랜드의 의붓아버지 윈디뱅크:** 프랑스로 출장을 가다.
무도회 당일 **?월 ?일**		**메리:** 의붓아버지가 없는 동안 가스관 설치 업계의 무도회에 참석, 호스머 엔젤과 만나다.
무도회 **다음 날**		**메리:** 엔젤의 방문을 받다.
?월 ?일		**메리:** 처음으로 엔젤과 둘이서 산책을 하다. 돌아오는 길에 결혼을 약속하다.
?월 ?일		**메리:** 엔젤과 두 번째 산책을 하다.
?월 ?일 **~?월 ?일**	**약 일주일**	**윈디뱅크:** 프랑스 출장에서 돌아오다.
		메리: 의붓아버지가 화를 냈기 때문에 엔젤과 만나지 못하고 있었지만, 엔젤에게서 매일 편지를 받다.
		윈디뱅크: 프랑스로 출장을 가다.
?월 ?일		**메리:** 엔젤의 방문을 받다. 의붓아버지가 없는 일주일 사이에 결혼식을 올리자는 권유를 받다. 어머니도 찬성해 결혼식 날짜를 결정하다.
?월 14일(금)	**아침**	**메리:** 결혼식을 올리기 위해 마차 두 대에 나눠 타고 교회로 이동했는데, 도착한 마차 안에 엔젤이 타고 있지 않아 당황하다.
?월 15일(토)		**메리:** 〈크로니클〉지에 엔젤의 행방을 아는 자를 찾는 광고를 내다.
의뢰일 **?월 ?일**		**홈즈와 왓슨:** 221B번지에서 대화를 나누다.
		메리: 221B번지를 찾아와 조사를 의뢰하다.
		홈즈: 윈디뱅크와 그가 일하는 회사에 편지를 쓰다.
		왓슨: 귀가하다.
의뢰일 **다음 날**	**18시** **직전**	**왓슨:** 하루 일을 마치고 221B번지를 찾아오다.
	18시 조금 후	**윈디뱅크:** 221B번지를 찾아오다.

※ 1890년=정전(원작)에는 구체적인 연도가 기재되어 있지 않지만, 1890년에 일어난 사건인 「빨간 머리 연맹」을 보면 홈즈가 "요전에 메리 서덜랜드 양이 가져온 그 단순한 사건"이라는 말을 한다. 그래서 이 책에서는 「신랑의 정체」가 1890년에 일어난 사건이라고 추측했다.

셜록 홈즈의 세계를 장식하는 아이템

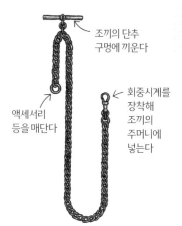

조끼의 단추
구멍에 끼운다

액세서리
등을 매단다

회중시계를
장착해
조끼의
주머니에
넣는다

앨버트 체인
Albert chain

회중시계용 체인.

앨버트는 빅토리아 여왕(1837~1901)의 부군인 앨버트 공(Francis Albert Augustus Charles Emmanuel, 1819~1861)을 가리킨다. 앨버트 공이 애용해서 이렇게 부르게 되었다는 이 시곗줄은 앨버트 공이 세상을 떠난 1860년대 이후 일반인들 사이에서 널리 인기를 끌었다.

영국 신사의 소양

빅토리아 시대에 인기를 끌었던 앨버트 체인. 정전(원작)에서는 세 차례 등장한다. 『주홍색 연구』에서는 이녹 J. 드레버의 소지품 중에 순금 앨버트 체인이 있었고, 「빨간 머리 연맹」에서는 자베즈 윌슨의 조끼에서 놋쇠로 만든 앨버트 체인이 보이는 것을 왓슨이 관찰한다. 그리고 「신랑의 정체」에서는 호스머 엔젤의 행방을 아는 자를 찾는 신문 광고에 호스머 엔젤의 특징 중 하나로 '순금 앨버트 체인'이 적혀 있었다.

「빨간 머리 연맹」의 자베즈 윌슨은 중국 동전을 시곗줄에 매달아 놓았고, 앨버트 체인인지 아닌지는 명확하지 않지만 「보헤미아 왕국의 스캔들」에서는 홈즈도 아이린 애들러에게 받은 소브린 금화를 "기념으로 시곗줄(watch-chain)에 매달아 놓아야겠어."라고 말했다. 당시의 신사들은 자신의 취향에 맞춰 체인에 동전이나 인장 등의 장식을 매달아 놓았는데, 금고 등의 열쇠를 매다는 경우도 많았던 모양이다. 「금테 코안경」의 코람 교수는 서재 책상의 열쇠를, 「두 번째 얼룩」의 트렐로니 호프 장관은 문서함의 열쇠를, 「브루스파팅턴 호 설계도」의 시드니 존슨과 「마지막 인사」의 폰 보르크는 금고 열쇠를, 「기어다니는 남자」의 프레스버리 교수는 나무 상자의 열쇠를 시곗줄에 매달아 놓았다.

이것을 보면 이 시대에는 시곗줄이 친근한 아이템이었음을 짐작할 수 있다.

* 만화 페이지는 109→108쪽 순서로 오른쪽에서 왼쪽으로 읽어 주세요.

이번 사건의 왓슨

홈즈에게
칭찬 받다? 편

라는 생각이
드는 찰라

최고의
찬사? →

자네는
경이적인 진보를
이루었네.
정말일세!

이 말은
해 줘야겠군,
왓슨!

중요한 부분을
모조리
놓쳐 버린 건
사실이지만!

홈즈로서는 자신이 느낀 사실을 있는 그대로 말했을 뿐
악의는 전혀 없었다!…고 생각한다. 아마도

파이프 담배 애호가인
홈즈이지만…

궐련을
피우고
있었다

이 작품
앞부분
에서는

톡

이 작품 이외에도

「보헤미아 왕국의 스캔들」,
「마지막 사건」,
『바스커빌 가문의 사냥개』,
「빈집의 모험」,
「자전거 타는 사람」,
「금테 코안경」,
「죽어 가는 탐정」

에서 궐련을 피우는 모습을 볼 수 있다.
대체로 가볍게 휴식할 때 피우는 경향
이 있는 듯하다.

명대사

"Yes. It was the bisulphate of baryta."

"그래, 중황산바륨18이었다네."

의뢰인의
이야기를 들은
시점에 이미
머릿속에서
사건을 해결한
상태였던 홈즈!
그건 그렇고,
태세 전환 속도가
엄청나다!

음냐…

하루 종일
실험에 몰두했다

그거
말고!

그 사건
말일세!

어떻게
됐나?
밝혀냈나?

사건이
해결되었는지
궁금해
황급히
달려
왔다

관전 포인트! 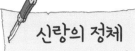 신랑의 정체 를 조금더 깊게 즐겨 보자!

명대사

"If we could fly out of that window hand in hand, hover over this great city."

"만약 우리가 손을 맞잡고 저 창 밖으로 뛰쳐나가서 이 대도시의 상공을 날아다닐 수 있다면…"

이야기의 초반을 장식하는 홈즈의 대사 왠지 낭만적인 느낌이지만…

이어지는 대사는

평범하고 결말이 빤히 들여다보이는 픽션의 세계를 더할 나위 없이 진부하고 무의미한 것으로 만들어 놓을 걸세

이런 것들이 세대를 뛰어넘어서 작용해 상식을 벗어난 결과로 이어지는 모습은

사건들의 놀라운 연쇄

엇갈림

음모

기묘한 우연의 일치

그곳에서 진행되는 괴상한 일이라든가

그리고 지붕이란 지붕은 다 뜯어내고 그 안을 들여다볼 수 있다면

조금도 낭만적이지 않다!

현실주의자 →

네덜란드 왕실에서 선물한 (자세한 내용은 불명) 다이아몬드 반지!

소박한 생활을 즐기는 홈즈가 군이 손가락에 끼고 있었던 것은 왓슨이 눈치챌지 어떨지 시험해 보려고?

중앙에는 커다란 자수정!

「보헤미아 왕국의 스캔들」 사건 해결 후 국왕에게 기념품으로 선물 받은 고풍스러운

순금 코담배 상자!

이번 작품의 주목 아이템!

모험 04

The **Boscombe** Valley Mystery

보스콤 계곡의 수수께끼

[사건 발생일]
????년 6월 3일

[의뢰인]
레스트레이드(경찰)

[의뢰 내용]
찰스 매카시 살인
사건의 해결에
협력해 줬으면 한다

[주요 지역]
헤리퍼드셔 주
보스콤 계곡 외

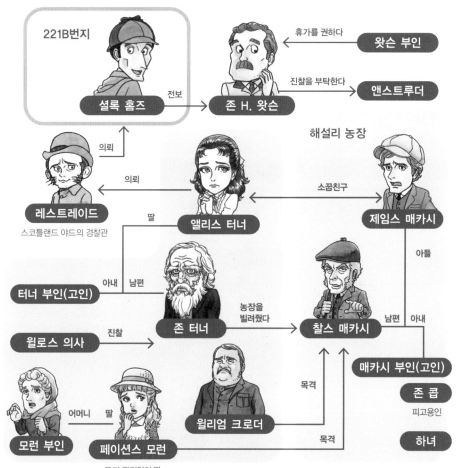

Story
경치 좋은 시골 마을에서 일어난 살인 사건의 진상은?

보 스콤 계곡에서 살인 사건이 발생했다. 피해자는 수년 전 오스트레일리아에서 이주한 찰스 매카시라는 인물이며, 둔기 같은 것으로 머리를 얻어맞아 사망했다. 용의자는 아들인 제임스였다. 사건 직전에 두 사람이 심하게 말싸움을 벌이는 모습이 목격되었기 때문이다. 제임스는 즉시 체포되었는데, 소꿉친구이자 지주의 딸인 앨리스 터너가 그의 무죄를 주장하며 스코틀랜드 야드의 레스트레이드에게 재조사를 의뢰했다. 그러나 정황 증거가 하나같이 제임스의 유죄를 가리키고 있었기에 레스트레이드의 조사는 난항을 겪고 있었다.

레스트레이드에게서 도움을 요청받은 홈즈는 전보를 받고 달려온 왓슨과 함께 기차를 타고 보스콤 계곡으로 향했다.

221B번지

셜록 홈즈 — 전보 → 존 H. 왓슨

휴가를 권하다 ← 왓슨 부인

진찰을 부탁한다 → 앤스트루더

해설리 농장

레스트레이드 ← 의뢰 — 앨리스 터너 ← 소꿉친구 — 제임스 매카시
스코틀랜드 야드의 경찰관

의뢰 ↑

딸 / 아들

터너 부인(고인) — 아내 / 남편 — 존 터너 — 농장을 빌려줬다 → 찰스 매카시 — 남편 / 아내 — 매카시 부인(고인)

윌로스 의사 — 진찰 →

존 콥
피고용인

모런 부인 — 어머니 / 딸 — 페이션스 모런   윌리엄 크로더 — 목격 → / 목격 →   하녀
토지 관리인의 딸

111

제임스 매카시
James McCarthy

용의자

그다지 영리한 친구는 아니더군. 잘생겼고 마음도 착해 보였지만.

잘생긴 외모

제임스의 아버지는 우리가 결혼하기를 바라셨지만, 제임스는 아직 결혼하기를 원치 않았어요.

앨리스 터너 양 같은 매력적인 여성과 결혼하기를 원치 않는 것이 사실이라면, 여성을 보는 눈에도 문제가 있군!

파리 한 마리 해치지 못할 만큼 마음씨가 고운 사람이에요

찰스 매카시의 외동아들: 18세. 사흘 동안의 외출에서 돌아온 뒤에 총을 들고 밖으로 나갔다가 보스콤 연못 근처에서 아버지와 말다툼을 벌였다. 그 직후 아버지가 시체로 발견되었기 때문에 살인 용의자로 체포되었다.

피해자

찰스 매카시
Charles MaCarthy

해설리 농장의 주인: 20년 전 오스트레일리아에서 존 터너를 알게 되었다. 오스트레일리아에서 귀국한 뒤 존 터너가 소유한 농장 중 하나인 헤리퍼드셔 주 보스콤 계곡의 '해설리 농장'을 공짜로 빌려 그곳에서 생활했다. 보스콤 연못 근처에서 시체로 발견되었다.

어떤 무거운 둔기로 얻어맞은 흔적이 있었다

성미가 매우 급하다

이웃과는 거의 교류하지 않는다

스포츠를 좋아해서, 근처 경마장에 자주 아들과 함께 모습을 드러냈다

누구에게나 호감을 받는 유형은 아니었지만, 원한을 살 행동은 하지 않았을 겁니다.

제임스 매카시 = 페이지 상단

앨리스 터너 = 113쪽

이렇게 사랑스러운 아가씨는 본 적이 없었다.

앨리스 터너
Alice Turner

존 터너의 외동딸: 18세. 찰스 매카시가 빌린 '해설리 농장'의 소유주인 존 터너의 외동딸. 제임스 매카시와는 소꿉친구다. 제임스가 무죄임을 확신하고 있어서 스코틀랜드 야드의 레스트레이드에게 누명을 벗겨 달라고 부탁했다.

Check Point
보스콤 계곡
The Boscombe Valley

헤리퍼드셔 주 근교에 있다고 하는 '보스콤 계곡'. 로스라는 마을은 헤리퍼드셔 주에 실제로 존재하지만, 이 보스콤 계곡이나 보스콤 연못은 가공의 지명이다.

정전(원작)에는 가공의 지명이 다수 등장한다. 「네 사람의 서명」의 핀친 길, 「보헤미아 왕국의 스캔들」의 서펜타인 대로, 「입술이 비뚤어진 사내」의 어퍼 스완댐 길, 「기술자의 엄지손가락」의 아이퍼드, 「공포의 계곡」의 버미사 계곡 등이다.

정전에 기재된 실제 지명을 실마리로 가공의 장소가 실제로 존재했다면 어디쯤일지 상상해 봐도 즐거울 것이다.

백발이 섞인 머리카락

깊게 파인 주름살

아래로 처진 눈썹

재처럼 하얀 얼굴

입술과 콧구멍의 가장자리가 푸르죽죽하다

덥수룩한 턱수염

매우 큰 손

나이는 60세 안팎

매우 큰 발

언뜻 보기만 해도 오랫동안 치명적인 병을 앓아 왔음을 알 수 있었다.

존 터너
John Turner

대지주: 오스트레일리아의 빅토리아 주에서 큰 재산을 모은 뒤 수년 전 영국으로 돌아왔다. 헤리퍼드셔 주 보스콤 계곡 일대의 최대 지주. 아내는 젊은 나이에 세상을 떠났지만 앨리스라는 외동딸이 있다. 수년째 당뇨병을 앓고 있다.

모런 부인
Mrs. Moran

페이션스 모런의 어머니: 보스콤 연못가에서 매카시 부자가 심하게 말싸움을 하고 있다는 딸의 이야기를 듣는 도중 제임스가 오른손에 피를 묻힌 채 집으로 들어와 도움을 요청했다.

페이션스 모런
Patience Moran

보스콤 계곡 토지 관리인의 딸: 14세. 보스콤 계곡 주변 숲에서 꽃을 꺾고 있다가 보스콤 연못가에서 심하게 말싸움을 벌이는 매카시 부자를 목격했다. 그 모습에 겁을 먹고 집으로 도망쳤다.

매카시 집안의 하녀
McCarthy's maid

찰스 매카시가 살해당했을 때 신고 있었던 신발과 아들 제임스의 신발을 홈즈에게 보여줬으며, 그 후 '해설리 농장'의 안뜰로 안내했다.

윌리엄 크로더
William Crowder

사냥터 관리인: 존 터너에게 고용되었다. 보스콤 연못을 향해서 걸어가는 찰스 매카시와 그로부터 5분도 지나지 않았을 즈음 옆구리에 총을 낀 채 같은 길을 걸어가는 제임스 매카시를 목격했다.

호텔의 급사
Hotel waiter

호텔 '헤리퍼드 암즈'의 급사: 홈즈와 왓슨이 묵고 있는 방으로 존 터너를 안내했다.

존 콥
John Cobb

매카시 집안의 피고용인: 사건 당일, 주인인 찰스 매카시와 함께 로스 마을까지 마차로 왕복했다.

왓슨 부인
Mrs. Watson

『네 사람의 서명』 사건 해결 후 의뢰인이었던 메리 모스턴과 결혼한 왓슨. 그 후 정전(원작)에서 왓슨과 부인이 대화하는 장면이 등장한 것은 2회뿐이다.

「보스콤 계곡의 수수께끼」에서는 홈즈가 보낸 전보를 보고 왓슨에게 동행할 것을 권했으며, 「입술이 비뚤어진 사내」에서는 밤에 부인과 단란한 한때를 보내고 있는데 부인의 학창 시절 친구인 케이트 휘트니가 찾아오자 왓슨이 "고민이 있는 사람들은 마치 등대에 모여드는 새처럼 내 아내를 찾아온다."라고 말한다. 양쪽 모두 부인의 인품을 엿볼 수 있는 장면이다.

왓슨 부인
Mrs. Watson

홈즈의 전보를 받았지만 환자 때문에 망설이는 왓슨에게 홈즈와 동행하도록 권했다.

주위 풍경에 맞춰 시골풍 옷을 입고 있었지만, 한눈에 레스트레이드임을 알 수 있었다.

 # 레스트레이드 의뢰인
Lestrade

스코틀랜드 야드의 경찰관: 앨리스 터너에게서 제임스의 누명을 벗겨 달라는 요청을 받았지만 난항을 겪자 홈즈에게 수사를 의뢰했다. 로스의 역으로 홈즈와 왓슨을 마중 나왔으며, 현장으로 가기 위한 마차와 구치소의 면회 허가증도 준비해 놓았다.
⇒ 13쪽 [주요 등장인물] 참조
⇒ 140쪽 [경찰관 등장 횟수 순위]

옅은 갈색의 더스트코트

가죽 각반
⇒ 190쪽 참조

🅣 **더스트코트**
dustcoat
흙먼지를 막기 위해서 입는, 얇고 기장이 긴 코트.

왓슨 집의 하녀
Watson's maid

아침 식사 중인 왓슨에게 홈즈가 보낸 전보를 전달했다.
⇒ 173쪽 [Check Point: 221B 번지와 왓슨 집의 하녀] 참조

실존 인물

조지 메러디스
Geroge Meredith(1828~1909)

잉글랜드 포츠머스 출생/ 작가, 시인
빅토리아 시대의 상류 지식인 계급을 풍자한 《에고이스트》(1879) 등으로 작가 지위를 확립하고 출판사 고문으로서 신인 발굴에도 공헌하는 등 영국 문단에서 크게 활약했다.
난해한 문체와 작품으로 유명하며, 나쓰메 소세키의 초기 작품에도 영향을 끼친 것으로 알려졌다.

자네만 괜찮다면 조지 메러디스에 관해 이야기를 나누고 싶군. 사소한 부분은 내일로 미루고 말이지

홈즈는 로스로 향하는 기차 안에서 사건의 상황을 왓슨에게 설명한 뒤 이렇게 말하며 화제를 돌렸다.

「보스콤 계곡의 수수께끼」 이전에 발표된 다섯 작품은 홈즈와 왓슨이 활약하는 무대가 전부 런던으로 한정되어 있었는데, 이번 작품에서는 홈즈와 왓슨이 수사를 위해 지방으로 떠나는 모습이 처음으로 그려진다.

홈즈와 왓슨이 역에서 만나고, 덜컹대는 기차 안에서 사건을 검토하고, 숙소에 묵고, 숲속을 걷고, 연못가를 기어다니며 수사를 하는 등 이 작품은 런던에서 일어난 사건과는 또 다른 흥분감을 준다.

다만 이런 즐거운 여행 기분과는 달리, 이번에 발생한 사건은 단편으로서는 최초의 살인 사건이다. '미스터리 = 살인'이라고 생각하는 사람도 많겠지만, 정전(원작)의 60작품 가운데 홈즈와 왓슨이 살인과 관계된 사건을 조사한 것은 절반 정도에 불과하다. 나머지는 도난, 사기, 협박, 실종 등 다양한 종류의 사건이었다.

이처럼 사건의 종류가 다채롭다는 점도 '셜록 홈즈' 시리즈의 매력 중 하나일지 모른다.

시골길을 지나가는 두 사람

COLUMN

'셜록 홈즈' 시대의 오스트레일리아

Australia in 'Holmes' era

이 작품에 등장하는 대지주 존 터너는 식민지 시대의 오스트레일리아에서 재산을 모아 귀국한 인물이다.

1860년대의 오스트레일리아는 영국 식민지인 6개 주로 구성되어 있었는데, 존 터너와 피해자인 찰스 매카시는 그중 하나인 빅토리아 주에서 만났다. 터너가 체류할 무렵의 오스트레일리아 남동부는 1851년에 금광이 발견되면서 시작된 골드러시 열풍으로 뜨거웠다. 영국뿐만 아니라 세계 각지에서 사람들이 몰려들어 이후 10년 사이 인구가 3배로 불어난 시대였다. 50년 후인 1901년, 오스트레일리아는 영국으로부터 독립한다.

「보스콤 계곡의 수수께끼」 사건의 흐름

6월 3일(월)	**15시 조금 전**	**찰스 매카시:** 자택을 나와 보스콤 연못으로 향하다.
	15시 이후	**제임스 매카시:** 보스콤 계곡 토지 관리인의 집으로 달려와, 보스콤 연못가에서 아버지 찰스가 죽었음을 알리다.
6월 4일(화)		**제임스:** 사인 심문에서 '고의적 살인'이라는 평결이 내려지다.
6월 5일(수)		**제임스:** 로스의 치안 판사에게 신문을 받다.
조사 개시일 ?월 ?일	**10시 45분경**	**왓슨:** 부인과 아침 식사를 하는 도중에 홈즈의 전보를 받다.
	11시 15분	**홈즈와 왓슨:** 패딩턴 역에서 기차를 타고 헤리퍼드셔 주 로스로 향하다.
	16시 직전	**홈즈와 왓슨:** 로스에 도착. 레스트레이드가 플랫폼으로 마중을 나오다.
		홈즈와 왓슨: 레스트레이드와 함께 마차를 타고 예약해 놓은 호텔로 이동하다.
		홈즈: 앨리스 터너가 찾아오다.
		홈즈: 레스트레이드와 함께 수감 중인 제임스를 만나러 가다. **왓슨:** 호텔에 남다.
	심야	**홈즈:** 호텔로 돌아오다.
조사 개시일 다음 날	**9시**	**홈즈와 왓슨:** 레스트레이드와 함께 '해설리 농장'과 보스콤 연못을 조사하러 가다.
	정오 무렵	**홈즈와 왓슨:** 호텔에서 점심 식사를 하다.
	오후	**홈즈와 왓슨:** 앨리스의 아버지 존 터너가 호텔 방으로 찾아오다.

117

셜록 홈즈의 세계를 장식하는 아이템

확대경
Magnifying glass

물체를 확대해서 보기 위한 장치.
언제 발명되었는지는 명확하지 않지만, 고대 이집트와 로마 유적에서도 수정을 연마해서 만든 렌즈가 발견되는 등 기원전부터 존재했다. 렌즈를 확대경으로 사용할 수 있다는 사실은 그리스의 천문학자 프톨레마이오스가 살았던 2세기경에 이미 알려져 있었다. '렌즈'라는 명칭은 생김새가 '렌즈콩'을 닮은 것에서 유래했다.

탐정의 필수품?

셜록 홈즈의 수사에 없어서는 안 될 도구인 확대경. 디어스토커나 파이프와 함께 홈즈를 상징하는 아이템이며, 탐정의 대명사이기도 하다.

확대경은 왓슨이 처음으로 동행한『주홍색 연구』의 사건 현장에서 이미 등장했다. 그후『네 사람의 서명』에서는 바솔로뮤 숄토의 방에 남아 있었던 로프나 발자국 등을 관찰할 때, 「빨간 머리 연맹」에서는 은행의 바닥을 꼼꼼히 조사할 때, 「보스콤 계곡의 수수께끼」에서는 바닥에 엎드려서 연못 주변에 남아 있는 발자국을 조사할 때, 「토르 교 사건」에서는 다리 난간을 꼼꼼히 조사할 때 사용되는 등 수많은 사건 현장에서 홈즈와 함께 활약했다.

또한 홉킨스 경위가 사건의 단서로 가져온 공책(「블랙 피터」)이나 호스머 엔젤이 타이핑한 편지(「신랑의 정체」), 헨리 베이커의 모자(「푸른 카벙클」), 모티머 의사의 지팡이(『바스커빌 가문의 사냥개』) 같은 증거품을 자세히 관찰할 때도 활용되었다.

정전(원작)에서 이 아이템이 등장한 작품은 전체의 약 3분의 1에 이른다.

디어스토커
Deerstalker

사냥 모자의 일종. 명칭 그대로 사슴을 사냥할 때 썼다. 사냥용이라서 트위드 같은 튼튼한 모직물로 만드는 경우가 많다.
목을 보호하기 위해 뒤쪽에도 차양이 있으며 좌우에 방한용 귀덮개가 달려 있는 것이 특징이다. 귀덮개를 사용하지 않을 때는 위쪽으로 젖힌 다음 끝에 달려 있는 끈으로 묶어서 고정시킨다.

｜ '셜록 홈즈'를 상징하는 아이콘

파이프, 확대경과 함께 홈즈의 트레이드마크로 정착된 디어스토커(사냥 모자). 그런데 정전(원작)에는 'deerstalker'라는 단어가 단 한 번도 등장하지 않는다. 「보스콤 계곡의 수수께끼」를 보면 홈즈가 조사를 위해 지방으로 갈 때 '딱 맞는 헝겊 모자(close-fitting cloth cap)'를 썼다는 묘사가 나오는데, 이 묘사를 본 삽화가 시드니 파젯(Sidney Paget, 1860~1908)이 작품이 연재된 〈스트랜드 매거진〉에 그린 삽화에서 홈즈에게 디어스토커를 씌웠다. 이 삽화가 후세의 일러스트나 연극·영상 작품에 지대한 영향을 끼쳐 디어스토커를 홈즈의 대명사로 만든 것이다.
시드니 파젯의 딸인 위니프레드 씨에 따르면 디어스토커는 시드니 파젯 본인이 좋아했던 모자라고 한다.
또한 코난 도일도 파젯의 이 삽화가 마음에 들었는지, 「보스콤 계곡의 수수께끼」로부터 1년 후 집필한 「실버 블레이즈」에서는 '귀 덮개가 달린 여행 모자(ear-flapped travelling-cap)'라는 디어스토커로도 해석할 수 있는 모자를 홈즈에게 씌웠다.
파젯의 삽화에서 홈즈가 디어스토커를 쓴 작품은 전부 합쳐서 일곱 작품이다. 「보스콤 계곡의 수수께끼」, 「실버 블레이즈」, 「춤추는 인형」, 「자전거 타는 사람」, 「프라이어리 스쿨」, 「블랙 피터」에서 디어스토커를 쓴 홈즈를 볼 수 있다.

* 만화 페이지는 121→120쪽 순서로 오른쪽에서 왼쪽으로 읽어 주세요.

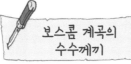

Who is 왓슨?

참고로,
왓슨이 대리 진찰을
부탁하는 상대로는
그 밖에도
'이웃의 의사('증권 거래소 직원,')
라든가 잭슨('등이 굽은 남자,)
이라는 인물이 언급된다.※
앤스트루더도 잭슨도
이웃에서 일하는 의사라고
생각하는 것이
자연스러울지도…

메리는
닥터라고는
보르지
않았는데…

의사
지인?

앤스
트루더

당일의
급한 대리 진료를
당연하다는 듯
부담 없이 부탁할 수
있는 상대란?

앤스트루더라는
인물은 대체
어떤 사람일까?

앤스트루더 씨가
당신 대신해
줄 거예요

진찰
이라면

Oh,
Anstruther
would do
your work
for you.

명대사

"It is really very good
of you to come, Watson."

"자네가 와 줘서 정말 다행이네, 왓슨."

내게 큰
차이거든

전면적으로
신뢰할 수
있는 사람이
곁에 있는 것과
없는 것은

친구에 대한 감사와 칭찬을
부끄러워하지 않고
면전에서 말할 수 있는 홈즈!

그의 솔직한 인간성이
참 보기 좋다!

창가석에
앉게!

표는 내가
사 오겠네!

이번 사건의 왓슨

숨겨진 특기? 첫 번째

아프가니스탄에서의
야영 생활는 나를
준비에 시간이
걸리지 않는 신속한
여행자로 만들었다

척♪

척♪

갑작스러운 여행 준비도
30분만 있으면 충분!

※ 「증권 거래소 직원」과 「등이 굽은 남자」는 모두 『회상록』에 수록된 작품이다.⇒212쪽 [작품 일람] 참조

* 만화 페이지는 오른쪽에서 왼쪽으로 읽어 주세요.

모험 05

The Five Orange Pips

다섯 개의 오렌지 씨앗

[의뢰일]
1887년 9월말

[의뢰인]
존 오픈쇼(자산가)

[의뢰 내용]
큰아버지와
아버지의 알 수
없는 죽음의 비밀을
밝혀내고 자신도
지켜 줬으면 한다

[주요 지역]
서식스 주 호섬 외

122

Story
죽음을 부르는 '오렌지 씨앗'

폭 풍우 치는 밤에 221B번지를 찾아온 존 오픈쇼는 큰아버지와 아버지를 덮친 무서운 사건에 관해 이야기하기 시작했다. 처음에는 큰아버지가, 그리고 얼마 후 아버지가 오렌지 씨앗 다섯 개가 들어 있는 봉투를 받은 뒤 알 수 없는 죽음을 맞이했다는 것이다.

처음에 그는 사건이 큰아버지가 미국에 있었던 것과 관계가 있으며, 두 사람 모두 모종의 음모에 휘말린 것이 아닌가 의심했다. 그러나 이후 2년 8개월 동안 별다른 일이 일어나지 않아서 슬슬 마음을 놓고 있었는데, 어제 자신도 똑같은 '오렌지 씨앗'을 받았다고 한다. 이에 죽음의 공포를 느끼고 조언을 구하고자 홈즈를 찾아온 것이었다.

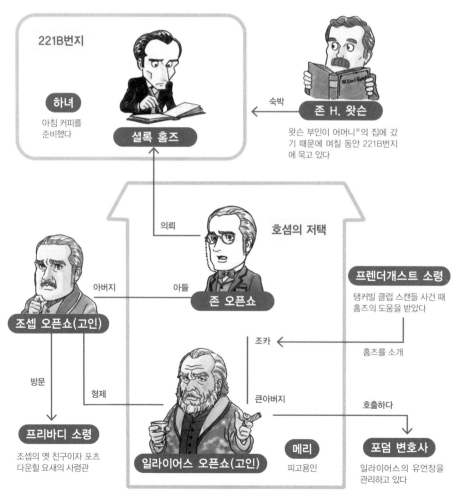

221B번지

하녀
아침 커피를 준비했다

셜록 홈즈

숙박 → 존 H. 왓슨
왓슨 부인이 어머니※의 집에 갔기 때문에 며칠 동안 221B번지에 묵고 있다

의뢰

호섬의 저택

존 오픈쇼

아버지   아들

조섭 오픈쇼(고인)

프렌더개스트 소령
탱커빌 클럽 스캔들 사건 때 홈즈의 도움을 받았다

조카 ←
홈즈를 소개

방문   형제

큰아버지

호출하다 →

프리바디 소령
조섭의 옛 친구이자 포츠다운힐 요새의 사령관

메리
피고용인

일라이어스 오픈쇼(고인)

포덤 변호사
일라이어스의 유언장을 관리하고 있다

※= 131쪽 [관전 포인트 Check] *1 참조

창백한 얼굴과 근심에 찬 눈을 보면 어떤 커다란 걱정거리가 그를 짓누르고 있는 듯했다.

금테 코안경

토 코안경
Pince-nez
귀에 거는 다리(템플)가 없고, 콧등에 끼워 넣는 안경

존 오픈쇼 _{의뢰인}
John Openshaw

자산가: 어릴 때부터 큰아버지 일라이어스의 사랑을 받았고, 1878년부터는 서식스 주 호섬 근교의 집에서 큰아버지와 함께 살았다. 큰아버지와 아버지가 죽기 직전에 받았던 오렌지 씨앗이 든 봉투를 자신도 받자 불안을 느끼고 홈즈에게 조사를 의뢰했다.

근심에 찬 눈

창백한 얼굴

기껏해야 22, 23세 정도

세련된 복장

몸가짐도 고상하며 세련되었다

손에 든 우산에서 떨어지는 물방울과 젖어서 빛이 나는 방수 코트는 그가 지독한 날씨를 뚫고 여기까지 왔음을 말해줬다.

큰아버지 일라이어스를 처음 만난 건 대략 열두 살 때였는데, 큰아버지가 어린 저를 좋아하셔서 영국으로 귀국한 뒤로 함께 살게 되었습니다. 열여섯 살이 되었을 무렵에는 제가 집 주인이나 다름없었지만, 왜인지 다락의 창고만은 들어가지 못하게 하셨습니다.

남서부에서 오셨군요

구두 코에 붙어 있는 점토와 백악질 토양의 혼합물은 그 지방 특유의 것.

존 오픈쇼

괴짜

골초

브랜디를 물처럼 마신다

쉽게 화내는 성격이지만 매우 내성적이기도 해서 몇 주씩 방에서 안 나오기도 했습니다.

일라이어스 오픈쇼(고인)
Elias Openshaw

존 오픈쇼의 큰아버지: 사람들과 교류하기를 싫어하는 괴짜다. 마을에도 나가지 않고 친형제도 만나지 않았지만, 예외적으로 조카 존만큼은 마음에 들어 해서 1878년부터 존과 함께 살았다.

Profile

● 젊은 시절 미국으로 건너가 플로리다 주에서 대농장주가 되었다
● 남북전쟁에 남군으로 참가했다
● 남북전쟁이 끝난 뒤, 흑인에게 시민권을 주는 정책에 반발해 영국으로 돌아와서 호셤 근처에 집을 마련했다
● 1883년 5월 2일 밤 정원 구석의 연못에서 시체로 발견되었다

메리
Mary

일라이어스의 피고용인: 일라이어스의 방에 있는 난로에 불을 지폈다.

고집스러운 성격

조셉 오픈쇼(고인)
Joseph Openshaw

존 오픈쇼의 아버지: 코번트리에서 작은 공장을 운영하다 자전거용 '오픈쇼 언브레이커블 타이어' 특허를 취득해 대성공을 거둔 뒤 그 특허권을 팔아서 상당한 재산을 손에 넣고 은퇴했다. 형제인 일라이어스가 사망한 뒤 호셤 근교에 있는 그의 저택으로 이주해서 살았는데, 1885년 1월에 깊은 백악갱 안에서 의식불명인 채 발견되어 그대로 사망했다.

포덤 변호사
Mr. Fordham

일라이어스의 변호사: 일라이어스의 호출을 받고 호셤에서 찾아왔다. 일라이어스의 유산을 존의 아버지 조셉에게 물려준다는 내용의 유언장을 작성했다.

윌리엄 클라크 러셀

William Clark Russell(1844~1911)

미국 뉴욕 출생/ 작가
해양 소설을 다수 썼으며, 그중에서도 소설 《그로스베너 호의 조난》(1877)은 큰 인기를 얻어 베스트셀러가 되었다. 코난 도일도 러셀의 해양 소설을 높게 평가했다고 한다.

한편, 나는 클라크 러셀의 걸작 해양 소설을 탐독하고 있었다

의뢰인이 찾아오기 전까지 221B번지의 난로 앞에서 클라크 러셀의 해양 소설을 읽고 있었다.

K·K·K

미합중국의 비밀 결사
정식 명칭은 쿠 클럭스 클랜(Ku Klux Klan). 남북전쟁이 끝난 뒤에 설립되었으며, 테러리즘으로 백인 지상주의를 실현하려 했다. 삼각 두건과 흰색 복장으로 유명하다. 현재도 몇몇 조직으로 분파되어 계속 활동하고 있다.

K·K·K 라는 건 대체 뭐 하는 자들인가? 왜 이 불행한 일가를 집요하게 노리는 건가?

왓슨은 "의뢰인이 처한 위험의 종류는 명확하다."라고 말하는 홈즈에게 이렇게 물었다.

조르주 퀴비에

Georges Cuvier(1769~1832)

프랑스 몽벨리아르 출생/ 동물학자
현생 생물과의 비교를 통해 단편적인 화석에서 그 전체상을 복원하는 등, 비교 형태학과 고생물학의 기초를 쌓았다.

퀴비에가 뼈 하나의 관찰을 통해 동물 전체를 묘사할 수 있었듯, 어떤 일련의 사건 속에서 하나의 고리를 완벽히 이해한 관찰자라면 그 전후의 모든 고리에 관해 명확하게 말할 수 있을 터일세

홈즈는 의뢰인의 이야기만 듣고 사건의 전체상을 알아내는 자신을 퀴비에에 비유했다.

오늘날까지 계속되고 있는 차별 문제도

오렌지 씨앗 다섯 개가 들어 있는 봉투를 받은 사람에게 이윽고 찾아오는 알 수 없는 죽음. 이 섬뜩한 괴리가 인상적인 사건이다. 작품 첫머리에서 왓슨이 "이 사건은 홈즈도 확고한 증거나 이론을 바탕으로 설명하지 못했다."라고 이야기했듯이, 시리즈 중에서도 특히 기괴한 이야기라고 할 수 있다.

의뢰인 존 오픈쇼의 큰아버지 일라이어스는 젊었을 때 남북전쟁에 남군 장교로 참전했던 인물이다. 실존하는 비밀 결사 K·K·K(쿠 클럭스 클랜)와도 깊게 관련되어 있는 등, 이 작품에서는 현실 세계에서 일어났던 인종 차별 문제도 엿볼 수 있다. 역사상의 사건이나 실존 단체도 등장하는 이 작품은 셜록 홈즈의 세계와 우리가 사는 세계가 연결되어 있음을 느끼게 해 주는 그런 작품이다.

오렌지 씨앗이 들어 있는 봉투

COLUMN

이야기되지 않은 사건
The Untold Stories

정전(원작)에는 왓슨이 '사건명'이나 '개요'만 언급한 사건이 존재하는데, 팬들은 이것을 '이야기되지 않은 사건'이라고 부른다. 정전에는 이렇게 자세한 내용을 알 수 없어 답답한 사건이 100건 정도 등장한다. 1891년의 「마지막 사건」에서 홈즈가 "지금까지 1,000건이 넘는 사건을 손댔다."라고 말한 것을 생각하면 정전에서 소개된 60건의 사건은 그야말로 빙산의 일각인 셈이다. '이야기되지 않은 사건'은 하나같이 사건명을 보기만 해도 가슴이 두근거리는 것들이다. 왓슨이 그 사건들을 조금이라도 발표해 줬다면 얼마나 좋았을까… 라는 생각이 든다.

⇒ 다음 페이지 참조

『주홍색 연구』, 『네 사람의 서명』, 『모험』에서 언급된 '이야기되지 않은 사건' 일람

장편	주홍색 연구	레스트레이드가 담당했던 위조 화폐 사건
		유행하는 옷을 입은 젊은 여성의 상담
		행상인으로 보이는 흰머리 유대인의 상담
		단정치 못한 느낌을 주는 중년 여성의 상담
		백발 노신사의 상담
		벨벳 제복을 입은 철도 사환의 상담
장편	네 사람의 서명	프랑스 탐정 빌라르의 유언장에 얽힌 사건에 관한 상담
		세실 포레스터 부인의 가정 내 트러블(★)
		보험금을 노리고 유아를 세 명이나 독살한 여인의 사건(＊)
		애설니 존스가 담당했던 비숍게이트 보석 사건
모험	보헤미아 왕국의 스캔들	트레포프 살인 사건(오데사에서의 초청)
		트링코말리에 사는 앳킨슨 형제의 기괴한 참극〈해결〉
		신중한 처리가 필요한 네덜란드 왕실의 사건〈해결〉
		달링턴의 바꿔치기 사건
		앤즈워스 성 사건
	빨간 머리 연맹	——
	신랑의 정체	던다스 별거 사건
		왓슨에게도 밝힐 수 없는 네덜란드 왕실의 사건〈해결〉
		메리 서덜랜드의 의뢰가 들어올 무렵에 손대고 있었던 특징 없는 10~12건 정도의 사건 (이 가운데 마르세유에서 의뢰 받은 사건만이 조금 복잡했다)
		에서리지 씨 실종 사건(★)
	보스콤 계곡의 수수께끼	——
	다섯 개의 오렌지 씨앗	'파라돌의 방' 사건
		'아마추어 거지 단체' 사건
		바크형 영국 범선 소피 앤더슨 호의 실종 사건
		우파 섬에 사는 그라이스 패터슨 일족의 기묘한 사건
		캠버웰 독살 사건
		프렌더개스트 소령의 탱커빌 클럽 스캔들 사건(★)
		홈즈가 해결에 실패한 사건(사건명은 알 수 없지만, 남성을 상대로 세 번, 여성을 상대로 한 번 해결하지 못한 사건이 있다)
	입술이 비뚤어진 사내	——
	푸른 카벙클	——
	얼룩 끈	파린토시 부인의 오팔 머리 장식과 관련된 사건(★)
	기술자의 엄지손가락	워버턴 대령의 광기 사건(왓슨이 가져온 사건)
	독신 귀족	백워터 경의 사건(★)(＊)
		그로브너 스퀘어의 가구 운반 마차 사건
		스칸디나비아 왕국의 사건
	녹주석 보관	——
	너도밤나무 집	——

(＊) = 홈즈가 얼마나 관여했는지 알 수 없는 사건
(★) = 221B번지를 찾아온 인물(의뢰인)이 홈즈를 소개받은 계기가 된 사건

「다섯 개의 오렌지 씨앗」 사건의 흐름

	일라이어스 오픈쇼	조셉 오픈쇼
?년	젊은 시절에 미국으로 건너가. 플로리다에서 농장주로 대성공하다.	코번트리에서 작은 공장을 경영. 펑크가 나지 않는 자전거용 '오픈쇼 언브레이커블 타이어' 특허를 취득해 대성공을 거두다.
1861년	남북전쟁 발발. 남군으로 참전하다.	
1865년	남북전쟁 종결. 플로리다로 돌아가다.	
1869년 or 1870년경	영국으로 돌아와 서식스 주의 호섬 근처에 집을 마련하다.	
1878년	조셉의 아들인 조카 존을 자신의 집으로 데려와 함께 살다.	
1883년 3월 10일	인도에서 오렌지 씨앗 5개가 들어 있는 봉투가 오자 당황하다.	
5월 2일	정원 한구석의 연못에서 시체로 발견되다.	
?월 ?일		일라이어스의 전 재산을 상속받다.
1884년 초엽		아들 존과 함께 일라이어스의 집에서 살기 시작하다.
1885년 1월 4일		스코틀랜드에서 오렌지 씨앗이 들어 있는 봉투가 오다.
1월 7일		옛 친구인 프리바디 소령을 찾아간 뒤, 페어럼에 가다.
1월 9일		페어럼에서 돌아오던 길에 깊은 백악갱으로 떨어져 사망하다.
?月?日	존 오픈쇼: 유산을 상속하고 삼촌의 집에서 계속 살고 있다.	
의뢰일 전날 1887년 9월 ?일	존: 런던 동부 우체국의 소인이 찍힌 오렌지 씨앗이 든 봉투를 받다.	
의뢰일 9월 ?일	존: 221B번지를 찾아와 상담을 받다. 홈즈에게 빨리 집으로 돌아가 큰아버지의 상자를 정원의 해시계 위에 올려놓으라는 지시를 받다.	
의뢰일 다음 날 9월 ?일	아침 식사 시간	홈즈와 왓슨: 조간신문 기사를 보고 놀라다. 홈즈: 조사를 위해 외출하다.
	22시 직전	홈즈: 귀가.

우리는 한동안 아무 말 없이 앉아 있었다 이렇게까지 침울해하고 동요하는 홈즈는 단 한 번도 본 적이 없었다…

하잘것없는 감정이라는 건 잘 알고 있네

물론 이런 자존심 따위

절망하고 있을 시간 따위…

하지만 너무 아프군…

내 자존심은 무너져 내렸네, 왓슨

자만심·열혈·실의 그리고 투지— 이번 사건의 홈즈는 어딘가 격정적이다

먹어야 한다는 생각이 뇌에서 빠져 있었거든

배가 고파 죽을 것 같군

아침 식사 이후로 아무것도 먹지 않았네

벌컥

벌컥

와작 와작

명대사

"No; I shall be my own police."

"아니! 나 자신이 경찰이 될 걸세."

그 친구들은 내가 거미줄을 쳐 주지 않으면 파리 한 마리 못 잡으니까!

평소보다 더 범죄에 대한 투지를 불태우는 홈즈!

이얍

까악

까악

야호 야호

경찰 비판도 평소보다 강하게… …아니 이건 평소와 같은가

화르르르

130

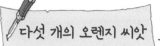

관전 포인트! 다섯 개의 오렌지 씨앗을 조금 더 깊게 즐겨 보자!

DATA

홈즈의 말에 따르면 홈즈의 친구는 **1**명.

'현재 친교가 있는 친구'라는 의미로 생각된다.

내 친구는 자네뿐이네.

쓱쓱

DATA

홈즈의 패배는 **4**회.**

홈즈 선생님은 실패하신 적이 없다고…

여자한테 한번 | 남자한테 세번 | 네 번 있습니다

성공한 수에 비하면…

대부분 성공했다고 할 수 있지요

이번 사건의 **왓슨**

이것만 보면 잠시 병원 문을 닫고 재충전하러 온 것처럼 생각되지만…

아내가 어머니*를 만나러 가서 집에 없었기 때문에 나도 며칠 동안 베이커가의 옛 보금자리에 돌아와 있었다…

그런데 왓슨 부인의 부모님은 이미 돌아가시지 않았던가? "어머니처럼 따르는 사람" (세실 포레스터 부인?)을 의미하는 건가?

다음 날은 하루 종일 바쁘게 진찰!

착실히 221B 번지에서 자택의 병원으로 출근하고 있었다!

57쪽 [세실 포레스터 부인] 참조

명대사

"You must act, man, or you are lost."

"행동해야 합니다. 안 그러면 죽고 말 거예요."

절망하고 있을 시간 따윈 없어요!

당신을 구할 수 있는 것은 오로지 행동력뿐입니다!

무력감에 빠진 의뢰인에게 일갈!

언제나 냉정하고 침착한 홈즈에게 이런 일면이!

열혈 스포츠 만화의 코치?

---

* 〈스트랜드 매거진〉 연재분과 『모험』의 초판본에서는 '어머니(mother)'였지만, 나중에 '이모 혹은 고모(aunt)'로 수정되었다.
** 「다섯 개의 오렌지 씨앗」 사건 이전의 집계다.

모험 06

입술이 비뚤어진 사내

The Man with the Twisted Lip

[사건 발생일]
1889년 6월 15일
(의뢰일은 불명)

[의뢰인]
불명

[조사 내용]
네빌 세인트클레어
행방불명 사건의
조사

[주요 지역]
런던/
어퍼 스완댐 길,
켄트 주리 외

132

Story
기묘한 거지 소굴에서 한 신사가 모습을 감췄다

홈 즈는 켄트 주의 리에 사는 네빌 세인트클레어 행방불명 사건을 조사하고 있었다. 네빌을 마지막으로 목격한 아내 세인트클레어 부인의 증언에 따르면, 볼일이 있어 런던에 갔던 그녀는 우연히 들어선 뒷골목에서 비명 소리를 들었다. 그래서 위를 올려다봤더니 건물 3층 창문에서 겁에 질린 표정으로 남편이 손을 흔들고 있었고 그 직후 누군가에게 잡아끌려 방 안으로 모습을 감췄다는 것이다. 깜짝 놀란 부인은 근처에 있던 경찰관을 데리고 건물로 들어갔지만, 방 안에는 휴 분이라는 입술이 비뚤어진 거지가 혼자 있을 뿐 남편 네빌의 모습은 어디에도 보이지 않았다. 그리고 그 날 이후 네빌의 모습을 본 사람은 아무도 없었다.

휴 분 용의자

Hugh Boone

거지: 아편굴 '황금 막대' 3층에 기거하고 있는 솜씨 좋은 거지. 시티 구역에서는 친숙한 얼굴로, 경찰을 속이기 위해 성냥팔이인 척하고 있다. 스레드니들가를 '일터'로 삼고 있으며, 두뇌 회전이 빨라서 재치 있는 말로 대꾸하기 때문에 인기가 많다. 상당한 금액을 벌어들이고 있다.

겉모습부터 시작해 모든 것이 평범한 거지와는 차원이 다르다네.

두뇌 회전이 빠르다

덥수룩한 오렌지색 머리카락

굉장히 날카로운 검은 눈동자

땜장이처럼 새카만 얼굴

뺨의 흉터 때문에 끝이 말려 올라간 윗입술

불도그 같은 턱

기름때가 묻은 가죽 모자

중간 키에 중간 체격 힘은 있어 보이며, 몸도 다부지다

다리가 좋지 않지만 걷지 못할 정도는 아니다

Check Point

휴 분의 수입

Earn of Hugh Boone

'황금 막대' 창문을 통해 강으로 버려졌던 세인트클레어 씨의 웃옷에는 휴 분이 벌어들인 동전이 옷을 강바닥에 가라앉힐 목적으로 채워져 있었는데, 그 수는 1페니 동전 421개, 하프 페니 동전 270개였다. 만약 이것이 그날 하루의 수입이라면 전부 556펜스(약 50만 원)를 벌어들인 셈이 된다. 「빨간 머리 연맹」에서 자베즈 윌슨이 '빨간 머리 연맹'으로부터 일주일 보수로 받은 4파운드를 일당으로 환산하면 160펜스(약 14만 4,000원)이고, 「신랑의 정체」에서 메리 서덜랜드가 하루에 10장을 타이핑하고 받는 돈은 40펜스(약 3만 6,000원)였다. 이것을 보면 휴 분의 수입이 얼마나 파격적이었는지 알 수 있다.

참고로 1페니 421개와 하프 페니 270개의 무게는 약 5.5킬로그램(1페니는 개당 9.4그램, 반 페니는 개당 5.67그램)으로, 웃옷을 강바닥에 가라앉히기에 충분한 무게다.

⇒ 142쪽 [아이템/ 영국의 화폐] 참조

그 자를 몇 번 관찰했었는데, 짧은 시간에 엄청난 수입을 올리는 것을 보고 깜짝 놀랐다네!

세인트클레어 부인
Mrs. St. Clair

네빌 세인트클레어의 아내: 런던의 프레스노가에서 볼일을 마치고 돌아가는 길에 때마침 지나가던 어퍼 스완댐 길의 '황금 막대' 3층 창문에서 남편의 모습을 목격했으며, 이것이 남편이 행방불명되기 전의 마지막 목격담이 되었다. 홈즈가 남편의 행방을 조사하는 동안 자택인 '삼나무 저택'의 방 2개를 제공했다.

금발

작은 체구

소매와 목에 하늘하늘한 핑크색 가장자리 장식

세인트클레어 부부의 자녀
St. Clair's children

세인트클레어 부부에게는 자식이 둘 있다.

토 모슬린
muslin[19]
모직물의 일종. 소모사(양털의 긴 섬유를 직선 형태로 잡아당겨서 평행하게 나열한 다음 꼬아서 만든 실)를 평직 방식으로 짠 얇고 부드러운 천.

가벼워 보이는 견(絹)모슬린 옷

빛을 등지고 있었기에 신체의 윤곽이 뚜렷하게 부각되었다.

매끈한 피부

검은 머리카락

품위 있어 보이는 얼굴

Check Point
아이들의 나이
Age of Children

세인트클레어 부부는 1887년에 결혼했다. 그리고 사건이 일어난 해가 1889년이므로 나무 블록을 사 주겠다고 약속한 아들은 큰아들이며 아직 두 살이 채 안 되었을 것으로 추측된다. 그렇다면 둘째 아이는 젖먹이(성별은 불명)?

네빌 세인트클레어
Neville St. Clair

세인트클레어 부인의 남편: 검소하고 좋은 남편이자 애정 넘치는 아버지. 지인들에게서도 사랑받는 존재다. 아버지가 목사로 있는 학교에서 훌륭한 교육을 받았다. 젊은 시절에는 여러 곳을 여행했으며, 연극배우 활동을 한 적도 있었다. 실종당일 아침, 나무 블록을 선물로 사 오겠다고 어린 아들에게 약속했었다.

Profile

- 37세
- 1884년 5월에 켄트 주 리의 '삼나무 저택'을 구입해 살기 시작했다
- 1887년에 지역 양조업자의 딸과 결혼. 자식을 둘 얻었다
- 일정한 직업은 없지만 몇몇 회사와 관계를 맺고 있어서, 매일 아침 런던으로 갔다가 저녁에 같은 시각 기차를 타고 집으로 돌아온다
- 88파운드 10실링(약 1,911만 6,000원)의 부채가 있지만, 캐피털 앤 카운티스 은행에 220파운드(약 4,752만 원)를 저금해 놓았다

마구간 소년
A stable-boy

세인트클레어 집안의 피고용인: 홈즈와 왓슨이 타고 온 마차의 말을 돌본다.

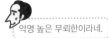

악명 높은 무뢰한이라네.

뱃사람 출신 인도인
The Lascar

아편굴 '황금 막대'의 경영자: 런던 교 동쪽의 템스 강 북쪽 연안에 위치한 높은 부두 뒤쪽에 있는 어퍼 스완덤로라는 골목길에서 가게를 경영 중이다. 거지인 휴 분을 3층에 하숙시키고 있다.

Check Point
'황금 막대'
The Bar of Gold

시티 지구의 동쪽 변두리, 런던 교 동쪽의 템스 강 북쪽 연안에 위치한 부두 뒤쪽의 어퍼 스완덤 길에 있는 가공의 아편굴. 어퍼 스완댐 길도 가공의 골목으로, 이 길이 있는 곳으로 여겨지는 장소는 당시 빌링스게이트 수산시장 부지였다. 그래서 '황금 막대'는 사실 런던 교의 서쪽에 있었던 것이 아니냐는 설, 템스 강의 남쪽 연안이었던 것이 아니냐는 설이 나오는 등 연구 대상이 되고 있다.

그곳은 그 강변 일대에서 제일 위험한 살인자 소굴이라네

덴마크인
A Dane

뱃사람 출신 인도인의 부하: 남편을 걱정해 건물로 달려 들어온 세인트클레어 부인을 뱃사람 출신 인도인과 함께 밖으로 쫓아냈다.

존
John

홈즈가 고용한 마부: 아편굴 '황금 막대' 근처에서 대기하다 홈즈에게 키가 큰 도그카트(말 한 마리가 끄는 이륜마차)를 빌려주고 반 크라운(약 2만 7,000원)을 받았다.

혈색이 좋지 않은 얼굴

말레이인
A Malay

아편굴 '황금 막대'의 점원: 아이사 휘트니를 찾아 들어온 왓슨을 손님이라고 생각해 파이프와 1회분의 아편을 들고 달려왔다.

왓슨 부인
Mrs. Watson

존 H. 왓슨의 아내: 자제심을 잃은 모습으로 도움을 청하러 온 케이트 휘트니에게 물에 희석한 포도주를 줬다.

늘 그렇지만, 고민 있는 사람들은 등대를 향해 날아오는 새처럼 내 아내를 찾아온다.

케이트 휘트니
Kate Whitney

검은 베일

왓슨 부인의 학창 시절 친구: 남편 아이사의 문제를 상담하기 위해 왓슨 부부를 여러 번 찾아왔다.

내성적인 성격

어두운 색의 옷

헝클어진 머리카락

이것이 그 고결했던 사내의 잔해인가…

창백하고 여윈 얼굴

아이사 휘트니
Isa Whitney

왓슨의 환자: 세인트조지 신학교 교장, 고(故) 일라이어스 휘트니 신학박사의 동생. 칼리지 시절 토머스 드 퀸시의 아편 체험기에 영향을 받아 가벼운 마음으로 손을 댄 뒤로 아편의 노예가 되었다.
⇒ 138쪽 [실존 인물: 토머스 드 퀸시] 참조

마약의 반작용으로 온몸의 신경이 부들부들 떨리는 비참한 상태였다.

순찰 중이던 경찰관
Constables

바튼 경위와 함께 아편굴로 달려가 건물 내부를 수색했다.

바튼 경위
Inspector Barton

스코틀랜드 야드의 경찰관: 거리를 순찰하던 중 세인트클레어 부인의 신고를 받고 아편굴 '황금 막대'로 급히 달려가, 경관 두 명과 함께 건물 내부를 철저히 수색하고 그곳에 있었던 거지 휴 분을 체포했다.

브래드스트리트 경위
Inspector Bradstreet

스코틀랜드 야드의 경찰관: 휴 분이 구류되어 있는 보우가의 경찰 법원에 홈즈와 왓슨이 찾아왔을 때 당직을 서고 있었다. 경찰 근무 경력 27년의 베테랑이다.
⇒ 140쪽 [COLUMN: 경찰관 등장 횟수 순위] 참조
⇒ 173쪽 [Check Point: 브래드스트리트 경위] 참조

차양이 있는 모자

개구리 단추가
달린 웃옷

키가 크다

다부진 체격

보우가의 경찰 법원의 문지기
The two constables at the door

경찰 법원에 도착한 홈즈와 왓슨
을 경례로 맞이하고 즉시 법원 내
부로 안내했다.

아편굴의 손님
A tall, thin old man

왓슨이 아이사 휘트니를 찾으러 들어간
아편굴 '황금 막대'에 있었던 노인.

키가 크고
비쩍 마른
쇠약한 노인

굽은 등

넋을 잃은
듯한 표정

느슨하게
벌어진 입가

내가 놀라는 모습을 보며
웃고 있는 노인은 다름 아
닌 셜록 홈즈였다.

실존 인물

토머스 드 퀸시

Thomas de Quincey(1785~1859)

잉글랜드 맨체스터 출생/ 수필가, 비평가
자신의 방탕한 생활과 아편 중독 경험 등
을 글로 쓴 자전적 작품 《어느 영국인 아
편 중독자의 고백》(1822)이 유명하다. 또
한 《예술 분과로서의 살인》(1827)은 범죄
논문의 선구적 존재로서 에도가와 란포
등 일본 추리 작가들에게서 높은 평가를
받았다.

학창시절에 그는
드 퀸시가 쓴 환각
묘사가 정말인지
시험해 보고 싶다는
작은 광기에 빠져
아편 팅크에 담근 담배를
피워 봤다고 한다.

왓슨은 자신의 환자인 아이사 휘트니가
아편이라는 나쁜 습관에 빠진 계기를
이렇게 말했다.

🔍 런던 뒤편에 자리하고 있는 또 하나의 얼굴

「입술이 비뚤어진 사내」의 이야기는 왓슨이 자신의 환자이기도 한 친구를 찾아 아편굴을 방문하면서 시작된다. 그곳에서 왓슨은 잠입 수사를 하고 있던 홈즈와 조우한다. 홈즈는 왓슨에게 실업가 네빌 세인트클레어라는 남성이 행방불명되었고 휴 분이라는 거지가 살인 용의자로 체포되었다는 이야기를 들려준다. 휴 분은 평범한 거지가 아니라 구걸만으로 평균적인 회사원보다 훨씬 많은 수입을 올리는 놀라운 캐릭터다.

또한 이 작품에는 당시 아직 단속하는 법률이 없었던 아편굴이나 그 일대의 어둡고 비위생적인 모습도 묘사되어 있는데, 이쪽도 매우 인상적이다. 번영하는 대도시 런던의 뒤편에 있는 또 하나의 얼굴이라고 해도 과언은 아닐 것이다.

아편굴이나 거지 휴 분 같은 캐릭터의 등장 등, 세상에는 겉모습만 봐서는 알 수 없는 의외의 일면이 숨어 있음을 가르쳐 주는 작품이다.

휴 분의 하루 수입은 2파운드 이상!

COLUMN

빅토리아 시대와 아편
Victorian era & Opium

양귀비 열매를 원재료로 사용하는 마약의 일종인 아편은 당시 영국에서 진통제, 술 깨는 약, 강장제 등의 효과가 있는 만능약으로서 일반 대중들도 처방전 없이 손쉽게 구입할 수 있는 물건이었다. 19세기에 들어온 뒤로 상시 복용자가 급증하고 강한 부작용도 알려지기 시작했지만, 심각한 통증을 완화시켜 주는 진통제로서 아편에 의지하는 사람도 많았기 때문에 1920년에 위험 약물법이 제정될 때까지 일반에 보급되어 있었다.

양귀비 꽃

그래서 당시에는 이 작품의 아이사 휘트니처럼 아편 중독자가 된 사람이 많았다고 한다.

경찰관 등장 횟수 순위

정전(원작) 60작품에서 여러 차례 등장한 경찰 관계자는 의외로 많지 않아서, 레스트레이드, 그렉슨, 홉킨스, 브래드스트리트 네 명뿐이다. '셜록 홈즈' 시리즈에는 『네 사람의 서명』의 애설니 존스나 「빨간 머리 연맹」의 피터 존스, 「등나무 집」의 베인스, 『공포의 계곡』의 맥도널드 등 인상적인 경위·형사가 다수 등장하지만, 앞에서 언급한 네 명을 제외하면 모두 단발 출연에 그쳤다.

등장 횟수 1위에 빛나는 인물은 물론 레스트레이드다! 모두 합쳐서 12회로, 처음 등장했을 당시 라이벌이었던 그렉슨의 4회를 크게 앞섰다. 다만 그렉슨 역시 전체로 보면 2위이므로, 첫 작품 『주홍색 연구』에 등장한 경찰관(그것도 의뢰인!)의 활약상이 돋보인다고 할 수 있다.

1위	12작품(+2작품) G. 레스트레이드 ⇒ 13, 34, 115, 183쪽 참조
장편	『주홍색 연구』, 『바스커빌 가문의 사냥개』 (『네 사람의 서명』 대화 속에서 등장)
모험	「보스콤 계곡의 수수께끼」, 「독신 귀족」
회상록	「소포 상자」
귀환	「빈집의 모험」, 「노우드의 건축업자」, 「찰스 오거스터스 밀버턴」, 「여섯 개의 나폴레옹 상」, 「두 번째 얼룩」
인사	「브루스파팅턴 호 설계도」, 「프랜시스 카팍스 여사의 실종」
사건집	(「세 명의 개리뎁」 대화 속에서 등장)

2위	4작품(+1작품) 토비아스 그렉슨 ⇒ 34쪽 참조
장편	『주홍색 연구』 (『네 사람의 서명』 대화 속에서 등장)
회상록	「그리스어 통역관」
인사	「등나무 집」, 「붉은 원」

3위	3작품(+1작품) 스탠리 홉킨스
귀환	「블랙 피터」, 「금테 코안경」, 「애비 그레인지 저택」 (『실종된 스리쿼터백』 대화 속에서 등장)

4위	2작품(+1작품) 브래드스트리트 ⇒ 138, 173쪽 참조
모험	「입술이 비뚤어진 사내」, 「기술자의 엄지손가락」 (『푸른 카벙클』 신문 기사에서 등장)

「입술이 비뚤어진 사내」 사건의 흐름

시기		내용
1884년 5월		**네빌 세인트클레어:** 켄트 주 리에 커다란 '삼나무 저택'을 구입해 생활하기 시작하다.
1887년		**네빌:** 지역 양조업자의 딸과 결혼하다.
1889년 6월 15일(월)	아침	**네빌:** 평소보다 일찍 런던으로 일을 하러 떠나다.
	오후	**세인트클레어 부인:** 소포를 받으러 런던으로 떠나다.
	16시 35분경	**세인트클레어 부인:** 아편굴 '황금 막대' 3층 창문 밖으로 얼굴을 내밀고 있는 남편 네빌을 목격. 경찰관을 데리고 안으로 들어갔지만 남편의 모습은 찾을 수 없었으며, 그 뒤로 소식이 끊기다.
		경찰: '황금 막대'의 3층에서 사는 거지 휴 분을 체포하다.
6월 19일(금)※		**세인트클레어 부인:** 남편 네빌에게서 편지를 받다.
	늦은 밤	**왓슨 부인:** 자택에서 남편 왓슨과 쉬고 있을 때 친구 케이트 휘트니가 찾아오다. **왓슨:** 케이트의 남편 아이사를 찾으러 '황금 막대'로 출발하다.
	23시경	**왓슨:** '황금 막대'에 도착하다. 아이사를 발견해 마차에 태워 귀가시키다. 또한 그곳에서 홈즈와도 만나다.
6월 20일(토)	새벽	**홈즈:** 왓슨과 마차를 타고 '삼나무 저택'으로 이동하다. 세인트클레어 부인에게 실종 사건의 상황 보고를 하다. **홈즈와 왓슨:** '삼나무 저택'에 묵다. **홈즈:** 밤을 새워 추리에 몰두하다.
	4시 25분 조금 전	**왓슨:** 홈즈의 외침 소리에 잠에서 깨다.
	이른 아침	**홈즈와 왓슨:** 분이 수감되어 있는 보우가의 경찰 법원으로 향하다.

※ 현실의 '1889년 6월 19일'은 '수요일'이지만, 작중에서는 '1889년 6월 19일'이 '금요일'로 되어 있다. 이 표는 작중에 기재된 요일을 바탕으로 작성한 것이다.

셜록 홈즈의 세계를 장식하는 아이템

영국의 화폐
Currency

화폐를 통해 당시의 생활상을 추리한다

영국의 화폐 단위는 1971년 파운드와 페니로 통일되기 전까지 기니, 소브린, 실링, 페니 등 여러 종류가 있었으며, 십이진법과 이십진법을 사용했기 때문에 복잡하기 짝이 없었다. 셜록 홈즈가 활약한 시대의 영국에는 금화와 은화, 동화 등 다양한 경화가 유통되었는데, 이들 경화는 정전(원작)에도 다수 등장한다.

파딩(동화)

1961년까지 유통되었던 영국의 최소액 경화. 정전에서는 「녹주석 보관」에서 알렉산더 홀더가 아들에게 "1파딩도 줄 수 없다!"라고 선언할 때 딱 한 번 등장했다. 우리 식으로 표현하면 "땡전 한 푼 못 준다!"이다.

30mm

페니(펜스)(동화)

지금도 사용되고 있는 영국에서 가장 오래된 경화. 펜스는 페니의 복수형이다. 「입술이 비뚤어진 사내」에 등장하는 거지 휴 분이 구걸로 벌어들인 돈은 거의

700개나 되는 1페니와 하프 페니 경화였다(약 50만 원). 「빨간 머리 연맹」에서 윌슨이 산 잉크 가격은 한 병에 1페니(약 900원)였고, 『네 사람의 서명』에서 메리가 받은 봉투는 한 묶음에 6펜스(약 5,400원)짜리였다. 또한 「보헤미아 왕국의 스캔들」에서 홈즈가 말에 솔질을 해 주고 받은 보수는 맥주와 2펜스(약 1,800원)였으며, 「푸른 카벙클」에서는 베이커가 크리스마스에 거위를 받기 위해 매주 수 펜스(수천 원)를 내고 있었다.

하프 페니 경화

30mm

1페니 경화

30mm

실링(은화)

1971년까지 유통되었다. 『주홍색 연구』에서 왓슨은 군대로부터 하루에 11실링 6펜스(약 12만 4,000

30mm

빅토리아 시대의 주요 영국 경화

동화	1파딩	farthing	1/4페니(약 225원)
	하프 페니	half penny	1/2페니(약 450원)
	1페니	penny	1/12실링(약 1,200원)
은화	터펜스	twopence	2펜스(약 1,800원)
	스리펜스	threepence	3펜스(약 2,700원)
	식스펜스	sixpence	6펜스=1/2실링(약 5,400원)
	1실링	shilling	12펜스=1/20파운드(약 10,800원)
	1플로린	florin	2실링=1/2파운드(약 21,600원)
	하프 크라운	half crown	2실링 6펜스(약 27,000원)
	크라운	crown	5실링(약 54,000원)
금화	하프 소브린	half sovereign	10실링=1/2파운드(약 108,000원)
	1소브린	sovereign	20실링=1파운드(약 216,000원)
	1기니	guinea※	21실링(약 226,800원)
―	1파운드	pound sterling	240펜스=20실링(약 216,000원)

※ 기니는 1813년까지 주조되었고 1817년에는 정부에 회수되었기 때문에 홈즈의 시대에는 사용되지 않았다. 다만 회수된 뒤에도 의사나 변호사, 토지 거래 등에는 기니를 사용하는 습관이 남아 있었다. 기니로 지급한다는 것은 소브린보다 1실링을 더 낸다는 의미이기에 팁을 얹어 주는 감각으로 사용되었다.

원)를 지급받고 있었다. 『주홍색 연구』와 『네 사람의 서명』에서 홈즈가 베이커가 소년 탐정단에게 심부름 삯으로 준 금액은 한 명당 1실링(약 1만 800원)이었으며, 『네 사람의 서명』에서 베이커 소년 탐정단 12명분의 표 값은 3실링 6펜스(약 3만 7,800원)였다. 그리고 「푸른 카벙클」에서 거위 24마리의 매입 가격은 7실링 6펜스(약 8만 1,000원), 도매가격은 12실링(약 12만 9,600원)이었다. 또한 「독신 귀족」에서 고급 호텔의 하루 숙박비는 8실링(약 8만 6,400원)이었다.

하프 크라운(은화)

1971년까지 유통되었다.

「입술이 비뚤어진 사내」에서 홈즈는 마부 존에게 하프 크라운(약 2만 7,000원)을 주고 마차를 빌렸으며, 「보헤미아 왕국의 스캔들」에서 보헤미아 국왕의 편지지는 한 묶음에 아무리 못해도 하프 크라운(약 2만 7,000원)은 되는 고급 종이였다.

크라운(은화)

1971년까지 유통되었다. 정전에는 크라운 경화가 단 한 번도 등장하지 않았다.

30mm

소브린(금화)

기니를 대체해서 사용되기 시작한 경화.
⇒ 96쪽 [아이템/ 금화] 참조

30mm

* 만화 페이지는 145→144쪽 순서로 오른쪽에서 왼쪽으로 읽어 주세요.

홈즈의 패션 체크!
가운 편

세인트클레어 씨의 '삼나무 저택'에서

품이 넉넉한
파란색 드레싱
가운!

낡은
브라이어
파이프

소파 대용으로 쌓아 올린
베개와 쿠션

살담배 1온스(28.35g)의 더미
(아침에는 완전히 사라진 상태였다)

이번 사건의 **왓슨** 타고난 재능! 편

홈즈도 인정하는 왓슨의 재능!
그것은…

자네는
침묵이라는
훌륭한 재능을
타고났네

그게 자네를
둘도 없는
파트너로 선택한
이유일세

나는
홈즈의
사고 흐름이
끊어지지
않을까
걱정되어
옆에 조용히
앉아 있었다

명대사

"I think, Watson, that you are now
standing in the presence of one of the most
absolute fools in Europe."

"내 생각에 왓슨 자네는 지금 유럽 최고의 멍청이 앞에 서 있다네."

침고로,
두 곳 사이의
거리는
10킬로미터
정도다

난 여기서 채링크로스까지
날아갈 만큼 세게
걷어차여도 마땅한 멍청이야!

그때까지 진상을 간파하지
못했던 자신을 신랄하게 평가!

관전 포인트!

입술이 비뚤어진 사내 를 조금 더 깊게 즐겨 보자!

고찰 날짜 문제

금요일 이라네!

오늘이 수요일이지?

라고 왓슨은 말했지만, 현실의 달력을 찾아보면 당일인 1889년 6월 19일은 놀랍게도 수요일이다! 요일을 잘못 알고 있는 사람은 아편 중독자인 아이사 휘트니가 아니라 왓슨?

Who is 제임스?

모두가 알다시피 왓슨의 풀네임은 "존 H. 왓슨"! 그렇다면 이때 왓슨 부인이 '제임스'라고 부른 이유는 무엇일까?

불편하면 제임스는 먼저 들어가서 자라고 할까?

자, 나한테 말해 봐

작가 코난 도일의 '실수'로 치부할 수도 있지만, 수많은 셜로키언이 이 수수께끼를 연구하고 있다. 그중에서도 미스터리 작가 도로시 L. 세이어스(1893~1957)가 발표한 "왓슨의 미들네임인 'H.'는 제임스의 스코틀랜드식 이름인 '해미시(Hamish)'가 아닐까?" 라는 설이 설득력이 있어 특히 많은 지지를 받고 있는 듯하다.

※셜로키언이란…'셜록 홈즈'의 열렬한 애호가·연구가를 지칭하는 말. '셜록 홈즈'를 사랑하는 사람들의 단체는 세계 각국에 300개가 넘는다.

명대사

"Oh, a trusty comrade is always of use."

"신뢰할 수 있는 벗은 언제나 도움이 된다네."

하물며 사건 기록자라면 더더욱 그렇지

내가 도움이 될 수 있다면 같이 가지

기회가 있을 때마다 왓슨에 대한 신뢰를 말로 표현하는 홈즈! 사건의 기록자로서도 고맙게 여기고 있음을 알 수 있다!

혹독하게 단점을 지적할 때도 많지만…

모험 **07**

푸른 카벙클

The Adventure of the Blue Carbuncle

[사건이 날아든 날]
????년 12월 25일

[가져온 사람]
피터슨(심부름꾼)

[사건 내용]
심부름꾼 피터슨이 주운 거위의 몸속에서 도난당한 보석인 '푸른 카벙클'이 발견되었다

[주요 지역]
런던/ 구지가, 코번트 가든 시장 외

Story
거위가 낳은 크리스마스 미스터리

크 리스마스로부터 이틀이 지난 아침, 왓슨이 221B번지를 찾아갔을 때 홈즈는 낡은 모자를 열심히 관찰하고 있었다.

심부름꾼인 피터슨이 크리스마스 아침에 건달들과 몸싸움을 벌이던 한 남성을 도우려 했는데, 그 남성이 모자와 거위를 남겨둔 채 황급히 도망쳤다는 것이다. 피터슨은 일단 그 습득물을 221B번지로 가져왔고, 모자는 홈즈의 집에 놓아둔 채 거위만 상하기 전에 요리하기 위해 자신의 집으로 가져갔다. 그런데 홈즈가 그 모자에 대한 추리를 왓슨에게 들려주고 있을 때 피터슨이 허둥지둥 달려왔다. 거위의 뱃속에서 나온 파랗게 빛나는 보석을 손에 들고.

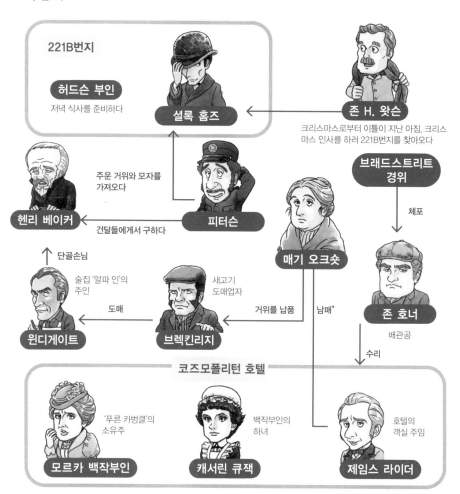

* 151쪽 [매기 오크숏] 참조

헨리 베이커

Henry Baker

스코틀랜드 모자

머리가 크다

술집 '알파 인'의 단골손님: 심부름꾼 피
터슨이 홈즈에게 가져간 모자와 거위를
잃어버린 사람.

아래로 내려갈수록 좁아지는,
지성이 느껴지는 넓적한 얼굴

코끝과 양쪽 볼이 붉은
빛을 띠고 있다

굽은 등

끝이 뾰족하고 백발이 섞인
갈색 턱수염

코트의 단추를 턱까지
채웠다

홈즈의 〈모자 추리〉

* 높은 지성의 소유자
　⇒ 모자의 용량이 크다
* 지금은 몰락했다
　⇒ 모자는 3년 전의 고급품. 이후
　　새로 사지 않았다
* 옛날에는 조심성이 있었다
　⇒ 바람에 날아가지 않도록 고무
　　줄을 달아 놓았는데 지금은 끊
　　어진 채 방치되어 있다
* 부인의 애정이 식었다
　⇒ 부인이 손질해 주지 않아 모자
　　에 먼지가 달라붙어 있다
* 자존심을 잃지는 않았다
　⇒ 얼룩을 잉크로 감추려 했다
* 앉아서 생활할 때가 많아 완전한
　운동 부족 상태
　⇒ 안쪽에 땀으로 생긴 얼룩이 잔
　　뜩 있는 것을 볼 때, 몸이 단련
　　되지 않아 땀을 쉽게 흘린다
* 머리카락에 백발이 섞여 있고, 얼
　마 전에 이발을 했으며, 라임향이
　나는 헤어크림을 사용한다
　⇒ 모자의 안감에 달라붙어 있다
* 집에 가스가 들어오지 않는다
　⇒ 동물 기름으로 만든 양초 때문
　　에 생긴 얼룩이 여러 개 있다

손목을 보면 셔츠를 입지
않은 것 같다

색 바란 검은색 프록코트
⇒ 92쪽 참조

키가 크다

빨간 코와 뺨, 그리고 내민
손이 작게 떨리는 것을 볼
때 홈즈가 추리한 대로 음
주벽이 있는 것 같았다.

이렇게까지
몸이
망가진 데는
아마 음주의
영향도
있겠지

피터슨
Peterson

심부름꾼: 크리스마스 아침, 토트넘 코트로에서 건달들의 습격을 받고 있는 남성을 돕다 그 남성이 떨어트리고 간 거위와 모자를 주웠다. 그 남성이 어디에서 사는지 알 수 없어 거위와 모자를 221B번지로 가져갔다.

Check Point
심부름꾼
Commissionaire

'Corps of Commissionaire(잡무 부대)'라고 불리는 조직의 일원으로, 제복을 착용한다. 크림 전쟁(1853~1856)에서 돌아온 상이군인에게 고용의 기회를 주고자 1859년에 에드워드 월터 대위(Sir. Edward Walter, 1823~1904)가 조직을 만든 것이 그 시초다. 시간직 혹은 일용직으로서 편지나 소포를 배달하는 믿음직하고 편리한 메신저, 안내원, 병원 동행인 등 다양한 일을 했다.
정전(원작)에 등장하는 심부름꾼은 전부 네 명이다. 「푸른 카벙클」의 피터슨 외에 「주홍색 연구」에서 그렉슨의 편지를 전달하러 221B번지를 찾아온 심부름꾼, 「해군 조약문」에서 외무부의 수위실에 있었던 탠지, 그리고 「마자랭의 보석」에서 홈즈의 대사 속에 등장한 목격자다.

B지구 브래드스트리트 경위의 이야기
호너는 체포당할 때 무죄를 주장하며 격렬히 저항했지만, 절도 전과도 있어서 순회 재판에 회부되었다. 조사 도중에는 심하게 흥분한 상태였고, 조사가 끝나자 기절해 법정 밖으로 실려 나갔다.

Check Point
배관공
Plumber

가스나 수도의 파이프 등을 설치하는 일을 하는 배관공.
정전(원작)에서는 네 작품에 등장한다. 「푸른 카벙클」의 존 호너 이외에 「신랑의 정체」에서 메리 서덜랜드의 아버지가 생전에 배관 공사 업체를 경영했고, 메리 서덜랜드와 호스머 엔젤이 만난 곳도 가스 설치 업계가 개최한 무도회였다. 「찰스 오거스터스 밀버턴」에서는 홈즈가 실력 있는 배관공으로 가장하고 밀버턴의 집을 찾아갔으며, 「등이 굽은 남자」에서는 왓슨이 집의 가스관을 수리하기 위해 사람을 불렀다는 이야기를 한다.

존 호너
John Horner

배관 공사 기술자: 12월 22일, 코즈모폴리턴 호텔의 의뢰로 모르카 백작부인이 숙박하고 있는 방의 난로 쇠살대를 수리했다. 그 후 부인의 보석 상자에서 '푸른 카벙클'이 사라졌음이 판명되어 절도 혐의로 체포되었다.

브래드스트리트 경위 = 138, 173쪽

그렇다는 말은,
2만 파운드
(약 43억2,000만 원)
이상!

'푸른 카벙클'의 현상금 1,000파운드는 시장 가격의 20분의 1도 안 될걸세

모르카 백작부인
Countess of Morcar

보석 '푸른 카벙클'의 소유주: 코즈모폴리턴 호텔에 숙박하고 있을 때, 보석 상자에 넣어 놓았던 '푸른 카벙클'을 도난당했다. 용의자가 체포되었지만 보석의 행방을 알 수 없었기 때문에 1,000파운드(약 2억 1,600만 원)의 현상금을 걸었다.

Check Point

푸른 카벙클
The blue carbuncle

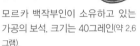

모르카 백작부인이 소유하고 있는 가공의 보석. 크기는 40그레인(약 2.6그램).
중국 남부에 있는 아모이 강[20] 기슭에서 발견된 지 20년이 채 안 됐다. 온갖 측면에서 가닛(석류석)의 특징을 보이지만 붉은색이 아니라 파란색이기 때문에 세상에 둘도 없는 귀중한 보석으로 불린다. 이 보석을 둘러싸고 살인이 2건, 황산을 뿌린 사건이 1건, 자살이 1건, 절도 사건이 수 건 일어났다.

쥐를 닮은 얼굴

제임스 라이더
James Ryder

코즈모폴리턴 호텔의 객실 주임: 존 호너의 수리 작업을 지켜봤다. 호너가 돌아간 뒤 모르카 백작부인의 '푸른 카벙클'이 사라진 것을 발견했다.

캐서린 큐잭
Catherine Cusack

모르카 백작부인의 하녀: 보석이 도난당한 것을 발견한 객실 주임 제임스 라이더의 외침 소리를 듣고 방으로 달려왔다.

매기 오크숏
Maggie Oakshott

제임스 라이더의 남매*: 기혼. 브릭스턴로 117번지 249에 사는 새 사육업자. 판매용과는 별개로 제임스에게 줄 거위를 키우고 있었다.

* 원문에서는 제임스가 매기를 'sister'라고 불렀지만, 누나인지 동생인지는 명확하지 않다.

불그레한 얼굴

윈디게이트
Windigate

술집 '알파 인'의 주인: 블룸스버리 지구의 대영 박물관 근처에서 작은 가게를 운영하고 있다. 사건이 일어난 해에 가게의 단골손님들을 상대로 '거위 클럽'을 만들었다.

흰 앞치마

점주가 올해부터 매주 몇 펜스 정도를 적립하면 크리스마스에 거위를 한 마리 받을 수 있는 '거위 클럽'이라는 걸 만들었지요.

빌
Bill

'브렉킨리지'에서 일하는 소년: 브렉킨리지의 지시로 거위 매입처가 적힌 얇은 소형 수첩과 뒤표지가 기름에 더러워진 대형 장부를 들고 왔다.

퉁명스럽다

날카로운 눈매

잘 다듬은 구레나룻

브렉킨리지
Breckinridge

새 도매상 '브렉킨리지'의 주인: 코번트 가든 시장에서 가게를 운영하고 있다. 장사가 잘 된다.

핑크언

🔴 핑크언
Pink'un

정식 명칭은 〈스포팅 타임스(The Sporting Times)〉. 경마 기사가 중심으로, 핑크색 종이에 인쇄했기 때문에 〈핑크언〉이라고 불리게 되었다.

모즐리
Maudsley

최근까지 펜턴빌 교도소에서 복역했으며, 현재는 출소해 킬번에서 살고 있다.

내기라는 미끼를 반드시 물게 되어 있다네!

구레나룻을 기르고 주머니에 〈핑크언〉을 집어넣고 다니는 사내는

 헨리 베이커 = 148쪽

「푸른 카벙클」은 크리스마스에 발매된 〈스트랜드 매거진〉 1892년 1월호에 실렸다. 크리스마스 아침에 우연히 거리에서 주운 거위, 그리고 그 거위의 뱃속에서 나온 푸른 보석. 이런 조금은 동화 같은 이야기로 사건이 시작된다. 습득자가 거위와 함께 가져온 모자를 관찰해 본주인의 특징을 이끌어내는 홈즈의 멋진 추리나 왓슨과 함께 거위와 보석의 기묘한 관계를 추적하는 과정을 보는 재미도 쏠쏠해 크리스마스에 어울리는 즐거운 작품이다. 평소처럼 의뢰인이 있는 것이 아니라 홈즈와 왓슨이 자발적으로 수수께끼를 풀기 위해 움직인다는 점도 이 작품의 특징이다.

두뇌 노동을 삶의 보람으로 삼는 홈즈에게 이 수수께끼 풀이는 최고의 크리스마스 선물이 되었을 것이다.

'알파 인'에서 건배하는 두 사람

COLUMN

영국의 전통 크리스마스 메뉴

Traditional English Christmas Menu

영국의 크리스마스라고 하면 '칠면조 통구이'를 떠올리는 사람도 많지 않을까 싶다. 그런데 중세 영국에서는 일반적으로 거위를, 귀족들은 거위와 함께 백조나 공작(!)을 통구이로 만들어서 먹었다고 한다. 칠면조는 멕시코의 아즈텍인이 가축화한 새를 16세기에 스페인인이 유럽으로 가져왔으며, 영국에는 1525년에 전래되었다고 한다(참고 문헌:《크리스마스 위칭》데즈먼드 모리스, 후소샤). 그리고 19세기 중엽부터 '칠면조=크리스마스의 대표 메뉴'라는 이미지가 일반적이 되었는데, 여기에는 찰스 디킨스의 《크리스마스 캐럴》이 큰 영향을 끼친 것으로 알려져 있다.

「푸른 카벙클」 사건의 흐름

12월 22일		**모르카 백작부인:** 코즈모폴리턴 호텔에 숙박하고 있을 때 보석 '푸른 카벙클'을 도난당하다. **배관 공사 기술자 존 호너:** 보석 절도 혐의로 체포되다.
12월 25일	4시경	**피터슨:** 귀가 도중 구지가에서 몸싸움을 벌이는 사람들을 목격. 거위와 모자를 줍다.
	아침	**피터슨:** 홈즈에게 거위와 모자를 가져가다.
12월 27일	아침	**피터슨:** 홈즈에게 거위를 받아서 집으로 가져가다.
		왓슨: 왕진 도중 221B번지에 들르다.
	오전	**피터슨:** 집으로 가져간 거위의 내장에서 보석을 발견하고 221B번지로 달려오다. **홈즈:** 피터슨에게 석간신문에 모자의 주인을 찾는 광고를 싣고 거위를 한 마리 사 오도록 의뢰하다. **왓슨:** 다시 왕진을 하러 떠나다.
	18시 30분 이후	**왓슨:** 왕진을 마치고 221B번지를 다시 찾아가다. 석간신문을 보고 찾아온 헨리 베이커와 현관에서 만나다.
		홈즈: 베이커에게 거위를 어디에서 샀는지 묻다.
	19시경	**홈즈와 왓슨:** 탐문을 위해 외출하다. 베이커가 거위를 구입한 '알파 인'을 찾아가 주인에게 거위를 어디에서 사 왔는지 묻다.
		홈즈와 왓슨: 코번트 가든 시장의 도매상 '브렉킨리지'에서 거위를 매입한 곳을 묻다.
		홈즈와 왓슨: '브렉킨리지' 앞에서 거위에 관해 열심히 물어보고 있는 사내를 만나다.
		홈즈와 왓슨: 그 사내와 함께 221B번지로 돌아오다.

셜록 홈즈의 세계를 장식하는 아이템

케이프의
기장은 팔을
움직일 때
불편하지
않도록
팔꿈치까지
내려오는
정도

얼스터 코트

Ulster coat

오버코트의 일종. 아일랜드의 얼스터산 옷감으로 만들었다고 해서 이런 명칭이 붙었다. 홈즈가 입고 있는 빅토리아 시대 후기의 얼스터 코트에는 케이프가 달려 있었지만, 시대와 함께 디자인도 변화하면서 현재 얼스터 코트라고 부르는 옷에는 케이프가 달려 있지 않다.

셜록 홈즈를 대표하는 복장?

셜록 홈즈 하면 떠오르는 복장은 역시 케이프가 달린 오버코트일 것이다. 케이프가 달린 코트에 관해서는 정전(원작)의 『주홍색 연구』와 「푸른 카벙클」에 홈즈가 '얼스터'를 입는다는 기술이 나오며, 특히 「푸른 카벙클」에서는 시드니 파젯의 삽화를 통해서도 얼스터코트를 입은 홈즈를 볼 수 있다.

영상화 작품에서는 홈즈가 '인버네스(Inverness)'를 입고 있는 경우가 많아서 '셜록 홈즈의 복장=인버네스'라는 이미지가 있지만, 정전에는 '인버네스'라는 단어가 단 한 번도 등장하지 않는다. 스코틀랜드의 인버네스 지방에서 탄생한 '인버네스 코트'는 얼스터와 비슷하게 생겼지만 케이프의 기장이 소매를 감출 정도로 길다는 것이 큰 차이점이다(인버네스에는 소매가 없는 유형도 있으며, 두 유형 모두 영상화 작품에서 자주 등장한다). 여담이지만, 파젯은 삽화 속의 홈즈에게 '케이프가 달린 코트'와 '디어스토커'를 동시에 착용시킨 적이 한 번도 없다. 이 세트를 '홈즈의 복장'으로 정착시킨 인물은 1939년 영화에서 셜록 홈즈를 연기해 호평을 받은 배질 래스본(Basil Rathbone, 1892~1967)이라고 한다.

영국의 신문

Newspaper

1855년에 '인지세'가 폐지되어 신문을 저렴한 가격으로 발행할 수 있게 되자 신문은 19세기 후반 영국 사회에 급속도로 보급되어 갔다.

인지세가 폐지되기 전인 1851년에는 영국 전체에 563개밖에 없었던 신문의 수가 인지세 폐지 후인 1867년에는 1,294개, 1895년에는 2,304개로 급증했다(참고 문헌: 《영국 신문 이야기》 이소베 유이치로, 재팬타임스)

│ 이 시대의 최첨단 정보 매체

「여섯 개의 나폴레옹 상」에서 "신문이라는 것은 이용 방법만 알면 참으로 유용한 도구라네."라고 말했듯이, 홈즈는 수많은 사건을 해결할 때 신문을 활용했다. 홈즈가 사건의 해결을 위해 신문을 이용하거나 어떤 정보를 얻은 작품의 수는 정전 60작품 중 약 절반에 이른다.

홈즈도 왓슨도 신문을 자주 읽었고, 왓슨이 읽고 있었던 기사가 홈즈에게 도움을 주는 경우도 많았다. 또한 홈즈는 시간이 나면 신문을 스크랩해서 만든 비망록을 범죄 수사에 활용하기도 했다. 「다섯 개의 오렌지 씨앗」, 「브루스파팅턴 호 설계도」, 「머즈그레이브 가문의 전례문」, 「붉은 원」에서는 신문 기사 스크랩을 정리하는 홈즈의 모습을 엿볼 수 있다. 221B번지의 거실과 자신의 방에 보관하기에는 신문의 양이 너무 많아서 창고를 빌려 보관하고 있는 모양이다(「여섯 개의 나폴레옹 상」). 홈즈는 신문의 개인 광고란을 자주 활용한다. 『주홍색 연구』, 「푸른 카벙클」에서는 정보를 얻기 위해 광고를 냈고, 「세 명의 개리뎁」에서는 존 개리뎁에게 신문에 광고를 낼 것을 권했다. 또한 「빨간 머리 연맹」에서 연맹원을 모집할 때도, 「토르 교 사건」에서 닐 깁슨이 가정교사를 모집할 때도, 『네 사람의 서명』과 「신랑의 정체」에서 각각 모스턴 대위와 호스머 엔젤의 행방을 아는 사람을 찾을 때도 신문 광고가 사용되었다. 이처럼 '셜록 홈즈' 시리즈를 읽으면 이 시대에 신문이 얼마나 널리 활용되었는지를 느낄 수 있다.

* 만화 페이지는 157→156쪽 순서로 오른쪽에서 왼쪽으로 읽어 주세요.

주목! 홈즈의 탐문 기술!

뭐라고? 그럼 나하고 내기 하겠소?

거짓말 마쇼! 내가 그 말을 믿을 것 같소?

당신 돈 날렸구먼! 그건 도시에서 키운 놈인데

시골에서 키운 놈이라는데 5파운드를 걸었수다

좋소, 1파운드 걸지

땡잡았군. 이걸 보시게나!

혜혜혜

흥

경마신문

상대가 도박을 좋아함을 간파하자 이야기를 '내기'의 방향으로 유도해 거위 매입처의 정보를 확실히 입수! 홈즈식 심리 테크닉의 승리!

홈즈의 패션 체크!

② 왓슨도 함께

목에는 크라바트 (크로아티아에서 탄생한 넥타이의 일종)

얼스터 코트 (⇒ 154쪽 참조)

그런데 '푸른 카벙클'에 걸렸던 현상금 1,000파운드 (약 2억 1,600만 원)는 누구의 손에…?

역시 발견자인 피터슨 부부일까?

만약 건달들에게 습격당하지 않았다면 거위가 삼킨 보석을 발견한 사람은 헨리 베이커의 부인이었을 터 그 부부도 뭔가 보상 받았기를 바란다…

※ 1파운드=약 21만 6,000원

명대사

" My name is Sherlock Holmes. It is my business to know what other people don't know."

"제 이름은 셜록 홈즈입니다. 다른 사람들이 모르는 것을 알아내는 것이 제 직업이지요."

역시 셜록 홈즈! 자기소개도 자신감이 넘친다!

당신은 누구요?

어떻게 이 일을 알고 있…

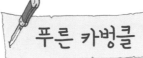 

관전 포인트! **푸른 카벙클** 을 조금 더 깊게 즐겨 보자!

홈즈의 패션 체크!

① 가운 편

꾸깃꾸깃한 신문 더미

담배 파이프 거치대

홈즈는 보라색 드레싱 가운을 입고 소파에서 쉬고 있었다 왓슨

이번 사건의 왓슨

사실은 왕진을 도는 중이었던 모양… 바쁜 와중에도 홈즈를 잊지 않았다

그 시간까지는 돌아올 걸세

6시 반이었지?

그럼 나는 왕진을 마치고 다시 오겠네

크리스마스 인사를 하러 홈즈의 집에 온 왓슨

사건의 진전은 직접 보고 싶다

221B번지의 크리스마스 메뉴!

아직 따끈할 때 실마리를 추적하지 않겠나?

저녁식사는 일단 미루고

하지만 두 사람은 저녁식사를 제쳐놓고 수색을 위해 GO!

아마도 멧도요 요리가 나올 걸세!

저녁식사는 7시

따뜻할 때 먹게 하려고 열심히 요리를 만들었을 허드슨 부인이 조금은 불쌍…

배고픈가?

딱히 고프지는 않네!

자글자글~

♬

라고 왓슨에게 알리는 홈즈

상상도

모험 **08**

얼룩 끈

The Adventure of the Speckled Band

[의뢰일]
1883년 4월 초순

[의뢰인]
헬렌 스토너(자산가)

[의뢰 내용]
언니가 알 수 없는
죽음을 당했을
때와 같은 현상이
자신에게도 일어나
생명의 위험을
느꼈기에 이 일을
의논했으면 한다

[주요 지역]
서리 주 스톡 모런

Story
유서 깊은 저택에 울려 퍼지는 수수께끼의 휘파람 소리

어느 날 아침, 헬렌 스토너라는 여성이 심하게 동요하는 모습으로 221B번지를 찾아왔다.

어려서 아버지를 여읜 쌍둥이 자매 헬렌과 줄리아는 8년 전에 어머니마저 잃은 뒤 어머니의 재혼 상대인 로일롯과 함께 서리 주의 로일롯 영지에 있는 저택에서 살고 있었다. 그런데 2년 전에 결혼을 눈앞에 뒀던 줄리아가 며칠 동안 불길한 휘파람 소리에 시달리다 "얼룩 끈"이라는 알 수 없는 말을 남기고 원인 불명의 죽음을 당하고 말았다. 그리고 어젯밤, 줄리아와 마찬가지로 결혼을 눈앞에 둔 헬렌에게도 갑자기 그 무서운 휘파람 소리가 들리기 시작했다고 한다. 홈즈는 두려움에 떠는 헬렌에게 즉시 저택으로 달려갈 것을 맹세했다.

221B번지

허드슨 부인 ──깨우다──▶ 셜록 홈즈 ──깨우다──▶ 존 H. 왓슨
헬렌 스토너의 방문으로
평소보다 일찍 일어났다

파린토시 부인
예전에 오팔 머리 장식과 관련된 사건이 일어났을 때 홈즈의 도움을 받았다

──홈즈를 소개──▶ 헬렌 스토너 ──의뢰──▶

자매(쌍둥이)

줄리아 스토너(고인)

퍼시 아미티지 ◀──약혼── 헬렌 스토너

스토너 부인(고인) ──어머니── │ ──아버지── 스토너 소장(고인)

호노리아 웨스트페일 ──자매── │ ──재혼── 그림스비 로일롯

──강으로 집어던지다──▶ 마을의 대장장이

자신의 영지에 야영지를 제공하고 있다 ──▶ 로마니인들

얼굴이나 키, 체격을 봐서는 30세 정도⋯. 그럼에도 벌써부터 흰머리가 눈에 띄었다.

젊은 부인이 이렇게 이른 아침에 찾아와 자고 있던 사람을 깨운다는 건 그만큼 급박한 상황이라는 뜻이겠지

두꺼운 베일

흰머리가 보이기 시작한 머리카락

헬렌 스토너 의뢰인

Helen Stoner

자산가: 2년 전에 쌍둥이 자매 줄리아를 원인 불명의 죽음으로 잃고, 현재 의붓아버지 로일롯과 둘이 살고 있다. 퍼시 아미티지라는 청년과 결혼을 앞두고 있었는데, 어젯밤 줄리아가 죽기 며칠 전부터 들었다고 말했던 괴이한 휘파람 소리가 갑자기 들리기 시작해 죽음의 공포를 느끼고 홈즈에게 도움을 청했다.

궁지에 몰린 동물처럼 두려움과 동요로 가득한 눈

창백하고 초췌한 얼굴

검은 옷

Profile

● 아버지는 벵골 포병대의 스토너 소장으로, 젊은 나이에 세상을 떠났다
● 어머니는 자산가. 로일롯과는 인도에서 알게 되어 재혼했다. 연수입이 1,000파운드(약 2억 1,600만 원)가 넘지만, 결혼 후에는 로일롯에게 관리를 맡기고 있었다. 8년 전, 영국으로 돌아온 지 얼마 안 되었을 때 크루 시 근처에서 일어난 철도 사고로 목숨을 잃었다
● 쌍둥이 자매인 줄리아도 2년 전에 "얼룩 끈"이라는 알 수 없는 말을 남기고 급사했다
● 해로 근처에 사는 이모 호노리아 웨스트페일과 교류가 있다
● 1개월 전에 퍼시 아미티지라는 오랜 지인에게 청혼을 받았다

오늘 아침 기차로 오셨군요

홈즈의 의뢰인 관찰 포인트
· 왼쪽 장갑의 손바닥에 왕복 티켓 중 나머지 절반이 있다.
· 아침 일찍 집을 나와서 2륜 마차를 타고 진흙길을 상당히 오랫동안 달린 끝에 역에 도착했다.
· 웃옷의 왼쪽 팔에 아직 덜 마른 진흙이 달라붙어 생긴 자국이 적어도 일곱 군데나 있다.
· 이는 2륜 마차의 마부 왼쪽에 앉아 있을 때만 볼 수 있는 모습이다.

그림스비 로일롯

Dr. Grimesby Roylott

검은색 실크해트

움푹 들어간 노란 눈

수많은 싸움으로 단련된 맹금류를 연상케 하는 살집이 없고 뾰족한 코

햇볕에 갈색으로 탄 커다란 손

221B번지의 부지깽이를 구부려 버릴 정도의 완력

전직 의사: 헬렌 스토너의 의붓아버지. 서리 주의 '스톡 모런 저택'에 헬렌 스토너와 함께 살고 있다. 헬렌이 홈즈에게 도움을 청한 것이 마음에 들지 않아, 221B번지로 쳐들어와서 홈즈에게 으름장을 놓았다.

햇볕에 누렇게 타고, 주름이 가득해 험악해 보이는 커다란 얼굴

입구를 가득 채울 정도의 거한

Profile

- 서리 주 스톡 모런의 유명한 가문인 로일롯 가문의 마지막 생존자
- 잉글랜드에서도 유수의 대부호였지만, 4대 연속으로 낭비벽이 심한 사람이 영주가 된 탓에 19세기 초반에는 완전히 몰락했다. 가난한 귀족이라는 상황을 바꾸고자 친척에게 지원 받은 학비로 의학 박사 학위를 취득했다
- 인도로 건너가 콜카타(캘커타)에서 의사로 성공을 거뒀다
- 인도의 자택에서 도난 사건이 끊이지 않자 발작적으로 지역 주민인 집사를 때려죽이는 바람에 옥살이를 했다
- 수감 생활을 거치면서 신경질적인 사람이 되었고, 실의 속에 영국으로 돌아와 선조 대대로 살았던 곳에서 살기 시작했다
- 헬렌의 어머니인 스토너 부인과는 인도에서 만나 결혼했다

> 아버지는 상상하기 힘들 만큼 힘이 세고 일단 화를 내면 감당할 수가 없는 분이세요…

기장이 긴 프록코트 ⇒ 92쪽 참조

의사의 모습과 농부의 모습이 섞인 듯한 기묘한 복장이었다.

무릎까지 올라오는 긴 각반 ⇒ 190쪽 참조

지금의 저처럼…

죽었을 당시 줄리아의 나이는 서른
이었는데, 머리카락이 이미 백발이
되기 시작한 상태였어요.

줄리아 스토너
(고인)
Julia Stoner

헬렌 스토너의 쌍둥이 자매: 향년
30세. 2년 전 크리스마스에 이모
의 집에서 알게 된 휴직 중인 해
병대 소령과 약혼했지만, 결혼식
을 2주 앞두고 "얼룩 끈(band)"이
라는 알 수 없는 말을 남긴 채 세
상을 떠났다.

마을의 대장장이
Local blacksmith

로일롯이 다리 난간에서 강으로 집어
던졌다. 헬렌이 여기저기서 모아 온
돈을 줘서 무마시킨 덕분에 소동이
커지지는 않았다.

퍼시 아미티지
Percy Armitage

헬렌 스토너의 약혼자: 헬렌의
오랜 지인. 1개월 전 헬렌에게
청혼했다. 레딩 근처의 크레인
워터에서 사는 아미티지 집안
의 둘째아들.

마부
The trap driver

홈즈와 왓슨이 레더헤드 역의 여관
에서 고용한 마부. 두 사람은 2륜 경
마차를 타고 '스톡 모런 저택'으로
향했다. 저택은 레더헤드 역에서
4~5마일(약 6.4~8킬로미터) 정도 떨
어진 곳에 있다.

헬렌 스토너 = 160쪽

로마니인들
Gypsies

로일롯이 예외적으로 친하게 지내는 사람들. 로일롯 가문의 영지 텐트에서 야영하며 로일롯에게 식사를 대접하기도 하고, 몇 주씩 함께 방랑 여행을 다니기도 한다.

비비
A baboon

인도 동물을 좋아하는 로일롯에게 인도의 지인이 보내 줬다. 저택의 정원에 풀어 놓은 채로 키우고 있다.

영지 내를 자유롭게 돌아다니기 때문에 마을 사람들은 주인인 아버지 못지않게 두려워하고 있어요.

치타
A cheetah

— **COLUMN** —

정전에 등장하는 특이한 동물들
Strange animals

정전(원작)에는 개, 말, 고양이 같은 친근한 동물 외에 조금 특이한 동물들도 등장한다.
「얼룩 끈」에 등장하는 비비와 치타 이외에도 「등이 굽은 남자」에서는 헨리 우드가 테디라는 이름의 몽구스를 코브라와 함께 데리고 다니며, 「베일을 쓴 하숙인」에서는 사하라 킹이라는 이름의 사자가 서커스에 등장한다.
또한 『네 사람의 서명』에 등장한 명견 토비의 주인인 박제사 셔먼 노인은 개 43마리(!) 외에 오소리, 유럽무족도마뱀* 등을 사육하고 있었으며, 홈즈의 요청으로 아침 일찍 찾아온 왓슨에게 독사[21]를 던지려고 했다.

---

* slow-worm. 유럽에서 아프리카 북서부에 걸쳐 서식하는 사지가 없는 도마뱀이다.

'홈즈와 왓슨은 221B번지에서 함께 산다.'라고 생각하는 사람도 많을 것이다. 그러나 「얼룩 끈」보다 전에 쓴 단편 7편은 전부 왓슨이 결혼한 뒤의 이야기이기 때문에 왓슨이 221B번지를 방문하거나 자신의 집에서 부인과 쉬고 있을 때 이야기가 시작된다.

왓슨의 결혼은 물론 기쁜 일이지만, 그 뒤로 홈즈와의 사이에 약간 거리가 생긴 것 같아 조금은 아쉽기도 하다. 그러나 이 「얼룩 끈」에서는 그런 거리감이 전혀 느껴지지 않는다. 이 작품은 왓슨이 결혼하기 전, 홈즈와 함께 살던 시기의 이야기이다. 왓슨이 가정을 꾸리고 개업의가 되기 전인 이 시기에 두 사람이 사건에 100퍼센트 에너지를 쏟아붓는 모습은 생기발랄함으로 가득하다. 또한 이 작품은 게스트 캐릭터도 매우 매력적이다. 아름답지만 연약한 의뢰인 헬렌 스토너, 뛰어난 지성과 괴력의 육체를 겸비한 로일롯 박사. 박사가 221B번지로 쳐들어와 홈즈와 대치하는 방면은 시리즈에서도 손꼽히는 명장면이다.

COLUMN

코난 도일이 뽑은 최고의 '셜록 홈즈' 시리즈 12편
The best 12 that Doyle chose

〈스트랜드 매거진〉은 1927년 1월호에서 '코난 도일이 뽑은 최고의 작품 12편은 무엇일지 맞혀 봅시다.'라는 콘테스트를 개최했다. 결과는 6월호에 실렸으며, 순위를 가장 정확하게 맞힌 독자는 코난 도일이 직접 사인한 자서전과 상금 100파운드(약 2,160만 원)를 받았다.

1. 얼룩 끈	7. 다섯 개의 오렌지 씨앗
2. 빨간 머리 연맹	8. 두 번째 얼룩
3. 춤추는 인형	9. 악마의 발
4. 마지막 사건	10. 프라이어리 스쿨
5. 보헤미아 왕국의 스캔들	11. 머즈그레이브 가문의 전례문
6. 빈집의 모험	12. 라이게이트의 지주

「얼룩 끈」 사건의 흐름

1853년경		**헬렌 스토너:** 인도에서 살던 시절, 아직 2세였을 때 어머니가 그림스비 로일롯 박사와 재혼하다.
1875년경		**헬렌:** 영국으로 돌아온 지 얼마 안 되었을 때 어머니가 철도 사고로 사망. 의붓아버지인 로일롯 박사, 쌍둥이 자매인 줄리아와 함께 서리주의 저택에서 살기 시작하다.
1881년 4월경		**줄리아:** 결혼식을 2주 앞두고 불가사의한 죽음을 맞이하다.
1883년 3월경		**헬렌:** 퍼시 아미티지와 약혼하다.
의뢰일 전전날		**헬렌:** 자신의 방을 수리하게 되어 줄리아의 방으로 옮기다.
의뢰일 전날	한밤중	**헬렌:** 줄리아가 죽었을 때 들었다고 한 휘파람 소리를 듣고 공포를 느끼다.
의뢰일 1883년 4월 초순	이른 아침	**헬렌:** 221B번지에 도착 **홈즈:** 허드슨 부인이 깨워서 일어나다.
	7시 15분	**왓슨:** 홈즈가 깨워서 일어나다.
	오전	**헬렌:** 홈즈와 왓슨을 만나 조사를 의뢰하고 귀가하다. **로일롯:** 헬렌이 돌아간 직후 221B번지에 나타나 홈즈를 위협하고 떠나다.
		홈즈: 아침 식사 후 조사를 위해 나서다.
	13시 직전	**홈즈:** 귀가.
	오후	**홈즈와 왓슨:** 기차로 이동. 로일롯의 저택을 조사하다.
	밤	**홈즈와 왓슨:** 로일롯의 저택이 한눈에 보이는 여관에서 대기하다.
	23시	**홈즈와 왓슨:** 로일롯의 저택 창문에서 헬렌이 보낸 신호를 보고 줄리아의 방으로 이동하다.
의뢰일 다음 날	새벽	**홈즈와 왓슨:** 암흑 속에서 대기하다.
	3시 30분경	**홈즈와 왓슨:** 홈즈가 희미한 소리에 반응하다.
	아침	**홈즈와 왓슨:** 헬렌을 해로에 사는 이모에게 데려다주다.
의뢰일 다음다음 날		**홈즈와 왓슨:** 기차를 타고 런던으로 돌아오다.

명대사

"Your presence
might be invaluable."

"자네가 있어 주는 것 자체가 그 무엇보다도
큰 도움이라네."

"Then I shall
certainly come."

"그렇다면 무조건 가겠네."

이번 사건의 왓슨

장비편

강철 부지깽이를
휘어 버리는 신사의
대화 상대로는
일리 No.2가
제격이지

주머니에
리볼버를
숨겨 넣고
가 주면
고맙겠네

'일리(Eley)'는
총이 아니라
탄환을 만드는
회사의 이름이다.[22]

칫솔도
잊지
말게!

명장면

이 긴장되고 두려웠던
하룻밤을 어떻게
잊을 수 있을까…

소곤소곤

잠이
들었다가는
목숨이
위태로울
수도 있어…

절대로
잠이
들어서는
안 되네!

시리즈에서도
손꼽히는
긴박한 순간!

명대사

"I had, come to an entirely erroneous conc-
lusion which shows, my dear Watson, how dangerous
it always is to reason from insufficient data."

"나는 완전히 잘못된 결론을 향해 나아가고 있었네, 왓슨. 어떤 상황에서든
불충분한 데이터를 기반으로 추론하는 것이 얼마나 위험한 일인지 보여주는 좋은 사례였지."

자신의 과오를 솔직하게
반성! 이런 자세가
쌓여서 홈즈의 자신감으로
이어진 것이리라

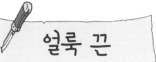

관전 포인트!

얼룩 끈 을 조금더 깊게 즐겨 보자!

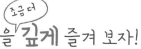

홈즈의 숨겨진 능력

조금만 더 머물렀다면

내 완력도 만만치 않다는 걸 보여줄 수 있었을 텐데…

그야말로 **슈퍼 히어로!**

다시 원래대로 펴고 있다!

천재적 두뇌에 이 엄청난 완력!

명장면

시리즈에서 손꼽히는 호적수 **로일롯 박사** 등장!

오지랖꾼!

참견쟁이!

경찰청의 말단 나부랭이!

Holmes!!
Holmes!!
Holmes!!!

이 도발에 홈즈는 여유로운 **스마일 대응!** 이 자신감은 대체 어디에서?

강철 부지깽이

싱글벙글

황소바람이 들어와서 말이지요

돌아가실 때는 문을 꼭 닫아 주십시오

말씀을 참 재미있게 하시는군요

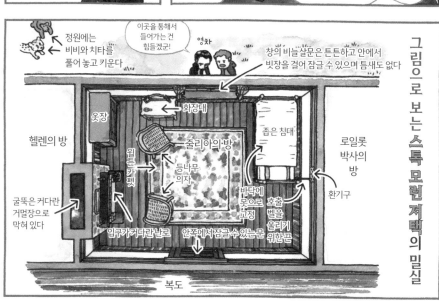

그림으로 보는 스토크모런 저택의 밀실

정원에는 비비와 치타를 풀어 놓고 키운다

이곳을 통해서 들어가는 건 힘들겠군!

영차

창의 비늘살문은 튼튼하고 안에서 빗장을 걸어 잠글 수 있으며 틈새도 없다

옷장

화장대

좁은 침대

헬렌의 방

윌튼 카펫

줄리아의 방

등나무 의자

로일롯 박사의 방

굴뚝은 커다란 거멀장으로 막혀 있다

바닥에 못으로 고정

환기구

입구가 커다란 난로

안쪽에서 잠글 수 있는문

호출 벨을 울리기 위한끈

복도

모험 **09**

기술자의 엄지손가락

The Adventure of the Engineer's Thumb

[의뢰일]
1889년 ?월 ?일/
여름

[의뢰인]
빅터 해설리
(수력 기사)

[의뢰 내용]
자신이 엄지손가락을 잃게 된 기묘한 사건의 진상을 밝히고 싶다

[주요 지역]
버크셔 주 아이퍼드

Story
젊은 기술자가 받은 공포의 보수

어 느 날 아침, 왓슨의 진료소에 엄지손가락이 잘려 나간 빅터 해설리가 부축을 받으며 찾아왔다. 수력 기사인 그는 자신을 스타크 대령이라고 소개한 남성이 고액의 보수를 제시하며 굴착용 수압용 프레스기를 수리해 달라고 의뢰해 사건 전날 밤늦게 기차로 대령의 저택까지 출장을 갔다. 그러나 비밀 엄수에 집착하는 대령의 태도에 불신감을 느끼던 그는 실제로 기계를 확인한 뒤 대령의 거짓말을 지적했는데, 그 순간 대령에게 살해 당할 위기에 처한다. 엄지손가락을 잃기는 했지만 다행히 도망치는 데 성공해 런던으로 돌아올 수 있었고, 패딩턴 역에서 차장의 도움으로 왓슨에게 치료를 받게 된 것이었다. 해설리의 상태에서 일이 심상치 않음을 느낀 왓슨은 그에게 홈즈를 만나 상담해 볼 것을 권했다.

스코틀랜드 야드

사복형사 | 브래드스트리트 경위

221B번지

셜록 홈즈

요청 ←

해딩턴 역의 차장
부상을 입은 해설리를 왓슨의
진료소로 데려갔다

돌봄 → 빅터 해설리 ← 내원 → 존 H. 왓슨
결혼해서 마을 의사가 되었다

사건을 가져오다

아이퍼드의 저택

퍼거슨
대령의 비서 겸 매니저

라이샌더 스타크 대령

엘리제

일을 의뢰

경고

빅터 해설리

의뢰인

Victor Hatherley

헝겊 모자

핏기가 없는 얼굴

남성적인 씩씩한 얼굴

수수한 헤더 트위드 옷

수력 기사: 50기니(약 1,134만 원)라는 파격적인 보수를 제시받았던 수압 프레스기 점검 의뢰가 기괴한 사건으로 발전해 엄지손가락을 잃었다.

왓슨의 진단
- 감싸고 있었던 손수건 전체가 피로 얼룩져 있었다.
- 엄지손가락이 있어야 할 장소에 스펀지처럼 작은 구멍이 송송 뚫린, 소름이 끼칠 만큼 새빨간 단면이 있었다. 무엇인가에 잘리거나 찢겨서 손가락의 밑동 부분부터 떨어져 나간 듯했다.

많아 봐야 20대 중반 정도

한쪽 손의 엄지손가락을 잃는 큰 부상을 당했다

해설리의 사무실에서 일하는 사무원
Clerk

폐점 시간에 찾아온 스타크 대령의 명함을 빅터 해설리에게 전달했다.

Profile
- 그리니치에 있는 '베너 앤 매트슨사'에서 7년 동안 견습공으로 일했다
- 2년 전 견습 기간이 끝났을 때 아버지가 사망해 상당한 유산을 상속받았다. 빅토리아가 16A번지 4층에 작은 사무실을 차렸다
- 개업하고 2년 동안 들어온 일거리는 상담이 3건, 간단한 공사가 1건
- 매일 오전 9시부터 오후 4시까지 손님을 기다렸지만, 개업하고 2년 동안의 수입은 다 합쳐서 27파운드 10실링(약 594만 원)
- 런던의 하숙집에서 혼자 살고 있다고 했다

라이샌더 스타크 대령
Colonel Lysander Stark

육군 대령: 버크셔 주 아이퍼드의 저택에서 사용하고 있는 수압 프레스기가 고장이 나서 빅터 해설리에게 파격적인 보수를 제안하며 고장 부위의 조사를 의뢰했다.

회색 눈

광채를 발하는 눈

뾰족한 코

피부가 착 달라붙어 있는 튀어나온 광대뼈

뾰족한 턱

보통보다 조금 큰 키

비쩍 마른 몸

소박하면서 깔끔한 옷차림

병 때문에 마른 것이 아니라 타고난 체질 같은 느낌이었습니다.

시원시원한 발걸음

아름다운 여성이었습니다. 대령과 외국어로 대화를 나누더군요.

영어는 서툴렀...

고급스러운 천으로 만든 검은색 옷

퍼거슨
Mr. Ferguson

스타크 대령의 비서 겸 매니저: 스타크 대령의 아이퍼드 저택에 있었던 남성. 대령과 함께 해설리의 점검 작업을 지켜봤다.

몇 마디 하는 것을 듣고 같은 나라 사람(영국인임)을 알았습니다.

음침하고 말이 없다

작은 키

이중 턱

친칠라 토끼 같은 수염

엘리제
Elise

스타크 대령의 아이퍼드 저택에 있었던 여성. 대령을 '프리츠'라고 부른다.

땅딸막한 체형

빅터 해설리 = 170쪽

친칠라 토끼
Chinchilla rabbit
프랑스 원산의 토끼목 토끼과 동물. 체중 3킬로그램 정도의 소형종부터 6.5킬로미터 정도의 대형종까지 있다. 설치목인 친칠라처럼 검은색 털과 흰색 털이 섞여 있다.

아이퍼드 역의 역장
Station-master

홈즈 일행이 아이퍼드 역에 도착했을 때, 기차 안에서 본 화재의 상세한 내용을 홈즈 일행에게 설명했다.

아이퍼드 역의 화물 운반인
Porter

해설리가 탄 마지막 열차가 아이퍼드 역에 도착했을 때 플랫폼에 있었던 화물 운반인. 다음 날 아침에도 근무하고 있었다.

Check Point
아이퍼드 역
Eyford Station

수력 기사인 빅터 해설리가 일을 의뢰받아 출장을 간 버크셔 주 아이퍼드. 버크셔 주와 옥스퍼드셔 주 경계 근처에 위치하고 있으며 레딩에서 7마일(11.2킬로미터)이 조금 못 되는 거리라고 묘사되어 있다. 정전(원작)에는 가공의 지명이 다수 등장하는데, 이 아이퍼드도 그중 하나다. 레딩은 런던에서 서쪽으로 약 50킬로미터 떨어진 곳에 실존하는 도시로, 패딩턴 역에서 기차로 약 1시간 거리이며 다른 곳으로 향하는 여러 노선의 분기점이 되는 환승역으로도 알려져 있다. 정전의 기술에 따르면 빅터 해설리는 패딩턴 역에서 출발해 레딩에서 마지막 열차로 갈아타고 밤 11시가 넘어 아이퍼드 역에 도착했다고 한다. 셜로키언들은 '레딩에서 7마일', '역의 북쪽을 제외한 삼면에 언덕이 있다.', '3마일 떨어진 곳에 경찰서가 있다.' 등의 입지 조건을 실마리로 삼아 모델로 생각되는 지역을 찾고 있다.

패딩턴 역의 차장
The Guard

왓슨이 그의 만성 질환을 치료해 준 것이 계기가 되어 왓슨의 실력을 열심히 홍보하고 있다. 또 아픈 사람이 있으면 왓슨을 찾아가 치료를 받도록 권하게 되었다. 부상을 입은 빅터 해설리도 이 차장이 왓슨에게 데려갔다.

Check Point
221B번지와 왓슨 집의 하녀
Maid

홈즈와 왓슨을 돌봐 주는 사람이라고 하면 허드슨 부인을 떠올리는 사람이 많겠지만, 221B번지와 왓슨 집에는 하녀도 있었다. 왓슨 집의 하녀에 관해서는 「보헤미아 왕국의 스캔들」에서 메리 제인이라는 이름의 일솜씨가 서툰 하녀를 두고 있다는 이야기가 나오며, 「보스콤 계곡의 수수께끼」에서 왓슨에게 홈즈의 전보를 전한 사람도, 「기술자의 엄지손가락」에서 이른 아침에 왓슨을 깨운 사람도, 「빈집의 모험」에서 왓슨에게 손님이 왔음을 알린 사람도 하녀였다.

221B번지의 하녀는 「주홍색 연구」에서 손님을 맞이했고, 「다섯 개의 오렌지 씨앗」에서는 커피를 준비했으며, 「브루스파팅턴 호 설계도」에서는 홈즈에게 전보를 전달했다.

왓슨 집의 하녀
Watson's maid

아침 7시가 되기 조금 전에 문을 두드려서 왓슨을 깨웠다.

브래드스트리트 경위
Inspector Bradstreet

스코틀랜드 야드의 경찰관: 홈즈, 왓슨, 해설리와 함께 현장을 찾기 위해 동행했다.
⇒ 140쪽 [COLUMN: 경찰관 등장 횟수 순위] 참조

사복형사
A Plain-clothes man

스코틀랜드 야드의 경찰관: 홈즈, 왓슨, 해설리, 브래드스트리트 경위와 함께 현장을 찾기 위해 동행했다.

Check Point
브래드스트리트 경위
Inspector Bradstreet

브래드스트리트 경위는 정전(원작)에 여러 차례 등장하는 경찰관 중 한 명이다. 「기술자의 엄지손가락」 외에 「입술이 비뚤어진 사내」에서는 홈즈와 왓슨이 찾아간 보우가의 경찰 법원에서 당직을 서고 있었고, 「푸른 카벙클」에서는 그가 한 말이 신문 기사에 실렸다. 다 합쳐서 3회, 전부 「모험」에서 등장했다.
⇒ 140쪽 [경찰관 등장 횟수 순위] 참조

「기술자의 엄지손가락」은 왓슨이 홈즈에게 사건을 가져온 보기 드문 패턴의 이야기다. 젊은 수력 기사 빅터 해설리가 엄지손가락을 잘린 긴급한 상태로 부축을 받으며 왓슨을 찾아왔다. 왓슨이 패딩턴 역 근처에서 개업했다는 사실과 내원하는 환자의 상황, 치료하는 모습 등을 알 수 있는 이 작품은 시리즈 전체를 통틀어도 의사로서의 왓슨을 볼 수 있는 몇 안 되는 고마운 작품이다. 이 작품은 주인공이 엄지손가락을 잃은 상태로 등장하는 상당히 자극적인 이야기인 동시에 비쩍 마르고 수상하기 짝이 없는 라이샌더 스타크 대령이나 한밤중에 마차를 타고 도착한 캄캄한 저택, 암흑 속에서 나타난 수수께끼의 미녀, 친칠라 수염을 한 사내 등등 조금은 섬뜩한 매력으로 가득 차 있다. 다만 좀처럼 영상화되지 않는 안타까운 작품이기도 하다. 홈즈의 관점에서는 등장 기회가 적은 작품이지만, 현장을 찾아내기 위해 이동하는 기차 안에서 피해자인 해설리나 동행한 경찰들과 지도를 보며 범행 현장을 특정하는 '수사 회의' 장면에서는 시리즈 전체에서도 손꼽히는 멋진 추리를 보여준다.

COLUMN

221B번지의 아침 식사
breakfast in 221B

홈즈와 왓슨이 아침 식사를 하는 장면은 작중에서 이따금 등장하지만 어떤 요리를 먹는지 까지 적혀 있는 경우는 많지 않으며, 아침 식사의 정석인 베이컨 앤 에그가 등장하는 것도 「기술자의 엄지손가락」뿐이다. 그 밖에는 스크램블 에그가 1회(「블랙 피터」), 햄 앤 에그가 2회(『네 사람의 서명』, 「해군 조약문」), 삶은 달걀이 2회(「토르 교 사건」, 「은퇴한 물감 제조업자」) 등장했다. 『주홍색 연구』에서 왓슨이 달걀용 스푼을 사용했으니 이것을 '삶은 달걀'에 포함시키면 달걀 요리가 모두 7작품에서 등장했으며, 그 밖의 아침 식사 메뉴는 「해군 조약문」에 나오는 커리맛 닭요리뿐이다. 왓슨이 허드슨 부인의 요리만이라도 조금 더 상세히 기록해 줬으면 어땠을까 싶어 아쉬울 따름이다.

「기술자의 엄지손가락」 사건의 흐름

의뢰일 전날	저녁	**빅터 해설리:** 런던의 사무실에 라이샌더 스타크 대령이라는 인물이 나타나 고액의 보수를 제시하며 일을 의뢰하다.
	23시 이후	**해설리:** 대령이 지정한 버크셔 주 아이퍼드 역에 도착하다.
	0시가 지났을 무렵	**해설리:** 맞이하러 온 대령과 마차를 타고 대령의 저택에 도착하다.
의뢰일 1889년 여름	새벽	**해설리:** 방에서 대기하던 중 갑자기 나타난 수수께끼의 여성에게 저택을 떠나라는 경고를 받지만 거부하다.
		해설리: 저택 내부에 있는 수압 프레스기를 점검하고 대령에게 수리할 부분을 설명하다.
		해설리: 대령의 습격을 받아 3층 창문으로 도주를 시도하지만, 엄지손가락을 하나 절단당하고 창문에서 떨어지다. 그 후 도주하다 정신을 잃다.
	동이 틀 무렵	**해설리:** 아이퍼드 역 근처에서 깨어나다.
	6시 이후	**해설리:** 패딩턴 역에 도착하다.
	7시 조금 전	**해설리:** 패딩턴 역의 차장이 왓슨의 진료소로 데려가다. **왓슨:** 하녀가 깨워서 일어나다.
		왓슨: 해설리를 치료한 뒤, 홈즈와 상담해 볼 것을 권하다.
		왓슨, 해설리: 221B번지에 도착하다. 홈즈와 아침 식사를 하다.
	아침 식사 후	**해설리:** 홈즈에게 사건의 자초지종을 이야기하다.
		홈즈와 왓슨, 해설리: 스코틀랜드 야드의 브래드스트리트 경위, 사복형사와 함께 기차를 타고 아이퍼드로 향하다.

* 만화 페이지는 177→176쪽 순서로 오른쪽에서 왼쪽으로 읽어 주세요.

명장면

열차 안에서 사건 현장의 위치를
추리하는 일행

남쪽일 겁니다

이쪽이 좀 더 쇠락해서 사람이 없거든요

저는 서쪽이라고 봅니다. 집이 몇 군데 있거든요

저는 북쪽 같습니다

마차는 언덕을 오르지 못할 테니까요

동쪽이 아닐까…

놀랍게도 전부 다른 의견을 내놓았다! 그렇다면 홈즈는 어디를 지목했을까?

답은 소설을 읽고 확인하자!

홈즈는 신문 기사들을 오려 붙인 두꺼운 비망록을 책장에서 꺼냈다

약 1년 전쯤 온갖 신문에 실렸었습니다

당신이 흥미를 보일만한 광고가

놀라운 기억력!

그리고 이 기록력!

명대사

"Experience, indirectly it may be of value."

"경험이지요! 이 일은 간접적이기는 하지만 큰 가치를 가져다줄 겁니다."

라는 평판을 얻을 수 있을 겁니다

멋진 이야기 상대다!

이 경험을 이야기하기만 해도 당신은 앞으로 죽을 때까지

덜컹 덜컹

저는 뭘 얻은 걸까요?

엄지손가락을 잃었을 뿐만 아니라 50기니도 못 받았습니다

격려로도 위로로도 매몰찬 대답으로도 해석할 수 있는 오묘한 말이다.

176

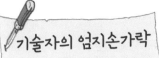

관전 포인트! 기술자의 엄지손가락 을 조금 더 깊게 즐겨 보자!

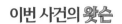

이번 사건의 **왓슨**

병원 정보

- 개업한 장소는 패딩턴 역에서 그리 멀리 떨어져 있지 않은 곳
- 병원은 자택도 겸하고 있다
- 환자는 착실히 늘고 있다
- 단골이 된 차장이 열심히 환자를 소개해 주고 있다

새 환자 예요!

진료실에 데려다 놓았습니다

DATA

왓슨이 홈즈에게 소개한 사건 **2**건.

이야기가 되지 않은 사건

'워버턴 대령의 광기 사건'

'해설리 씨의 엄지손가락'과

이번 작품

이다

쓱쓱

221B의 아침 메뉴

1889년 어느 여름날

RASHERS AND EGGS!!

홈즈는 친절하게 우리를 맞이하고는 베이컨 앤 에그를 추가로 주문해 줬다

홈즈 의 습관

아침 식사 전에 파이프 담배를 피우면서 〈타임스〉지의 개인 광고란을 살펴본다

이때 피우고 있었던 것은 전날 피우고 남은 찌꺼기를 모아 벽난로 선반의 한구석에서 정성껏 건조시킨 재활용 담배!

어슬렁 어슬렁

상당한 수준의 **절약가!**

모험 **10**

독신 귀족

The Adventure of the Noble Bachelor

[의뢰일]
1887년 10월 ?일(금)
(⇒ 185쪽 참조)

[의뢰인]
로버트
세인트사이먼 경
(귀족)

[의뢰 내용]
결혼식 직후에
실종된 신부
해티 도런을
찾아 줬으면 한다

[주요 지역]
런던/
랭커스터 게이트 외

Story
모습을 감춘 신대륙의 신부

영 국의 귀족 로버트 세인트사이먼 경이 221B번지를 찾아왔다. 경은 사흘 전 아침에 결혼식을 거행했는데, 그 직후에 신부가 사라져 버렸다고 했다.

신부는 미국 대부호의 외동딸 해티 도런이다. 1년 전 샌프란시스코에서 만난 두 사람은 이후 런던에서 재회한 뒤 결혼에 이르렀다. 결혼식은 런던의 한 교회에서 작은 규모로 거행되었고 이후 다른 장소에서 피로연이 열렸는데, 도중에 신부가 몸이 좋지 않다며 자리를 벗어난 뒤 그대로 행방불명이 되었다고 한다. 세인트사이먼 경의 설명이 끝났을 때, 홈즈는 "사건은 해결되었습니다."라고 선언했다.

레스트레이드
스코틀랜드 야드의 형사
해티 도런의 실종 사건을
수사하고 있다

방문 →

셜록 홈즈

존 H. 왓슨
신문의 가십 란을 읽고
홈즈에게 설명했다

221B번지

급사 소년 세인트사이먼 경을
거실로 안내했다

의뢰

백워터 경
홈즈의 판단을 절대적으로
신뢰한다

홈즈를 소개 →

로버트 세인트사이먼 경

협박 옛 애인

결혼 →

앨로이시어스 도런
캘리포니아의 대부호

아버지

해티 도런

딸

플로라 밀러
전직 무용수

앨리스
하녀

신뢰

로버트 월싱엄 드 비어 세인트사이먼 경

Lord Robert Walsingham de Vere St. Simon

귀족: 1년 전 샌프란시스코에서 해티 도런을 만나 런던에서 결혼했다. 신부가 결혼 피로연 도중에 사라져 홈즈에게 조사를 의뢰했다.

상당히 숱이 적어진 정수리

백발이 섞인 머리카락

좋은 인상을 주는 지적인 얼굴

전체적으로는 나이 든 인상을 주는 모습이었다. 입가도 왠지 언짢아 보였다.

창백한 얼굴

높은 코

금테 코안경을 흔드는 버릇 ⇒ 124쪽 참조

노란색 장갑

높게 올린 옷깃

시원시원한 태도

최대한 멋에 신경 쓴 복장 이군

검은색 프록코트 ⇒ 92쪽 참조

흰색 조끼

테두리가 크게 말려 올라간 모자

무릎을 약간 굽힌 채로 걷는다

옅은 색 각반 ⇒ 190쪽 참조

검은색 에나멜 구두

Profile

- 1846년생(41세)
- 밸모럴 공작의 둘째아들
- 문장은 하늘색 바탕 가운데에 검은색 띠가 있으며 그 위에 마름쇠 문양 3개가 장식되어 있다
- 플랜태저넷 왕가의 직계로, 어머니는 튜더 왕가의 피를 이어받았다
- 아버지 밸모럴 공작은 외무 장관을 역임했으며, 자신도 전 내각에서 식민 차관을 역임했다
- 현재 공작 가문의 재산은 버치무어의 얼마 안 되는 사유지뿐이다

앨로이시어스 도런
Aloysius Doran

해티 도런의 아버지: 미합중국 태평양 연안 지역 최대의 부호. 샌프란시스코에 거주하고 있다. 수년 전까지만 해도 무일푼이었지만 금광을 발견해 재산을 모았다. 런던의 랭커스터 게이트에 가구가 딸린 저택을 구입했으며, 결혼 피로연은 이 저택에서 열렸다.

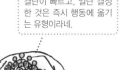

해티 도런
Hatty Doran

세인트사이먼 경의 결혼 상대: 미합중국 캘리포니아 주 샌프란시스코 시의 대부호 앨로이시어스 도런의 외동딸. 결혼식 직후 열린 피로연 도중 갑자기 모습을 감춘 뒤 행방불명되었다.

결단이 빠르고, 일단 결정한 것은 즉시 행동에 옮기는 유형이라네.

신부 화관

윤기가 흐르는 검은 머리

크고 검은 눈동자

매력적인 입매

여섯 자릿수가 넘는 지참금

비단 웨딩드레스

자유분방하고 어떤 관습에도 얽매이지 않는 강한 성격의 화산처럼 격렬한 여성이지.

결정적인 → 결혼 사유

한편으로는 자기희생도 마다하지 않으며 불명예스러운 행동을 누구보다 싫어하는, 품격 높은 여성이기도 하다네

발그레

세인트조지 교회에서 거행된 결혼식 참석자 명단

- 앨로이시어스 도런(신부의 아버지)
- 밸모럴 공작부인(신랑의 어머니)
- 백워터 경
- 유스터스 경(신랑의 남동생)
- 레이디 클라라 세인트사이먼(신랑의 여동생)
- 레이디 앨리샤 휘팅턴

계 6명

※ 단, 교회는 열려 있어서 일반인도 참석 가능

 세인트사이먼 경 = 180쪽

흰색 새틴 구두

앨리스
Alice

해티 도런의 하녀: 해티와 함께 캘리포니아에서 왔다. 해티가 속마음을 털어놓을 수 있는 하녀.

미국과 이곳은 사고방식도 다르겠지…

해티가 조금 지나치다 싶을 만큼 마음을 터 놓고 있습니다.

플로라 밀러
Flora Millar

알레그로의 전직 무용수: 세인트사이먼 경과는 수년 동안 매우 친밀한 사이였다. 세인트사이먼 경이 결혼한다는 사실을 알고 협박에 가까운 편지를 여러 통 보냈으며, 피로연 당일에도 도런의 저택 현관 앞에서 모욕적인 비난을 하며 집 안으로 들어가려 했다.

사랑스러운 측면도 있지만, 감정 기복이 심한 데다가 저에게 너무 집착을 해서….

프랜시스 헤이 몰턴
Francis Hay Moulton

미국인: 광산으로 한밑천 잡기 위해 몬태나, 애리조나, 뉴멕시코를 돌아다녔는데, 어느 광산 캠프에서 아파치족에게 습격을 당해 사망했다는 기사가 신문에 실렸다.

날카로운 인상

햇볕에 그을린 피부

작지만 탄탄한 체구

시원시원한 움직임

놀랍게도 두 사람은 식탁에 진수성찬을 차려놓은 뒤 천일야화에 나오는 램프의 지니처럼 모습을 감췄다. 홈즈가 밖으로 나갔지만 고독을 느낄 틈은 전혀 없었다.

요리점 직원과 소년
A confectioner's man and a youth

221B번지에 호화로운 만찬(멧도요 한 쌍, 꿩 한 마리, 푸아그라 파이 한 접시, 거미줄이 잔뜩 둘러쳐진 오래된 포도주 몇 병)을 배달하러 왔다.

급사 소년
page-boy

221B번지의 급사: 221B번지를 찾아온 세인트사이먼 경을 거실까지 안내했다.

레스트레이드
Lestrade

스코틀랜드 야드의 경찰관: 해티 도런 실종 사건의 수사를 맡았다. 플로라 밀러가 해티 도런을 꾀어 함정에 빠트린 것은 아닌지 의심했으며, 하이드 파크에 있는 서펜타인 연못 기슭 근처에서 해티와 관련된 물건들이 발견되자 시체를 찾기 위해 연못을 수색했다.
⇒ 13쪽 [주요 등장인물] 참조
⇒ 140쪽 [COLUMN: 경찰관 등장 횟수 순위] 참조

목도리

피코트

검은색 캔버스 가방

가방의 내용물
- 비단 웨딩드레스
- 흰색 새틴 구두
- 신부의 화관
- 신부의 베일
- 반지

실존 인물

헨리 데이비드 소로
Henry David Thoreau(1817~1862)

미합중국 매사추세츠 주 출생/ 사상가, 수필가
자연주의자. 월든 호숫가에서의 자급자족 생활을 기록한 《월든》(1854)은 에콜로지 사상의 선구적 존재로서 후세에 지대한 영향을 끼쳤다.

경우에 따라서는 정황 증거도 매우 설득력을 지닌다네. 소로의 말을 빌리자면 자네가 우유 속에서 송어를 발견했을 경우처럼 말일세.

홈즈는 정황 증거가 자신의 추리를 뒷받침한 현재 상황을 표현하면서 소로의 말을 인용했다.

「독신 귀족」의 로버트 세인트사이먼 경은 귀족이기는 하지만 재산 대부분을 잃고 가난하게 생활하는 이른바 '몰락 귀족'이다. 그런 상황 속에서도 귀족을 특별하다고 생각하고 도도하게 행동하지만, 애당초 신분 따위는 신경 쓰지 않는 홈즈에게 그 태도는 오히려 불쌍해 보일 만큼 우스꽝스럽게 느껴질 뿐이다. 세련된 옷으로 몸을 감쌌으면서도 걷는 자세 등에서 늙은 인상을 주는 이 캐릭터는 '영국 귀족의 쇠퇴'를 상징하는 듯하다.

한편 세인트사이먼 경의 결혼 상대인 금광왕의 외동딸 해티 도런은 미국이라는 산과 들을 벗 삼아 자란 말괄량이 아가씨로, 젊은 나라의 기세를 상징하는 듯 보인다. 두 사람은 완전히 대조적인 캐릭터다. 이야기의 조연으로는 스코틀랜드 야드의 레스트레이드가 등장한다. 이번이 세 번째 등장인데, 잘못된 방향으로 수사를 하는 레스트레이드와 그런 레스트레이드를 놀리는 홈즈라는 패턴도 완전히 정착된 느낌이다.

레스트레이드는
이마를 가볍게 세 번 두드리고
머리를 흔들더니 급히 자리를 떴다

COLUMN

서펜타인 연못

Serpentine

서펜타인 연못은 런던 중심부인 웨스트민스터 지구의 광대한 공원 '하이드 파크(Hyde park)'에 있는 인공 호수다. 1730년 조지 2세의 왕비 안스바흐의 캐롤라인(Caroline of Ansbach, 1683~1737)을 위해 웨스트본 강을 막아서 만들었으며, 연못 형상이 '뱀(serpent)'을 닮은 것이 이름의 유래가 되었다.

서펜타인 연못은 현재도 인기가 많은 관광지이지만, '셜록 홈즈' 시리즈에는 이 「독신 귀족」에 딱 한 번 등장했을 뿐이다. 해티 도런의 신부 의상과 액세서리를 공원 관리인이 연못가에서 발견하자 사건과 관계가 있다고 생각한 레스트레이드가 연못 속을 수색했다가 홈즈에게 놀림을 당했다.

「독신 귀족」 사건의 흐름

1886년		**세인트사이먼 경:** 샌프란시스코에서 해티 도런을 알게 되다.
1887년* **봄~여름경**		**세인트사이먼 경:** 런던의 사교 시즌에 해티와 다시 만나 결혼을 약속하다.
10월※ **?일(화)**	**아침**	**세인트사이먼 경:** 세인트조지 교회에서 해티와 결혼식을 올리다. 그 후 도런 저택으로 이동해 피로연을 열었는데, 10분 정도 지났을 때 신부가 퇴장한 뒤 그대로 행방불명되다.
의뢰일 10월 ?일(금)	**오후**	**왓슨:** 오래된 상처가 욱신거려 221B번지에서 휴식. 신문을 모조리 읽다. **홈즈:** 산책을 마치고 귀가하다. 테이블 위에 놓여 있는 세인트사이먼 경의 편지를 발견하다.
	15시	**홈즈:** 왓슨과 함께 신문에 실린 세인트사이먼 경 신부 실종 사건의 기사를 살펴보다.
	16시	**세인트사이먼 경:** 221B번지를 찾아와 조사를 의뢰하다.
		레스트레이드: 세인트사이먼 경이 돌아간 직후 221B번지에 오다. 서펜타인 연못에서 발견된 해티의 신부 의상, 10월 4일자 호텔 영수증 뒷면에 쓴 편지 등을 홈즈에게 보여주다.
	17시 이후	**홈즈:** 조사를 위해 외출하다. **왓슨:** 221B번지에 남다.
	18시 전	**왓슨:** 갑자기 221B번지에 나타난 요리점 직원이 만찬 준비를 한 뒤 돌아가는 것을 보고 놀라다.
	21시 조금 전	**홈즈:** 221B번지로 돌아오다. **세인트사이먼 경:** 홈즈의 연락을 받고 221B번지를 다시 방문하다.

* 정전(원작)에는 구체적인 연월이 기재되어 있지 않지만, 홈즈가 1846년에 태어난 세인트사이먼 경을 "현재 41세"라고 언급했으며 발견된 호텔 영수증 날짜가 '10월 4일'이라는 점에서 이 작품이 1887년 10월에 일어난 사건으로 추측했다.

레스트레이드 세 번째 등장!

이번에는 특히 레스트레이드 놀리기에 신이 난 홈즈!

이건 중요한 단서군. 아주 훌륭해!

게다가 다음에는

아니, 확률적으로는 비슷할 거라서 말이지

하하

그렇다면 트라팔가 광장의 분수도 수색해 봤나?

신부의 시신을 찾으려고 서펜타인 연못을 수색 했거든요

그렇죠? 그렇죠?

아니 거긴 뒷면이잖수!

아아, 그러시겠죠. 뭐든 다 꿰뚫어보는 분인데 어련 하시겠습니까

네?

홈즈 **미국**에 대한 생각을 이야기하다

언젠가 우리의 자손들이

지나간 시대의 군주가 저지른 어리석은 일이나 대신의 큰 실책 같은 것을 털어내고

유니언잭과 성조기로 사분할된 깃발 아래에서

미국인과 만나는 것은 언제나 즐거운 일이지요!

하나의 세계적인 대국의 시민이 되는 날이 찾아올 것입니다

저는 그렇게 믿는 사람 중 한 명입니다

221B번지의 호화 만찬회!

한 쌍의 차가운 멧도요 요리

꿩

푸아그라 파이

오래된 포도주

사건 관계자들을 대접하기 위해 만찬회를 세팅!

홈즈는 배려할 줄 아는 사람!

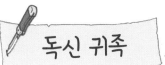

독신 귀족 을 조금더 깊게 즐겨 보자!

홈즈의 업무 철학?

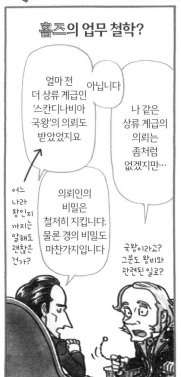

얼마 전 더 상류 계급인 '스칸디나비아 국왕'의 의뢰도 받았었지요

아닙니다

나 같은 상류 계급의 의뢰는 좀처럼 없겠지만…

어느 나라 왕인지 까지는 말해도 괜찮은 건가?

의뢰인의 비밀은 철저히 지킵니다. 물론 경의 비밀도 마찬가지입니다.

국왕이라고? 그분도 왕비와 관련된 일로?

이번 사건의 왓슨

옛 상처의 수수께끼

아프가니스탄 종군 기념으로 제자일 탄환을 집어넣고 돌아온 '팔다리 중 하나(one of my limbs)'가 욱신거려 하루 종일 집에 있었다

『주홍색 연구』에서는 '어깨' 『네 사람의 서명』에서는 '다리' 라고 이야기된 왓슨의 부상 부위는 시리즈 최대의 미스터리?

지금 내 몸의 어디가 욱신거리는 걸까?

욱신 욱신?

욱신 욱신?

욱신 욱신?

욱신 욱신?

마분함을 달래고자 닥치는 대로 읽은 신문들

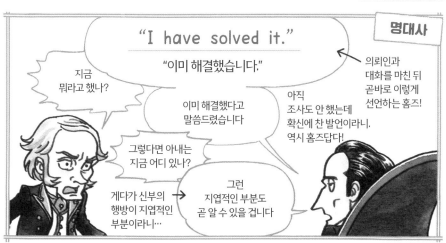

명대사

"I have solved it."

"이미 해결했습니다."

지금 뭐라고 했나?

이미 해결했다고 말씀드렸습니다

아직 조사도 안 했는데 확신에 찬 발언이라니. 역시 홈즈답다!

의뢰인과 대화를 마친 뒤 곧바로 이렇게 선언하는 홈즈!

그렇다면 아내는 지금 어디 있나?

그런 지엽적인 부분도 곧 알 수 있을 겁니다

게다가 신부의 행방이 지엽적인 부분이라니…

* 만화 페이지는 오른쪽에서 왼쪽으로 읽어 주세요.

모험 11

녹주석 보관 (寶冠)

The Adventure of the Beryl Coronet

[의뢰일]
????년 2월 ?일(금)

[의뢰인]
알렉산더 홀더
(은행가)

[의뢰 내용]
'녹주석 보관'의
보석 중 일부가
분실된 사건을
해결해 줬으면 한다

[주요 지역]
런던 교외 남서부/
스트레덤 외

Story
어느 고명한 인물이 맡긴 물건

런 던의 시티 지구에서 두 번째로 큰 민간 은행 대표인 알렉산더 홀더가 심한 정신적 혼란 상태로 221B번지를 찾아왔다.

의뢰 전날 이름을 밝힐 수 없을 만큼 고귀한 인물에게 5만 파운드(약 108억 원)를 빌려주는 대신 담보로 국보 '녹주석 보관'을 맡게 된 그는 자택의 자물쇠가 달린 서랍장에 그것을 보관했다. 그런데 한밤중에 소리가 들려 잠에서 깨었다가 아들인 아서가 보관을 비틀고 있는 충격적인 장면을 목격했고, 황급히 보관을 살펴보니 녹주석 3개가 사라진 상태였다고 한다. 아들은 즉시 경찰에 체포되었지만 범행을 부인했으며 이후 입을 굳게 다물어 버렸다. 이런 절망적인 상황에 어찌할 바를 모르다 홈즈에게 조사를 의뢰하기로 한 것이었다.

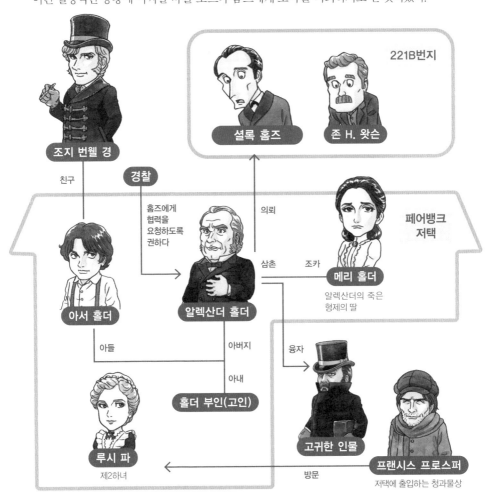

189

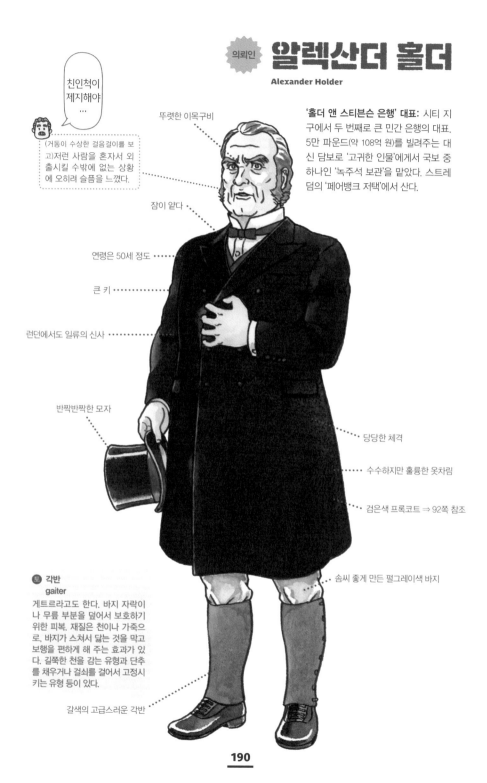

의뢰인 **알렉산더 홀더**
Alexander Holder

친인척이 제지해야…

(거동이 수상한 걸음걸이를 보고)저런 사람을 혼자서 외출시킬 수밖에 없는 상황에 오히려 슬픔을 느꼈다.

뚜렷한 이목구비

'홀더 앤 스티븐슨 은행' 대표: 시티 지구에서 두 번째로 큰 민간 은행의 대표. 5만 파운드(약 108억 원)를 빌려주는 대신 담보로 '고귀한 인물'에게서 국보 중 하나인 '녹주석 보관'을 맡았다. 스트레덤의 '페어뱅크 저택'에서 산다.

잠이 얕다

연령은 50세 정도

큰 키

런던에서도 일류의 신사

반짝반짝한 모자

당당한 체격

수수하지만 훌륭한 옷차림

검은색 프록코트 ⇒ 92쪽 참조

🔴 각반
gaiter
게트르라고도 한다. 바지 자락이나 무릎 부분을 덮어서 보호하기 위한 피복. 재질은 천이나 가죽으로, 바지가 스쳐서 닳는 것을 막고 보행을 편하게 해 주는 효과가 있다. 길쭉한 천을 감는 유형과 단추를 채우거나 걸쇠를 걸어서 고정시키는 유형 등이 있다.

솜씨 좋게 만든 펄그레이색 바지

갈색의 고급스러운 각반

190

아서 홀더 용의자
Arthur Holder

알렉산더 홀더의 외동아들: 어떤 귀족 클럽의 회원이 되어 카드놀이와 경마에 큰돈을 걸었다가 잃고 빚을 지기를 반복하고 있다. 아버지 알렉산더가 보관을 담보로 받은 다음 날 오전 2시경, 보관을 손에 들고 있는 모습이 목격되어 경찰에 체포되었다.

 아내가 죽은 뒤로 모든 애정을 아들놈에게 쏟아 부었습니다. 원하는 것은 무엇이든 들어 줬지요. 다들 제가 응석을 너무 받아주는 바람에 아들이 방탕해졌다고 말하더군요.

제 사업을 잇게 할 생각이었지만, 제멋대로여서 큰돈을 다루는 일을 맡길 수가 없습니다.

메리 홀더
Mary Holder

알렉산더 홀더의 조카: 24세. 5년 전 유일한 혈육이었던 부친을 잃은 뒤 아버지의 형제인 알렉산더의 양녀가 되었다.

검은 눈썹

검은 눈

검은 머리카락

표준보다 조금 큰 키

홀쭉한 몸

그 아이는 우리 집안의 햇살입니다

사교 모임에도 그다지 참석하지 않는 조용하고 정숙한 성격

 아서와 결혼해 줬으면 했지만, 두 번이나 아들의 청혼을 거절했습니다.

마음씨가 곱고 애정이 넘치는 데다 집안일도 잘합니다. 이보다 더할 수 없을 만큼 다정하고 얌전하며 품위가 있지요. 그 아이는 제 오른팔이나 다름이 없습니다!

 알렉산더 홀더 = 190쪽

루시 파
Lucy Parr

홀더의 집 제2하녀: 수개월 전에 고용되었다. 훌륭한 추천장을 갖고 있었으며, 일솜씨가 뛰어나다.

매우 예쁘다

흠잡을 것 없는 아이인데, 워낙 예쁘다 보니 때때로 집 주변에 숭배자들이 모여드는 것이 유일한 단점입니다.

조지
번웰 경
Sir George Burnwell

아서의 친구: 아서보다 연상으로, 아서에게 나쁜 영향을 끼치고 있다.

때때로 보여주는 방심할 수 없는 눈빛

굉장한 미남

화술이 뛰어나다

세상물정에 밝다

저조차 매료되어 버릴 정도이지만, 신용해서는 안 될 유형의 인간입니다. 제 귀여운 조카딸 메리도 저와 같은 의견일 겁니다.

세 하녀
Three maid-servants

오랫동안 홀더의 집에서 일하고 있는, 절대적으로 신뢰할 수 있는 상주 하녀들.

프랜시스 프로스퍼
Francis Prosper

홀더의 집에 출입하는 청과물상: 사건 당일 밤, 부엌문이 잘 잠겼는지 확인하던 메리가 루시와 그가 함께 있는 모습을 목격했다.

급사
Page

홀더의 집에서 일하는 사람. 출퇴근.

마부
Groom

홀더의 집에서 일하는 사람. 출퇴근.

한쪽 다리가 의족

영국에서 가장 신분이 높고, 가장 고결하며, 가장 고귀한 이름 중 하나를 가진 인물

The person the have one of the highest, noblest, most exalted names in England

5만 파운드(약 108억 원)가 필요해져 '홀더 앤 스티븐슨 은행'에 국보인 '녹주석 보관'을 담보로 가져왔다. 나흘 후인 월요일에 다시 은행을 찾아와 돈을 갚겠다고 약속했다.

Check Point
고명한 인물
Illustrious client

'영국에서 가장 귀중한 물건 중 하나'로 불리는 국보급 보관을 반출할 수 있는 '영국에서 가장 신분이 높고, 가장 고결하며, 가장 고귀한' 인물은 대체 누구일까?

팬들은 프린스 오브 웨일스로 불린 영국 황태자 앨버트 에드워드(Albert Edward, 1841~1910. 훗날의 에드워드 7세)나 그의 장남인 앨버트 빅터 왕자(Albert Victor, 1864~1892)가 당시 이 표현에 부합하는 인물이 아니었을까 생각하고 있다.

검은색 모로코가죽으로 만든 사각 케이스

건네받은 명함을 보고 뛸 듯이 놀랐습니다. 그리고 너무나도 큰 영광에 몸 둘 바를 몰랐지요.

경위와 순경
The Inspector and a constable

알렉산더의 신고를 받고 '페어뱅크 저택'으로 달려와 아서를 체포했다.

평범한 부랑자
홈즈

Common loafer

'페어뱅크 저택'에서 조사를 마친 홈즈가 추가 수사를 위해 변장한 모습.

빨간색 스카프

번들번들 빛이 나는 허름한 웃옷

닳아빠진 낡은 신발

그야 말로 완벽!

고작 몇 분 만에 변장!

이 작품의 제목이기도 한 '녹주석 보관(Beryl Coronet)'은 작중에 등장하는 '국보 중의 국보'다. 어떤 '고명한 인물'에게서 이 보관을 맡게 된 대형 은행 대표 알렉산더 홀더는 은행의 금고보다 안전한 장소로 자택에 있던 자물쇠 달린 서랍장을 선택한다. 은행의 경비 체제를 도저히 신뢰할 수 없었던 것인지, 아니면 어지간히 동요했던 것인지… 실제로 보관에 박힌 보석 중 일부가 사라지는 사건이 일어났을 때 그가 허둥대는 모습은 정상적이지 않은 수준을 아득하게 뛰어넘는 것이었다. 본래부터 예상 밖의 사건에 약한 유형이었는지도 모른다.

어쨌든, 보석과 함께 뜯어져 사라졌던 보관의 일부는 결국 홈즈의 활약 덕분에 되찾을 수 있었다. 하지만 "보석에 조금만 흠집이 나더라도 중대한 문제가 된다."라는 경고와 함께 맡겼던 '고명한 인물'이 보관의 일부가 뜯겨 나가기는 했으나 보석에 흠집은 나지 않았으니 이해해 줬을지, 보관을 전달하는 과정에서 아무런 문제도 일어나지 않았을지 참으로 궁금할 따름이다.

녹주석 BERYL
베릴륨이 함유된 육각
기둥 형태의 광물

COLUMN

경제의 중심지 시티

City of London

정식 명칭은 런던 시(City of London). 런던의 행정구와는 다르게 독립된 자치 도시로, 경찰 조직도 스코틀랜드 야드가 아니라 시티 경찰이 관할한다.

런던 중심지에 위치한 시티 지구에는 은행과 보험사, 상사의 사무실 등이 있으며, 오래전부터 경제의 중심지로 발전해 왔다. 잉글랜드은행, 이너 템플 법학원(「보헤미아 왕국의 스캔들」의 갓프리 노턴이 이곳 소속이다) 등도 이 구역에 있다.

또한 『모험』에 등장하는 윌슨의 전당포(「빨간 머리 연맹」)라든가 메리의 의붓아버지 윈디뱅크가 일하는 회사(「신랑의 정체」), 홀더의 은행(「녹주석 보관」) 등도 시티 지구 내에 있었다.

의뢰일 전날 ?월 ?일(목)	아침	**알렉산더 홀더:** 은행을 찾아온 '고명한 인물'에게 국보 '녹주석 보관'을 담보로 5만 파운드를 빌려주다.
	저녁	**알렉산더:** 담보로 맡은 보관을 자택으로 가져가 옷방에 있는 자신의 서랍장에 넣고 자물쇠를 채우다.
	저녁 식사 후	**알렉산더:** 귀중한 보관을 맡고 있음을 아들 아서와 조카 메리에게 이야기하다.
	취침 전	**알렉산더:** 서랍장 속에 보관이 있는 것을 확인하고 다시 한번 자물쇠를 채우다.
의뢰일 2월 ?일(금)	2시경	**알렉산더:** 어떤 소리에 잠에서 깨어 옷방에 갔다가 보관을 손에 들고 서 있는 아서를 발견하고 놀라다. 보관을 살펴보니 녹주석 3개가 사라진 상태. **아서:** 보관의 절도 혐의를 부인했으며, 그 밖의 일에 관해서도 입을 닫다.
		알렉산더: 경찰에 신고. 아서가 체포되다.
	아침	**알렉산더:** 221B번지를 찾아와 조사를 의뢰하다.
		홈즈와 왓슨: 알렉산더와 함께 저택을 수사하러 가다.
		홈즈: 저택 안팎을 면밀히 조사하다.
	15시경	**홈즈와 왓슨:** 221B번지로 돌아오다. **홈즈:** 부랑자로 변장하고 외출하다.
	오후	**홈즈:** 왓슨이 티타임을 마쳤을 무렵, 일단 귀가하다. 또다시 평상복으로 갈아입은 뒤 외출하다.
	심야	**왓슨:** 홈즈가 좀처럼 돌아오지 않아 먼저 취침하다.
의뢰일 다음 날 2월 ?일(토)	9시 이후	**왓슨:** 아침 식사를 하러 내려오니 홈즈는 이미 귀가해 아침 식사를 마친 뒤였다. **알렉산더:** 221B번지를 또다시 찾아오다.
의뢰일 사흘 후 2월 ?일(월)	아침	'고명한 인물'이 보관을 돌려받기 위해 은행에 오기로 한 날.

이번 사건의 왓슨

221B번지에서 대기

홈즈가 수사에 열중하고 있는 동안 왓슨은 혼자서 집을 지켰다

지나가던 길에 잠깐 들렀을 뿐이라네

이런, 빨리 가 봐야겠군!

수사는 잘 되고 있

나?

조금은 쓸쓸하다

총총

휙

홈즈의 도시락

얇게 저민 쇠고기

얇게 썬 빵

직접 만든 샌드위치를 주머니에 쏙!

변장 중

포장도 안 하고 그대로?

이번 사건의 지출과 수입

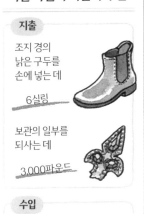

지출

조지 경의 낡은 구두를 손에 넣는 데

6실링

보관의 일부를 되사는 데

3,000파운드

수입

알렉산더에게 받은 수표

4,000파운드

H&S BANK £4,000

결과적으로 홈즈의 순수입(보수)은

999파운드 14실링 외

※1파운드=20실링(약 21만 6,000원)

명대사

"That when you have excluded the impossible, whatever remains, however improbable, must be the truth."

"불가능을 모조리 제외했을 때 마지막까지 남은 것은 설령 그것이 아무리 믿기지 않는다 해도 틀림없는 진실이다."

제 오랜 신조이지요

『네 사람의 서명』에서도 같은 신조를 왓슨에게 "수없이 이야기했다."고 말하는 홈즈!

여기에서 '오랜'은 얼마나 오래전일까? 홈즈라면 초등학생일 때부터 일 것 같다

관전 포인트!

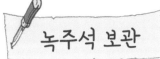 녹주석 보관 을 조금더 **깊게** 즐겨 보자!

알렉산더는 담보로 맡은
국보를 가지고 귀가해
자택의 서랍장에 보관하는데…

그 서랍장 말인데요,
오래된 열쇠라면
어떤 걸 넣고 돌리든
다 열리는 거 아세요?

아들
아서가
충고한다.

근거 없는 소리를
종종 하는 아이라
전혀 귀담아 듣지 않았습니다

나중에 이렇게 이야기한
아버지 알렉산더…

"당신의 아들을 믿어 주세요♪"
라는 말을 이 아버지에게 전하고 싶다!

 상상도!

녹주석 보관!

영국의 귀중한 국보 중 하나!

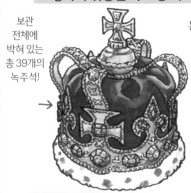

보관
전체에
박혀 있는
총 39개의
녹주석!

본체 부분인
세공된
금관만
해도
가치를
매기기
어려울
정도!

이 녹주석에
작은 흠집만 나더라도
보관 자체를 잃어버린 것과
다르지 않다네!

이 녹주석에 필적하는 것은
세계 어디에도 없으니까!

홈즈의 완력은 「얼룩 끈」에서 이미 증명되었지만…
그렇다 해도 행동이 너무나

대담!

이미 파손되었다고는 하지만 여전히 국보다!

홈즈 vs. 보관?

좋아
좋아

이걸 평범한
사람이
뜯어내는 건
불가능에
가깝겠네요…

끄응

저도
손가락 힘은
꽤 센
편입니다만…

너도밤나무 집

The Adventure of the Copper Beeches

[의뢰일]
????년 ?월 ?일/
쌀쌀한 이른 봄

[의뢰인]
바이올렛 헌터
(가정교사)

[의뢰 내용]
고용주인
루캐슬에게
이해할 수 없는
지시를 받아서
마음이 불안하니
이야기를 들어
줬으면 한다

[주요 지역]
햄프셔 주
윈체스터 외

Story
밤색 머리카락의 가정교사를 고민에 빠트린 수수께끼의 고용 조건

어느 이른 봄날 아침, 가정교사인 바이올렛 헌터라는 여성이 221B번지를 찾아왔다. '너도밤나무 집'에 가정교사로 오라는 제안을 받았는데 이 제안을 받아들어야 할지 의논하고 싶다는 것이었다.

저택의 주인인 루캐슬은 파격적인 급여를 주는 대신 이런저런 이해하기 어려운 조건을 지키도록 요구했다. 그중에서 "긴 머리를 짧게 잘라 주시오."라는 조건에는 그녀도 놀라 일단 제안을 거절했다. 그런데 상대는 더 많은 급여를 제시하며 또다시 가정교사로 올 것을 제안했다.

경제적으로 어려운 상태였던 그녀는 이 제안에 당혹감을 느끼면서도 "위험이 닥치면 즉시 달려가겠소."라는 홈즈의 말에 힘을 얻어 홀로 '너도밤나무 집'으로 향했다.

바이올렛 헌터

Violet Hunter

가정교사: 5년 동안 스펜스 먼로 대령의 집에서 가정교사로 일했는데, 2개월 전 대령이 자녀를 데리고 캐나다 노바스코샤 주의 핼리팩스로 전근을 가는 바람에 일자리를 잃었다. 부모와 친척은 없다.

물떼새 알을 연상시키는 주근깨

예술적이라는 찬사를 받을 만큼 독특한 밤색의 풍성한 머리카락

시원시원한 태도

검소하지만 단정한 복장

바이올렛 헌터의 가정교사 사정
전에 일했던 스펜스 먼로 대령의 집에서는 월 4파운드(약 86만 4,000원)를 받았다.
↓
제프로 루캐슬은 최종적으로 **연 120파운드(약 2,592만 원)를 제시!**
월 10파운드(약 216만 원)! 이전 보수의 무려 2.5배!
↓
다만 그 조건이…
• 머리카락을 짧게 자를 것
• 제프로가 준비한 강청색(electric blue) 옷을 입을 것
• 제프로가 지정하는 장소에 앉아 있을 것

똑똑해 보이며 밝은 표정과 시원시원한 태도는 자신의 힘으로 세상을 헤쳐 온 여성임을 느끼게 해 줬다. 홈즈도 이 의뢰인의 태도나 화법에 호감을 느끼는 듯했다.

솔직히 말해서 제 친남매가 맡는다고 하면 보고 싶은 상황은 아니군요

제프로 루캐슬
Jephro Rucastle

가정교사를 찾고 있는 신사: 햄프셔 주에 있는 '너도밤나무 집'에서 살고 있다. 헌터를 보자마자 마음에 들어 하며 '머리카락을 짧게 자른다.', '준비해 놓은 옷을 입는다.' 등 특이한 조건을 지키는 대신 연 120파운드(약 2,592만 원)라는 거액의 보수를 제시했다.

싱글싱글 웃는 인상 좋은 얼굴 ·······

코안경을 끼고 있다 ⇒ 124쪽 참조

목까지 늘어진 이중턱

반짝반짝 빛나는 가느다란 눈

흰 얼굴

굉장히 뚱뚱한 몸

 이렇게 배려심 있는 멋진 남성을 만난 적은 그때까지 단 한 번도 없었어요.

루캐슬 부인
Mrs. Rucastle

제프로 루캐슬의 새 부인: 7년 전 제프로와 결혼해 에드워드라는 아들을 낳았다.

약간 회색빛이 도는 눈

말이 없다

늘 구석구석까지 세심하게 신경 쓴다

창백한 얼굴

얼굴도 그렇지만 마음도 생기가 없는 느낌이었어요. 그리고 이따금 슬픈 표정을 지으며 우울해 할 때가 있더군요.

남편보다 훨씬 젊어서, 아직 서른도 안 된 것 같았어요.

남편과 아들을 진심으로 사랑한다는 건 쉽게 알 수 있었어요.

 바이올렛 헌터 = 200쪽

에드워드 루캐슬
Edward Rucastle

루캐슬 부부의 아들: 6세. 말썽쟁이. 쥐, 작은 새, 곤충 등을 잡는 것이 특기다.

커다란 머리

나이에 비해 작은 몸

이렇게 버릇없고 성격이 고약한 꼬맹이는 처음 봤어요!

자기보다 약한 생물을 괴롭히는 걸 즐기는 것 같았어요.

슬리퍼로 바퀴벌레 잡는 걸 꼭 보여드리고 싶네요! 눈 깜빡할 사이에 세 마리는 잡아 버리지요!

파울러 Mr. Fowler

수수께끼의 사내: 길가에서 '너도밤나무 집'을 엿보고 있었다.

회색 옷

턱수염

작은 체구

앨리스 루캐슬
Alice Rucastle

제프로 루캐슬의 딸: 제프로의 전 부인이 낳은 딸. 제프로가 헌터에게 이야기한 바에 따르면 새어머니와 사이가 좋지 않아서 저택을 떠나 현재 미국의 필라델피아에서 살고 있다고 한다.

20세를 갓 넘긴 아가씨라서 젊은 새어머니와 함께 살기가 불편했을 거예요.

 제프로 루캐슬 = 201쪽

톨러 부인
Mrs. Toller

루캐슬 집안의 피고용인: 톨러의 부인.

늘 뿌루퉁한 얼굴

백발이 섞인 머리카락

톨러 Mr. Toller

루캐슬 집안의 피고용인: 항상 술 냄새를 풍기고 있으며, 헌터가 가정교사로 온 2주 사이에 두 번이나 고주망태가 되었다.

백발이 섞인 턱수염

키가 크고 건장해 보이는 체격

말이 없고 무뚝뚝한 측면은 루캐슬 부인 보다도 심해요.

정말 불쾌한 부부예요!

스토퍼 여사
Miss Stoper

여성 가정교사 직업소개소 경영자: '웨스터웨이'라는 유명한 가정교사 직업소개소를 운영하고 있다. 독신. 헌터는 실업자가 된 뒤로 일주일에 한 번 이곳을 찾아가 일자리를 찾고 있었다.

몹시 불쾌한 표정으로 저를 바라봤기 때문에 제가 상당한 수수료를 벌어들일 기회를 걷어 찼음을 자연스럽게 느낄 수 있었어요.

카를로 Carlo

루캐슬 집안의 경비견: 마스티프(mastiff). 제프로가 키우는 개지만, 다룰 수 있는 사람은 톨러뿐이다. 밤 중에는 목줄을 풀어서 저택 부지를 지키게 하는데, 먹이를 하루에 한 번만 조금씩 주기 때문에 늘 사나운 상태다.

콧등은 새까맣다

몸통은 갈색
(tawny tinted)

송아지만큼 거대한 덩치

뼈가 울퉁불퉁하게 튀어나와 있다

늘어진 턱살

「너도밤나무 집」의 히로인 바이올렛 헌터는 '셜록 홈즈' 시리즈에 등장하는 수많은 여성 중에서도 특히 매력적인 캐릭터다. 총명하고 관찰력이 뛰어나며 호기심도 강하지만 조금 무모한 측면도 있어 탐정의 조수가 되었어도 성공했을 법한 여성이다. 여성에게 관심 없는 편인 홈즈조차도 보기 드물게 그녀를 신경 쓰는 모습이었다.

이 작품에는 바이올렛 헌터를 비롯해, 만담가 뺨치는 화술을 자랑하며 언제나 웃음을 잃지 않는 거한 제프로 루캐슬, 유령처럼 존재감이 옅은 부인, 머리가 크고 성격이 비뚤어진 아들, 성깔 있어 보이는 톨러 부부와 몸집이 송아지만큼 큰 맹견 카를로 등 개성적인 캐릭터가 넘쳐난다.

개성적인 캐릭터가 풍부한 것은 '셜록 홈즈' 시리즈의 특징 이라고도 할 수 있지만, 이 작품은 코난 도일의 뛰어난 캐릭터 창조 능력과 재미있는 묘사 실력을 즐길 수 있는 작품이 아닐까 싶다.

자신의 머리카락을 자르는
바이올렛 헌터

COLUMN

탄생하지 못했을지도 모르는 「너도밤나무 집」

There may not have been 「COPP」

도일의 어머니 메리
(Mary Doyle, 1837~1920)

단편집 『셜록 홈즈의 모험』의 마지막을 장식하는 「너도밤나무 집」은 본래 집필이 예정되었던 작품이 아니며, 작가 코난 도일은 이 시점에 홈즈를 죽게 만들어서 시리즈를 끝낼 생각이었다고 한다.

그런데 어머니 메리에게 편지로 이 생각을 알렸더니 어머니가 맹렬히 반대하면서 이야기의 플롯까지 세안했다고 한다. 이렇게 해서 탄생한 작품이 「너도밤나무 집」이다. '셜록 홈즈' 시리즈가 이 시점에 막을 내리지 않아 우리가 셜록 홈즈의 활약상을 더 오래 즐길 수 있게 된 데는 도일의 어머니의 힘이 컸다고 할 수 있다.

「너도밤나무 집」사건의 흐름

의뢰일 전 주		**바이올렛 헌터:** 여성 가정교사 직업소개소에서 제프로 루캐슬에게 가정교사로 와 줄 것을 요청받지만, '머리카락을 자른다.'는 등의 이해할 수 없는 채용 조건에 놀라 거절하다.
그 이틀 후		**헌터:** 제프로에게서 재차 고용을 희망하는 편지를 받다.
의뢰일 전날		**헌터:** 홈즈에게 상담을 요청하는 편지를 보내다.
의뢰일 쌀쌀한 이른 봄	10시 반	**헌터:** 221B번지를 찾아가, 홈즈에게 제프로가 제시한 이해할 수 없는 채용 조건에 관해 상담하다.
	밤	**헌터:** 머리카락을 자르다.
의뢰일 다음 날 [너도밤나무 집 1일째]		**헌터:** 제프로가 사는 윈체스터의 '너도밤나무 집'에 도착하다.
[너도밤나무 집 3일째]	아침 식사 후	**헌터:** 제프로의 지시로 파란 옷을 입고 창가의 의자에 앉아 1시간 정도 제프로의 재미있는 이야기를 듣다.
[너도밤나무 집 5일째]		**헌터:** 또다시 제프로의 지시로 파란 옷을 입고 창가의 의자에 앉아 재미있는 이야기를 들은 뒤 10분 정도 책을 낭독하다.
[너도밤나무 집 ?일째]		**헌터:** 다시 한번 파란 옷을 입고 창가의 의자에 앉았지만, 이 행위에 수상함을 느끼고 준비해 놓았던 거울 조각으로 몰래 창밖을 관찰하다.
의뢰일로부터 약 2주 후		**헌터:** 출입이 금지된 부속 동(棟)에 침입했지만 제프로에게 들켜, 다음에 또 들어오면 카를로에게 던져 주겠다는 협박을 받다.
	밤늦게	**홈즈:** 헌터에게서 도움을 청하는 전보를 받다.
	9시 반	**홈즈와 왓슨:** 기차를 타고 윈체스터로 향하다.
	11시 반	**홈즈와 왓슨:** 윈체스터에 도착하다. 역 앞 호텔에서 헌터를 만나 '너도밤나무 집'에서 일어난 일들에 대해 듣다.
그다음 날		**헌터:** 혼자서 먼저 돌아가다. 홈즈의 지시대로 피고용인 톨러 부부를 포도주 저장고에 가두고 출입 금지된 부속 동의 열쇠를 손에 넣다.
	19시	**홈즈와 왓슨:** '너도밤나무 집'에 도착하다.
		홈즈와 왓슨, 헌터: 출입 금지된 부속 동에 침입하다. **제프로:** 귀가. 침입 사실을 깨닫고 격노하다.

셜록 홈즈의 세계를 장식하는 아이템

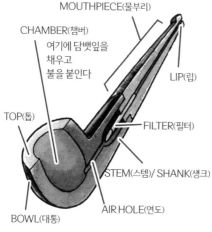

MOUTHPIECE(물부리)

CHAMBER(챔버)
여기에 담뱃잎을
채우고
불을 붙인다

LIP(립)

TOP(톱)

FILTER(필터)

STEM(스템)/ SHANK(섕크)

AIR HOLE(연도)

BOWL(대통)

파이프의 기본 구조

파이프
pipe

서양식 흡연 도구의 일종. 아메리카 대륙의 원주민이 사용했던 것이 흡연 문화와 함께 16세기 중엽에 유럽으로 전래되었다. 시대와 민족, 지역에 따라 나무, 도자기, 금속, 돌 등 다양한 소재로 저마다 특색 있는 파이프를 만들었다.

홈즈의 추리 파트너

'홈즈의 담배 파이프'는 세어 본 바에 따르면 정전 60작품 중 37작품에 등장했다. 그야말로 홈즈의 트레이드마크라고 해도 과언이 아닌 아이템이다.

대부분 그저 '파이프(pipe)'라고만 적혀 있지만, 종류가 명기된 것도 있다. '검은색 클레이 파이프(black clay pipe)'[그림1], '긴 벚나무 파이프(long cherry-wood pipe)' [그림2], '낡은 브라이어 파이프(old briar-root pipe)'*[그림3]의 세 종류다.

홈즈에게는 파이프에 대한 독자적인 철학이 있는 듯하다. 「너도밤나무 집」 초반에 왓슨이 "명상을 할 때는 클레이 파이프, 토론을 하고 싶어지면 벚나무 파이프를 사용한다."라고 말하기도 한다.

종류가 명기된 파이프 중에서는 '클레이 파이프'의 등장 횟수가 6작품으로 가장 많다. 역시 홈즈가 명상용으로 사용하는 파이프라고나 할까? 「푸른 카벙클」과 「너도밤나무 집」, 「찰스 오거스터스 밀버턴」에서는 단순히 '클레이 파이프(clay pipe)', 「빨간 머리 클럽」과 「신랑의 정체」, 『바스커빌 가문의 사냥개』에서는 '검은색 클레이 파이프(black clay pipe)'로 묘사되었다. 또한 「기어다니는 남자」의 앞부분에는 왓슨이 자신의 존재를 '홈즈에게 바이올린이나 낡은 검은색 파이프와 마찬가지로 수사에 필요한 습관 중 하나'라고 서술하는 장면이 나온다. 왓슨이 말하는 이 '낡은 검은색 파

* 정전(원작)에는 'briar'와 'brier'라는 표기가 섞여 있다.

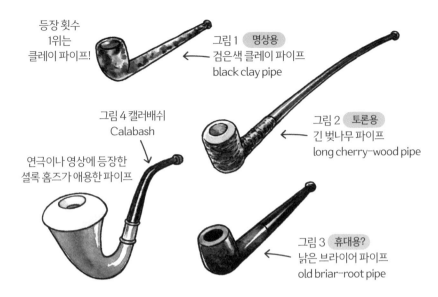

등장 횟수
1위는
클레이 파이프!

그림 1 명상용
검은색 클레이 파이프
black clay pipe

그림 4 캘러배쉬
Calabash

연극이나 영상에 등장한
셜록 홈즈가 애용한 파이프

그림 2 토론용
긴 벚나무 파이프
long cherry-wood pipe

그림 3 휴대용?
낡은 브라이어 파이프
old briar-root pipe

이프'도 '홈즈가 수사할 때 필요하다.'는 점과 '검은색'이라는 점을 종합적으로 고려
하면 명상용인 '클레이 파이프'라고 생각해도 무방할지 모른다. 「입술이 비뚤어진 사
내」에서는 '명상'을 할 때 브라이어 파이프를 사용했는데, 이는 외박을 할 때였으므
로 도자기 제품이라 깨지기 쉬운 클레이 파이프보다 휴대하기 편한 목제 브라이어
파이프를 가져간 것이 아닐까 싶다.

한편 영상 작품이나 일러스트를 보면 홈즈가 크게 휘어진 '캘러배쉬(Calabash)'[그림
4] 파이프를 입에 물고 있는 모습을 종종 볼 수 있다. 그러나 이 파이프는 제2차 보어
전쟁(1899~1902)을 계기로 전래되어 유행한 파이프라고 하며, 그전까지는 일자로 곧
게 뻗은 파이프가 주류였다. 설령 홈즈가 이 캘러
배쉬를 사용했더라도 '후기의 사건'에서 사용한
셈이다.

'캘러배쉬'가 홈즈의 이미지가 된 것은 배우인 윌
리엄 질레트가 연극에서 셜록 홈즈를 연기했을 때
파이프를 입에 문 채 말하기 편하다는 이유에서
채용해 사용한 것이 시작으로 알려져 있다.

윌리엄 질레트
(William Gillette, 1853~1937)

* 만화 페이지는 209→208쪽 순서로 오른쪽에서 왼쪽으로 읽어 주세요.

" It is my belief, Watson, founded upon my experience, that the lowest and vilest alleys in London do not present a more dreadful record of sin than does the smiling and beautiful countryside."

"왓슨, 내 경험상 이건 분명하게 말할 수 있는데, 런던에서 가장 열악하고 저속한 뒷골목의 범죄 기록도 밝고 아름다워 보이는 시골의 범죄 기록에 비하면 별로 끔찍한 것이 못 된다네."

덜컹 덜컹

그 누가 이런 고풍스러운 시골을 보면서 범죄를 연상하겠나?

↑ 보통은 이렇다

↑ 역시 범죄 전문가 홈즈답게 생각 자체가 일반인과 다르다!

명장면

바리츠23를 배운 홈즈와 럭비 선수였던 왓슨의 합체 태클!*

BAM

바이올렛은 명탐정?

이 숨 막히는 공방 이외에도 여러 상황에서 재치를 발휘하는 바이올렛!

폭소를 터트리면서도 몰래 창밖을 관찰하는 바이올렛!

절묘한 화술로 주의를 끄는 루캐슬!

깔

슬쩍

손수건에 숨겨 놓은 거울 조각

'홈즈의 조수로 221B번지의 일원이 되었다!'라는 평행 세계도 보고 싶다!

저, 천성적으로 관찰력이 뛰어나거든요

↙ 자각도 충만!

이번 사건의 왓슨

이번에도 리볼버를 지참한 왓슨!

그리고 멋진 사격 솜씨를 발휘!

과연 그 표적은?

* 홈즈의 '바리츠'는 「귀환」의 「빈집의 모험」에서, 왓슨의 '럭비'는 「사건집」의 「서식스의 흡혈귀」에서 언급된다! ⇒ 212, 214쪽 [작품 알림] 참조

관전 포인트!

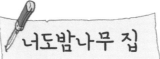 「너도밤나무 집」을 조금 더 깊게 즐겨 보자!

명대사

"I can't make bricks without clay."

"점토 없이는 벽돌을 만들 수 없네."

DATA!

데이터!

데이터!

헌터 양의 건 말인데…

'충분한 데이터 없이 추리하는 것은 잘못된 추리의 근원'이라는 홈즈의 신조를 벽돌 제작에 비유한 명언!

홈즈의 습관

홈즈는 토론을 하고 싶을 때 긴 벚나무 파이프를 사용한다

자네의 문제점은 말일세

추리 과정을 그저 엄정하게 묘사하는 데 그쳐야 할 것을

재미를 부여하려 하거나 생명을 불어 넣으려고 시도한다는 것이 아닐까 싶네

울컥

참고로 토론의 주제는 왓슨이 발표한 홈즈의 사건 기록에 관한 것이다!

고찰

한편 이 작품의 다른 장면에서는…

마침 내가 잠자리에 들려 했을 때 전보가

라는 기술이 있다.

작중에서 두 사람은 이렇게 과거의 사건을 되돌아보는데, 이 대화 속의 사건은 「독신 귀족」을 제외하면 전부 왓슨이 결혼한 뒤에 일어난 것이다. 그렇다는 말은 이 「너도밤나무 집」 사건도 결혼 후에 일어난 사건이라는 말이다.

「보헤미아」도 그렇고, 「신랑」이나 「입술」 「독신」도 그렇고…

「푸른 카벙클」도…

그렇다면 이때 왓슨은 221B번지에 묵었던 것일까? 「다섯 개의 오렌지 씨앗」 때처럼 또 부인이 외박 중이었을까?

아서 코난 도일

Arthur Conan Doyle(1859~1930)

스코틀랜드 에든버러 출생/ 작가, 의사

풀네임은 '아서 이그나티우스 코난 도일'로, '코난'도 '도일'도 모두 성이다(복합성).
대표작 '셜록 홈즈' 시리즈 외에 '챌린저 교수' 시리즈의 SF 소설《잃어버린 세계》나 역사 소설 '제라르 준장' 시리즈 등 여러 장르에 걸쳐 히트작을 남겼다.

셜록 홈즈의 탄생

전 세계에서 사랑받는 명탐정 셜록 홈즈를 탄생시킨 아서 코난 도일은 1859년 5월 22일에 스코틀랜드의 에든버러에서 태어났다.

집이 가난했던 그는 수입을 확실히 낼 수 있는 의사를 지망해 에든버러 대학 의학부에 진학했는데, 그곳에서 교편을 잡고 있었던 조셉 벨 박사와 만난 것이 인생의 커다란 분기점이 되었다. 벨 박사는 환자를 잠깐 보기만 해도 그 환자의 출신지나 경력, 병의 상태 등을 알아맞혀 학생들을 감탄시켰다고 한다.

졸업 후 의사로 일하면서 소설을 쓰게 된 코난 도일은 이 은사를 모델로 한 탐정 소설을 집필한다. 그것이 바로 1887년에 발표된 '셜록 홈즈' 시리즈 첫 작품『주홍색 연구』다.

조셉 벨

Joseph Bell(1837~1911)

영국 스코틀랜드 에든버러 출생/ 의사
에든버러 대학 의학부를 졸업한 뒤 동 대학 의학부 강사와 치안 판사 등을 역임했으며, 1887년에는 에든버러 왕립 외과의사회 회장에 선출되었다. 빅토리아 여왕이 스코틀랜드를 방문했을 때의 담당 의사이기도 했다.

( ) = 도일의 연령	'셜록 홈즈' 작품 발표 (● = 도일의 약력)
1859년(0세)	● 5월 22일/ 스코틀랜드의 에든버러에서 태어나다
1876년(17세)	'빅토리아 여왕, 인도 황제를 겸임하다' ● 에든버러 대학 입학
1877년(18세)	● 훗날 셜록 홈즈의 모델이 되는 조셉 벨 박사와 만나다
1881년(22세)	● 에든버러 대학 졸업
1887년(28세)	'빅토리아 여왕 즉위 50주년 기념식' 셜록 홈즈 첫 등장 『주홍색 연구』〈비튼즈 크리스마스 애뉴얼〉 게재
1888년(29세)	『주홍색 연구』 단행본 출판
1890년(31세)	『네 사람의 서명』〈리핀코트 먼슬리 매거진〉 2월호 게재 『네 사람의 서명』 단행본 출판
1891년(32세)	셜록 홈즈 단편 작품 연재 개시 「보헤미아 왕국의 스캔들」〈스트랜드 매거진〉 7월호 게재
1892년(33세)	단편집 『셜록 홈즈의 모험』 단행본 출판
1893년(34세)	「마지막 사건」〈스트랜드 매거진〉 12월호 게재 셜록 홈즈 작품 연재 중단 단편집 『셜록 홈즈의 회상록』 단행본 출판 셜록 홈즈 작품의 첫 연극화(주연: 찰스 브룩필드)
1900년(41세)	셜록 홈즈 작품의 첫 영화화(미국/ 주연: 불명)
1901년(42세)	'빅토리아 여왕 서거, 에드워드 7세 즉위' 『바스커빌 가문의 사냥개』〈스트랜드 매거진〉 연재(8월호~1902년 4월호)
1902년(43세)	『바스커빌 가문의 사냥개』 단행본 출판
1903년(44세)	「빈집의 모험」〈스트랜드 매거진〉 10월호 & 〈콜리어스〉 9월 26일호 게재
1905년(46세)	단편집 『셜록 홈즈의 귀환』 단행본 출판
1914년(55세)	『공포의 계곡』〈스트랜드 매거진〉 연재(9월호~1915년 5월호)
1915년(56세)	『공포의 계곡』 단행본 출판
1917년(58세)	단편집 『셜록 홈즈의 마지막 인사』 단행본 출판
1927년(68세)	셜록 홈즈 시리즈의 마지막 작품 「쇼스콤 관」〈스트랜드 매거진〉 4월호 & 〈리버티〉 3월 5일호 게재 단편집 『셜록 홈즈의 사건집』 단행본 출판
1930년(71세)	● 7월 7일/ 서식스 주 크로버러에서 눈을 감다

이 책에서 다루지 않은 '셜록 홈즈' 작품 일람

〈스〉=〈스트랜드 매거진〉, 〈콜〉=〈콜리어스〉, *="The Adventure of"

[단편집]
셜록 홈즈의 회상록

The Memoirs of
Sherlock Holmes/
1893년

실버 블레이즈 * Silver Blaze / 〈스〉1892년 12월호

소포 상자 * the Cardboard Box / 〈스〉1893년 1월호

노란 얼굴 * the Yellow Face / 〈스〉1893년 2월호

증권 거래소 직원 * the Stockbroker's Clerk / 〈스〉1893년 3월호

글로리아 스콧 호 * the "Gloria Scott" / 〈스〉1893년 4월호

머즈그레이브 가문의 전례문 * the Musgrave Ritual / 〈스〉1893년 5월호

라이게이트의 지주 * the Reigate Squire / 〈스〉1893년 6월호

등이 굽은 남자 * the Crooked Man / 〈스〉1893년 7월호

장기 입원 환자 * the Resident Patient / 〈스〉1893년 8월호

그리스어 통역관 * the Greek Interpreter / 〈스〉1893년 9월호

해군 조약문 * the Naval Treaty / 〈스〉1893년 10, 11월호

마지막 사건 * the Final Problem / 〈스〉1893년 12월호

[장편]

바스커빌 가문의 사냥개 The Hound of the Baskervilles / 〈스〉1901년 8월호~1902년 4월호

[단편집]
셜록 홈즈의 귀환

The Return of
Sherlock Holmes/
1905년

빈집의 모험 * the Empty House / 〈스〉1903년 10월호 / 〈콜〉1903년 9월 26일호

노우드의 건축업자 * the Norwood Builder / 〈스〉1903년 11월호 / 〈콜〉1903년 10월 31일호

춤추는 인형 * the Dancing Men / 〈스〉1903년 12월호 / 〈콜〉1903년 12월 5일호

자전거 타는 사람 * the Solitary Cyclist / 〈스〉1904년 1월호 / 〈콜〉1903년 12월 26일호

프라이어리 스쿨 * the Priory School / 〈스〉1904년 2월호 / 〈콜〉1904년 1월 30일호

블랙 피터 / Black Peter / 〈스〉1904년 3월호 / 〈콜〉1904년 2월 27일호

찰스 오거스터스 밀버턴 * Charles Augustus Milverton / 〈스〉1904년 4월호 / 〈콜〉1904년 3월 26일호

여섯 개의 나폴레옹 상 * the Six Napoleons / 〈스〉1904년 5월호 / 〈콜〉1904년 4월 30일호

세 학생 * the Three Students / 〈스〉1904년 6월호 / 〈콜〉1904년 9월 24일호

금테 코안경 * the Golden Pince-Nez / 〈스〉1904년 7월호 / 〈콜〉1904년 10월 29일호

실종된 스리쿼터백 * the Missing Three-Quarter / 〈스〉1904년 8월호 / 〈콜〉1904년 11월 26일호

애비 그레인지 저택 * the Abbey Grange / 〈스〉1904년 9월호 / 〈콜〉1904년 12월 31일호

두 번째 얼룩 * the Second Stain / 〈스〉1904년 12월호 / 〈콜〉1905년 1월 28일호

다음 책 예고 ①

[회상록] 「마지막 사건」
제임스 모리어티 교수
Professor James Moriarty

[회상록] 「그리스어 통역관」 외
마이크로프트 홈즈
Mycroft Holmes

셜록 홈즈보다 7세 연상의 친형. 동생보다 뛰어난 두뇌의 소유자!

런던의 범죄 세계를 좌지우지하는 천재 수학자. 홈즈는 '범죄계의 나폴레옹'이라고 표현했다.

[귀환] 「찰스 오거스터스 밀버턴」
찰스 오거스터스 밀버턴
Charles Augustus Milverton

수많은 상류 계급을 지옥으로 떨어트린 웃는 얼굴의 공갈왕!

[귀환] 「자전거 타는 사람」
바이올렛 스미스
Violet Smith

애용하는 자전거를 타고 시원하게 도로를 달리는, 빅토리아 시대의 신여성!

[바스커빌 가문의 사냥개]
헨리 바스커빌
Henry Baskerville

미국에서 생활하다 지금도 마견 전설이 살아 숨 쉬고 있는 선조의 땅으로 돌아온 유산 상속인!

수많은 무훈을 자랑하는 군인 출신의 뛰어난 저격수! 맹수 사냥의 명수로도 이름을 날렸다!

[귀환] 「빈집의 모험」
세바스찬 모런 대령
Colonel Sebastian Moran

이 책에 소개되지 않은 '셜록 홈즈' 작품 일람

〈스〉=〈스트랜드 매거진〉, 〈콜〉=〈콜리어스〉, 〈허〉=〈허스트 인터내셔널〉, 〈리〉=〈리버티〉, *="The Adventure of"

[장편]	공포의 계곡 The Valley of Fear / 〈스〉 1914년 9월호~1915년 5월호

[단편집] 셜록 홈즈의 마지막 인사 His Last Bow/ 1917년	등나무 집 * Wisteria Lodge / 〈스〉 1908년 9월호, 10월호 / 〈콜〉 1908년 8월 15일호
	브루스파팅턴 호 설계도 * the Bruce-Partington Plans / 〈스〉 1908년 12월호 / 〈콜〉 1908년 12월 12일호
	악마의 발 * the Devil's Foot / 〈스〉 1910년 12월호 / 〈스〉 미국판 1911년 1월호, 2월호
	붉은 원 * the Red Circle / 〈스〉 1911년 3월호, 4월호 / 〈스〉 미국판 1911년 4월호, 5월호
	프랜시스 카팍스 여사의 실종 The Disappearance of Lady Frances Carfax / 〈스〉 1911년 12월호 / 〈아메리칸 매거진〉 1911년 12월호
	죽어 가는 탐정 * the Dying Detective / 〈스〉 1913년 12월호 / 〈콜〉 1913년 11월 22일호
	마지막 인사—셜록 홈즈의 에필로그— His Last Bow: An Epilogue of Sherlock Holmes / 〈스〉 1917년 9월호 / 〈콜〉 1917년 9월 22일호

[단편집] 셜록 홈즈의 사건집 The Case-Book of Sherlock Holmes/ 1927년	마자랭의 보석 * the Mazarin Stone / 〈스〉 1921년 10월호 / 〈허〉 1921년 11월호
	토르 교 사건 The Problem of Thor Bridge / 〈스〉 1922년 2월호, 3월호 / 〈허〉 1922년 2월호, 3월호
	기어다니는 남자 * the Creeping Man / 〈스〉 1923년 3월호 / 〈허〉 1923년 3월호
	서식스의 흡혈귀 * the Sussex Vampire / 〈스〉 1924년 1월호 / 〈허〉 1924년 1월호
	세 명의 개리뎁 * the Three Garridebs / 〈스〉 1925년 1월호 / 〈콜〉 1924년 10월 25일호
	고명한 의뢰인 * the Ilustrious Client / 〈스〉 1925년 2월호, 3월호 / 〈콜〉 1924년 11월 8일호
	세 박공 집 * the Three Gables / 〈스〉 1926년 10월호 / 〈리〉 1926년 9월 18일호
	탈색된 병사 * the Blanched Soldier / 〈스〉 1926년 11월호 / 〈리〉 1926년 10월 16일호
	사자의 갈기 * the Lion's Mane / 〈스〉 1926년 12월호 / 〈리〉 1926년 11월 27일호
	은퇴한 물감 제조업자 * the Retired Colourman / 〈스〉 1927년 1월호 / 〈리〉 1926년 12월 18일호
	베일을 쓴 하숙인 * the Veiled Lodger / 〈스〉 1927년 2월호 / 〈리〉 1927년 1월 22일호
	쇼스콤 관 * Shoscombe Old Place / 〈스〉 1927년 4월호 / 〈리〉 1927년 3월 5일호

[공포의 계곡]
에티 샤프터
Ettie Shafter

[공포의 계곡]
잭 맥머도
Jack McMurdo

[인사] 「마지막 인사」
폰 보르크
Von Bork

공포의 계곡 버미사에 핀 가련한 한 떨기 꽃. 하숙집의 아이돌!

특기인 스포츠 외교를 무기로 영국 한복판에 잠입한 독일 제국의 민완 스파이!

한손에 권총을 들고 공포가 지배하는 버미사 계곡으로 흘러들어온 사연 있는 젊은이!

죽음을 부르는 전염병 쿨리병 연구의 권위자인 아마추어 세균학자!

[인사] 「죽어 가는 탐정」
컬버튼 스미스
Culverton Smith

[인사] 「등나무 집」
베인스 경위
Inspector Baynes

서리 주의 시골에 묻혀 있지만, 홈즈도 인정하는 기지와 기개의 소유자.

[사건집] 「고명한 의뢰인」
아델베르트
그루너 남작
Baron Adelbert Gruner

유럽 전역에 명성이 자자한 오스트리아의 미남 남작! 그 가면 뒤에는 냉혹한 살인귀의 얼굴이!

215

후기

《셜》록 홈즈 인물 사전》을 끝까지 읽어 주신 독자 여러분께 진심으로 감사 인사를 전한다. 에노코로 공방이 '셜록 홈즈 시리즈의 등장인물을 전부 그려 보자.'라고 생각한 것은 2019년 기타하라 나오히코 씨와 《셜록 홈즈어 사전》(세이분도신코사)을 함께 작업한 것이 계기였다. 그 작업을 위해 정전(원작)을 거듭 읽으면서 원작자 코난 도일의 뛰어난 캐릭터 창조력을 새삼 깨닫게 되었다. 등장인물이 하나같이 개성 넘치는 캐릭터라서 그 이미지가 머릿속에 자연스럽게 떠올랐기에 그림을 그리지 않고는 견딜 수 없었다. 이런 '셜록 홈즈 열병'은 《셜록 홈즈어 사전》의 작업이 끝난 뒤에도 식지 않았고, 결국 직접 '셜록 홈즈의 등장인물 도감'을 만들자는 아이디어가 떠올라 트위터에 조금씩 공개해 나갔다. 그러다 2020년 11월에 엑스날러지의 사토 미호시 씨에게서 운명 같은 이메일을 받아, 영광스럽게도 이 책을 인기 시리즈인 '해부 도감' 시리즈로 출판하게 된 것이다. 코로나 팬데믹으로 어려운 이 시기에 최고의 일거리를 주셔서 참으로 감사할 따름이다. 그 뒤로 집에 틀어박혀 홈즈에 파묻혀서 이보다 더 행복할 수 없는 하루하루를 보냈고, 게다가 제작 기간도 넉넉히 주신 덕분에 하고 싶은 것은 전부 할 수 있었다. '넣고 싶다.'고 생각한 사항을 모조리 집어넣은 결과 '인물 사전'의 범주를 넘어선 감도 없지는 않지만⋯. 그렇게 완성된 이 책을 정전을 즐길 때의 별책처럼 사용해 준다면 기쁠 것이다.

마지막으로, 책을 만드는 것에 익숙하지 않아 우왕좌왕하는 우리에게 세심한 배려와 적확한 조언을 해 주신 담당 편집자 사토 미호시 씨에게 진심을 담아 감사를 전한다. 그리고 우리의 무리한 요구를 받아들여 지면에 훌륭하게 담아 주신 디자이너 요네쿠라 히데히로 씨와 요코무라 아오이 씨, DTP를 담당하신 다케시타 다카오 씨, 죄송한 부탁을 흔쾌히 승낙해 이 책을 구석구석까지 검토해 주신 기타하라 나오히코 씨와 아키야마 이치로 씨, 조언을 아끼지 않아 주신 히구라시 마사미치 씨에게도 진심으로 감사의 인사를 올린다. 또한 선배 홈즈 연구가 여러분이 없었다면 이 책은 완성될 수 없었다. 책의 관계자 여러분, 홈즈 연구자 여러분 모두에게 감사의 마음을 전한다.

이 책의 내용은 정전 60편의 첫 1/3에 해당한다. 다음 책에서 독자 여러분과 다시 만날 수 있기를 바란다.

등장인물 색인

등장인물 색인

221

참고 문헌

- 코난 도일/ 하구라시 마사미치(옮김) 《신역 셜록 홈즈 전집(新訳シャーロック・ホームズ全集)》(분쿄샤문고/ 2006〜2008)

- 코난 도일/ 노부하라 겐(옮김) 《셜록 홈즈 시리즈(シャーロック・ホームズ・シリーズ)》(신초문고/ 1953〜1955)

- 코난 도일/ 아베 도모지 《셜록 홈즈 시리즈(シャーロック・ホームズ・シリーズ)》(소겐추리문고/ 1960)

- 코난 도일/ W. S. 바링굴드(해설과 주석)/ 고이케 시게루(감역) 《상세 주석판 셜록 홈즈 전집(詳註版シャーロック・ホームズ全集)》(도쿄토쇼/ 1982)

- 코난 도일/ 고바야시 쓰카사·히가시야마 아카네(옮김), [주석역]다카다 히로시 《셜록 홈즈 전집(シャーロック・ホームズ全集)》(가와데쇼보신샤/ 1997〜2002)

- Sir Arthur Conan Doyle/ The Complete illustrated Strand Sherlock Holmes, The Complete Facsimile Edition, (Marboro Books Corp. a Div. of/ 1990)

- 원문으로 읽는 셜록 홈즈(https://freeenglish.jp/holmes/)

- 코난 도일/ 노부하라 겐(옮김) 《나의 추억과 모험─코난 도일 자서전─(わが思い出と冒険─コナン・ドイル自伝)》(신초문고/ 1965)

- 아라이 메구미 《매혹적인 빅토리아 시대─엘리스와 홈즈의 영국 문화(魅惑のヴィクトリア朝─アリスとホームズの英国文化)》(NHK출판신샤/ 2016)

- 이소베 유이치로 《영국 신문사(イギリス新聞史)》(재팬타임스/ 1984)

- 이와타 요리코·가와바타 아리코 《도설 영국 레이디의 세계(図説 英国レディの世界)》(가와데쇼보신샤/ 2011)

- 운노 히로시 외 《렌즈가 포착한 19세기 영국(レンズが撮られる 19世紀英国)》(야마카와출판사/ 2016)

- 히루카와 히사야스·사쿠라바 노부유키·마쓰무라 마사이에·폴 스노덴(편저) 《런던 사전(ロンドン事典)》(다이슈칸서점/ 2002)

- 기시카와 오사무(편) 《별책 영화 비보: 셜록 홈즈 영상 독본(別冊映画秘宝シャーロック・ホームズ映像読本)》(요센샤/ 2012)

- 기타하라 나오히코/ 에노코로 공방(그림) 《셜록 홈즈어 사전(シャーロック・ホームズ語辞典)》(세이분도신코샤/ 2019)

- 기타하라 나오히코 《초보부터 시작하는 셜록 홈즈(初歩からのシャーロック・ホームズ)》(주오코론신샤/ 2020)

- 기타하라 나오히코(감수) 《셜록 홈즈 완전 해석 독본(シャーロック・ホームズ完全解析読本)》(다카라지마샤/ 2016)

- 기타하라 나오히코(편저) 《셜록 홈즈 사전(シャーロック・ホームズ事典)》(지쿠마문고/ 1998)

- 기타하라 나오히코/ 무라야마 류지(그림) 《셜록 홈즈의 건축(シャーロック・ホームズの建築)》(엑스날러지/ 2022)

- 고이케 시게루 《영국다움을 알 수 있는 사전(英国らしさを知る事典)》(도쿄도출판/ 2003)

- 고이케 시게루 《영국 철도 이야기(英国鉄道物語)》(쇼분샤/ 1979)

- 고바야시 쓰카사·히가시야마 아카네 《도설 셜록 홈즈(図説 シャーロック・ホームズ)》(가와데쇼보신샤/ 1997)

- 고바야시 쓰카사·히가시야마 아카네(지음)/ 우에무라 마사하루(사진) 《셜록 홈즈의 런던(シャーロック・ホームズの倫敦)》(규류도그래픽스/ 1984)

- 고바야시 쓰카사·히가시야마 아카네(편) 《셜록 홈즈 대사전(シャーロック・ホームズ大事典)》(도쿄도출판/ 2001)

- 고바야시 쓰카사·히가시야마 아카네(편) 《명탐정 독본1 셜록 홈즈(名探偵読本1 シャーロック・ホームズ)》(퍼시피카/ 1978)

- 사다마쓰 다다시·히루카와 히사야스·도라이와 마사즈미·마쓰무라 겐이치(편) 《영국 문학 지명 사전(イギリス文学地名事典)》(겐큐샤출판/ 1992)

- 게리 보울러/ 나코오 세쓰코(감수)/ 사사다 유코·나루세 슌이치(편) 《도설 크리스마스 백과사전(図説クリスマス百科事典)》(슈후샤/ 2007)

- 잭 트레이시/고바야시/ 히구라시 마사미치(옮김) 《셜록 홈즈 대백과 사전(シャーロック・ホームズ大百科事典)》(가와데쇼보신샤/ 2002)

- 슈무타 나쓰오·하세가와 쇼헤이·사이토 히카루(편) 《18〜19세기 영미 문학 핸드북─작가 작품 자료 사전》18〜19世紀英米文学ハンドブック─作家作品資料事典》(난운도/ 1966)

- 존 D. 라이트(지음)/ 스미 아쓰코(옮김) 《도설 빅토리아 시대: 19세기 런던의 세태, 생활, 사람들(図説 ヴィクトリア朝時代:一九世紀のロンドンの世相·暮らし·人々)》(하라쇼보/ 2019)

- 존 배넷 쇼·고바야시 쓰카사·히가시야마 아카네(편) 《셜록 홈즈 원화 대전(シャーロック・ホームズ原画大全)》(고단샤/ 1990)

- 세키야 에쓰코 《셜록 홈즈와 함께 보는 빅토리아 시대 영국의 식탁과 생활(シャーロック・ホームズと見る ヴィクトリア朝英国の食卓と生活)》(하라쇼보/ 2014)

- 다니타 히로유키 《도설 빅토리아 시대 백과사전(図説 ヴィクトリア朝百貨事典)》(가와데쇼보신샤/ 2001)

- ChaTea홍차 교실 《도설 빅토리아 시대의 생활(図説 ヴィクトリア朝の暮らし)》(가와데쇼보신샤/ 2015)

- 데이비드 크리스탈(편집), 주간 가네코 유지·도미야마 다카오(일본어판 편집) 《이와나미─케임브리지 세계 인명 사전(波=ケンブリッジ世界人名辞典)》(이와나미서점/ 1997)

- 딕 라일리&팜 맥앨리스터(편)/ 히구라시 마사미치(옮김) 《미스터리 핸드북 셜록 홈즈(ミステリハンドブック シャーロック・ホームズ)》(하라쇼보/ 2002)

- 데이비드 스튜어트 데이비스 외/ 히구라시 마사미타(옮김) 《셜록 홈즈 대도감(シャーロック・ホームズ大図鑑)》(신세이도/ 2016)

- 데즈먼드 모리스/ 야시로 미치코 《크리스마스 워칭(クリスマス・ウォッチング)》(후쇼샤/ 1994)

- 데라다 시로 《영국 신문 소사(英国新聞小史)》(신문의신문사/ 1936)

- 나가타 신이치 《도해 렌즈에 관해 알 수 있는 책(図解 レンズがわかる本)》(일본실업출판사/ 2002)

- 나가누마 고키 《셜록 홈즈의 인사(シャーロック・ホームズの挨拶)》(분게이슌주/ 1970)

- 히구라시 마사미치 《셜록 홈즈 바이블─영원한 명탐정을 둘러싼 170년의 이야기(シャーロック・ホームズ・バイブル: 永遠の名探偵をめぐる170年の物語)》(하야카와쇼보/ 2022)

- 브리티시 라이브러리 《영국의 빈티지 광고(イギリスのヴィンテージ広告)》(그래픽사/ 2016)

- 마틴 피도/ 기타하라 나오히코(옮김) 《셜록 홈즈의 세계(シャーロック・ホームズの世界)》(규류도/ 2000)

- 벤 매킨타이어/ 기타자와 가즈히코(옮김) 《대괴도─범죄계의 나폴레옹으로 불렸던 사내(大怪盗─犯罪界のナポレオンと呼ばれた男)》(아사히신문사/ 1997)

- 피터 하이닝/ 이와이다 마사유키·오가타 게이코(옮김) 《NHK TV판 셜록 홈즈의 모험(NHKテレビ版 シャーロック・ホームズの冒険)》(규류도/ 1998)

- 혼다 다케히코 《인도 식민지 관료─대영 제국의 초엘리트들(インド植民地官僚─大英帝国の超エリートたち)》(고단샤/ 2001)

- 마르샤 편집부 《100년 전의 런던(100年前のロンドン)》(마르샤/ 1996)

- 매튜 번슨(편저)/ 히구라시 마사미치(감역) 《셜록 홈즈 백과사전(シャーロック・ホームズ百科事典)》(하라쇼보/ 1997)

- 미즈노 마사시 《셜록 홈즈로 향하는 길─등산로 입구에서 5부 능

선까지(シャーロッキアンへの道 登山口から五合目まで)(세이큐샤/ 2001)

- 루스 굿맨/ 고바야시 유카 《빅토리아 시대 영국인의 일상생활(상)(하)》(ヴィクトリア朝英国人の日常生活(上)(下))(하라쇼보/ 2017)
- 로저 존슨·진 업튼/ 히구라시 마사미치(옮김) 《셜록 홈즈의 모든 것(シャーロック・ホームズのすべて)》(슈에이샤인터내셔널/ 2022)
- 와타나베 가즈유키 《런던 지명 유래 사전(ロンドン地名由来事典)》(다카쇼보위미프레스/ 1998)
- 〈주간 100인 그들이 역사를 만들었다 NO.56 코난 도일(週刊100人 歴史は彼らによってつくられた NO.56 コナン・ドイル)》(DeAGOSTINI/ 2004)
- Aventuras Literarias/ Sherlock Holmes Map of London(Aventuras Literarias S.L, / 2015)
- Dr John Watson & Sir Arthur Conan Doyle/ THE CASE NOTES OF SHERLOCK HOLMES(Carlton Books Ltd/ 2020)
- Harrod's Stores, Ltd, 《Victorian Shopping: Harrods Catalogue 1895》(Newton Abbot: David & Charles/ 1895)
- John Bartholomew/ Philips' handy atlas of the counties of England(George Philip and Son/ 1873)
- Nicholas Utechin/ The Complete Paget Portfolio(Gasogene Books/ 2018)
- Britannica(https://www.britannica.com/)
- British Museum 대영 박물관(https://www.britishmuseum.org/ collection)
- BBC NEWS(https://www.bbc.co.uk/news)
- COVE(https://editions.covecollective.org/)
- Queen Mary University of London(https://www.qmul.ac.uk/)
- The New York Public Library(https://digitalcollections.nypl.org/)
- University College London(http://ucl.ac.uk/)
- NewDigest 영국 뉴스다이제스트(http://www.news-digest.co.uk/news/)
- National Library of Scotland(https://www.nls.uk)
- The Arthur Conan Doyle Encyclopedia(https://www.arthur-conan-doyle.com/index.php/Main_Page)
- '셜록 홈즈의 세계' 사이트(http://shworld.fan.coocan.jp/)
- 고토뱅크(https://kotobank.jp/)
- 영국/ 그라나다TV 제작 '셜록 홈즈의 모험' 시리즈(1984~1994)
- 영국/ BBC 제작 '셜록 홈즈' 시리즈(1968)

옮긴이 주

1 나무 막대를 무기로 사용하는 영국의 무술. 외날검을 훈련할 목적으로 16세기에 탄생했으며, 이후 조지 1세와 조지 2세 시대에 널리 확산되었다. 1904년 세인트루이스 올림픽에서 정식 종목으로 채택되기도 했다.

2 총구에 탄환을 넣어서 장전하는 방식

3 「소포 상자」는 영국판의 경우 『셜록 홈즈의 회상록』에, 미국판의 경우 『셜록 홈즈의 마지막 인사』에 수록되어 있다.

4 템스 강의 런던교에서 라임하우스에 걸친 부분을 지칭하는 풀 오브 런던(Pool of London)으로 추정된다.

5 "I keep a bull pup."에 관해서는 'bull pup'이 권총을 의미한다

는 설, 실제로 새끼 불도그를 의미하지만 코난 도일이 이후에 설정을 잊어버려 등장시키지 않았다는 설도 있다.

6 아벨 화이트의 이름은 「네 사람의 서명」이 처음 발표된 〈리핀코트 먼슬리 매거진〉에서는 '아벨화이트(Abelwhite)'였는데, 이후 최초로 단행본화된 스펜서 블랙켓판에서는 '아벨 화이트(Abel White)'가 되었다. 현재는 출판사에 따라 'Abelwhite'로 표기하는 곳과 'Abel White'로 표기하는 곳이 있는 것으로 보인다. 가령 옥스퍼드 대학 출판사는 'Able White'로 표기해 오다 현재는 'Abelwhite'로 바꿨다고 한다. 여담이지만, 이 이름은 1868년에 발표된 윌리엄 윌키 콜린스의 추리소설 「문스톤」에 등장하는 갓프리 에이블화이트(Godfrey Ablewhite)에서 영감을 얻은 것이 아닌가 생각된다.

7 정전에는 워즈워스로(Wordsworth Road)로 나와 있지만, 이 길로 추정되는 곳은 당시도 지금도 원즈워스로(Wandsworth Road)다.

8 현재의 랜스돈 웨이(Lansdowne Way)가 당시는 프라이어리로(Priory Road)와 랜스돈로(Lansdowne Road)로 나뉘어 있었다.

9 현재의 롭사트가(Robsart Street). 다만 로버트가(Robert Street)는 이 사건이 일어나기 약 7년 전인 1880년까지 존재했던 지명이며, 사건 당시에는 이미 롭사트가였다고 한다.

10 콜타르를 증류해서 얻는 화학 물질. 목재의 방부제로 사용한다.

11 현재의 본드웨이(Bondway)

12 당시 원즈워스로에 있었던 주택 단지(테라스 하우스)로 생각된다. 마일스가와 원즈워스로가 만나는 곳에 있었다.

13 역시 당시 원즈워스로에 있었던 주택 단지로 생각되지만 정확한 위치는 알 수 없었다.

14 현재의 블랙 프린스로(Black Prince Road)

15 현재의 블랙 프린스로에서 템스 강과 인접한 부분

16 여성 성악에서 가장 낮은 음역대

17 영국에서 보르도산 적포도주를 지칭할 때 사용하는 말

18 《과학의 관점에서 읽는 셜록 홈즈(The Scientific Sherlock Holmes)》(제임스 오브라이언 지음, 옥스퍼드 대학 출판사, 2013)에 따르면 bisulphate of baryta(산화바륨의 중황산염)는 오래된 표현이며, 현재의 표현으로는 barium bisulfate(중황산바륨)라고 한다.

19 정전(원작)에 나오는 정확한 표기는 'mousseline de soie'로, 비단실을 사용해서 만든 견(絹)모슬린을 의미한다.

20 아모이는 푸젠 성의 샤먼 시를 가리키는데, 아모이 강(Amoy River)은 현실에는 존재하지 않는다.

21 정전에는 "wiper"로 표기되어 있으며 이에 맞춰 걸레로 번역하는 경우가 많지만, 먼저 조용히 하지 않으면 개를 풀어 놓겠다고 위협한 뒤에 다시 주머니에 걸레(wiper)가 있다면 돌아가지 않으면 걸레를 떨어트리겠다고 위협하는 것은 흐름상 어색하기 때문에 독사(viper)의 오타이거나 독사를 의미하는 런던 사투리(Cockney rhyming slang)로 보는 의견이 있다. 이 내용은 그 의견에 기반을 둔 것이다.

22 일리는 본문에도 나오듯이 총이 아닌 탄환을 만드는 회사이며, No.2라는 모델은 라이플용 탄환이고 '얼룩 끈」이 발표되었을 당시 존재하지 않았다. 그래서 작가인 코난 도일이 본래 생각했던 총은 일리의 탄환을 사용하는 호신용 리볼버인 Webley No. 2, 일명 브리티시 불도그인데 탄환 상자의 표기를 잘못 읽어 혼동한 것이 아니냐는 설이 있다.

23 「빈집의 모험」에서 홈즈는 바리츠(baritsu)를 일본식 레슬링이라고 설명했는데, 이에 관해서는 유도(유술)라는 설, 무술(bujitsu)의 오기라는 설, 당시 영국에서 개발되었던 무술인 바티츠(bartitsu)의 오기라는 설 등이 있다. 여담이지만, 「빈집의 모험」이 발표된 〈스트랜드 매거진〉과 『콜리어스』 중 『콜리어스』판에는 바리츠가 아니라 유술(ju jitsu)로 표기되어 있었다.

223

일러스트로 보는
셜록 홈즈 인물 사전

1판 1쇄 인쇄	2024년 1월 10일
1판 1쇄 발행	2024년 1월 17일

지은이	에노코로 공방
옮긴이	이지호
펴낸이	김기옥

실용본부장	박재성
마케터	서지운
지원	고광현, 김형식

디자인	푸른나무디자인
인쇄·제본	민언프린텍

펴낸곳	한스미디어(한즈미디어(주))
주소	121-839 서울시 마포구 양화로 11길 13(서교동, 강원빌딩 5층)
전화	02-707-0337
팩스	02-707-0198
홈페이지	www.hansmedia.com
출판신고번호	제 313-2003-227호
신고일자	2003년 6월 25일

ISBN	979-11-6007-091-0 (03800)